民国通俗小说典藏文库·冯玉奇卷

侬本痴情·燕语莺啼

冯玉奇 ◎ 著

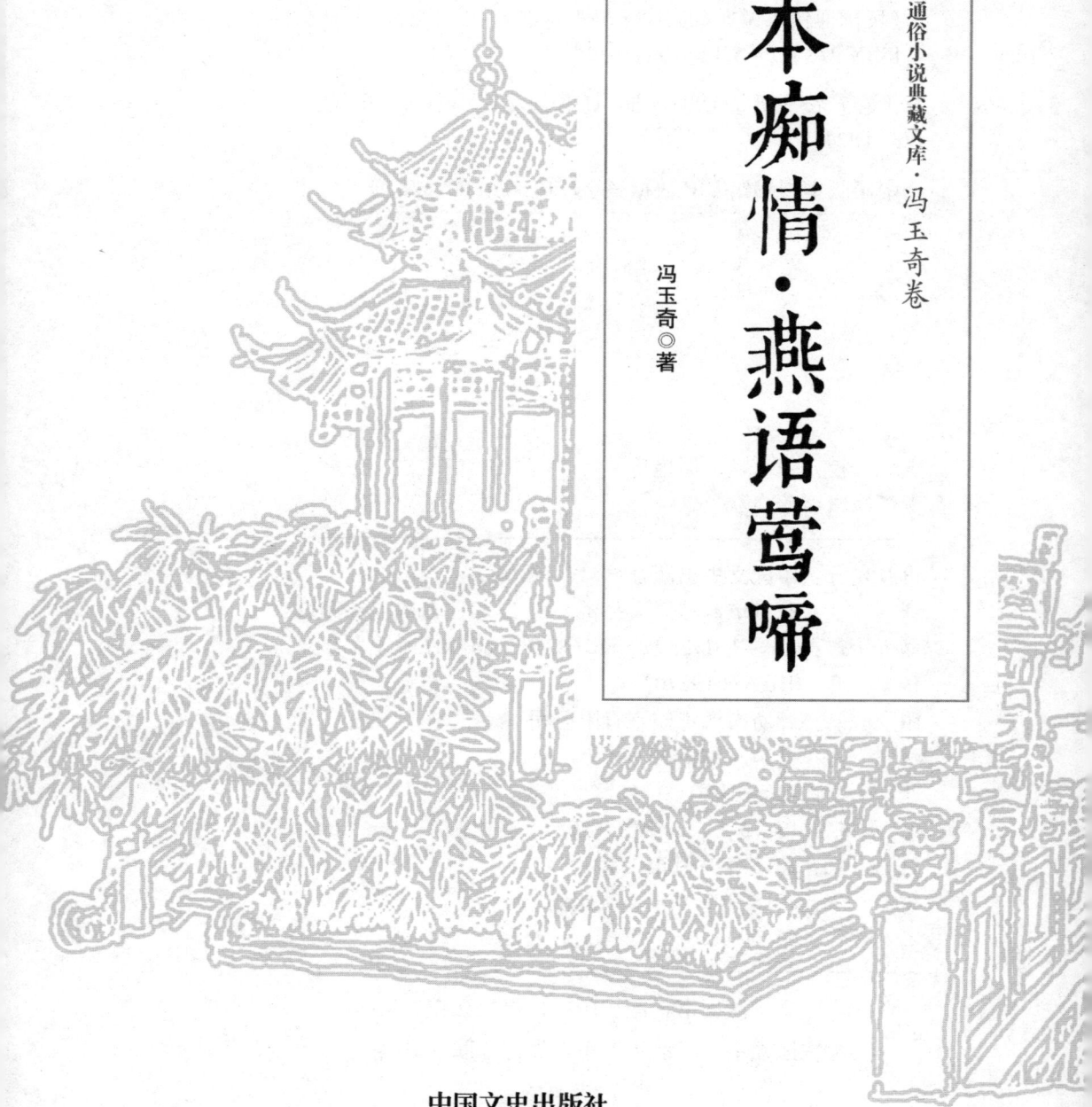

中国文史出版社

图书在版编目(CIP)数据

侬本痴情·燕语莺啼 / 冯玉奇著. — 北京：中国
文史出版社，2018.3

（民国通俗小说典藏文库·冯玉奇卷）

ISBN 978 - 7 - 5205 - 0043 - 2

Ⅰ. ①侬… Ⅱ. ①冯… Ⅲ. ①长篇小说 - 中国 - 现代
Ⅳ. ①I246.5

中国版本图书馆 CIP 数据核字（2018）第 009878 号

点　　校：张　颖　周艳玲

责任编辑：蔡晓欧

出版发行：中国文史出版社

社　　址：北京市西城区太平桥大街 23 号　邮编：100811

电　　话：010 - 66173572　66168268　66192736（发行部）

传　　真：010 - 66192703

印　　装：廊坊市海涛印刷有限公司

经　　销：全国新华书店

开　　本：720×1020　1/16

印　　张：17.75　　字数：208 千字

版　　次：2018 年 9 月第 1 版

印　　次：2018 年 9 月第 1 次印刷

定　　价：55.00 元

目　录

侬本痴情

燕语莺啼

侬本痴情

一、鬻艺遭师责泪湿红粉

　　清晨，天边刚露了一丝鱼肚白，太阳终于渐渐地被雄鸡的鸣声而啼醒，慢慢地升起了地平线。那碧空万里间悠散的白云，受了阳光的洗礼，更显出红晕而娇艳，好似一个少女苹果似的脸，才理过了晨妆那么的美艳。因了昨晚才下过一场大雪，所以今天早晨虽已出了太阳，但大街小巷所积的白雪，却被阳光的照耀而融化了，反而潮湿得有些泥泞难行。呼呼的北风在树尖儿上飒飒地低语，树叶间瑟瑟地发出并不调和的声谐，也如不胜寒冷地打着颤抖。在几棵梧桐树的阴影下，一垛颓圮的垣墙，墙上积满着还未融化的白雪，正中有偌大的一个"福"字，依稀地还能辨认得出昔日涂抹过的朱砂，仿佛一只倦怠的睡眼，瞪着蹲在对面的一所古老式的已褪尽了红墙的平房。门前阶旁，倒也有着一对卫护的石狮子，在屋檐上的白雪被阳光融化了一点点水滴，不断地滴在二楼斜面的玻璃窗上，于是玻璃窗上也不断地加上一条、两条……的水痕，偶然也发出一两下凄清的"滴滴答答"之声。

　　就在那时从这窗内传出一阵尖锐的女孩子吊嗓的声音，正在跟着她师父学习着青衣的腔儿。见那个女孩子大概是还只有十四五岁的模样，穿了一件青布的旗袍，大概也是件罩衫，里面是还有件墨绿色的棉袄。脚下一双布底鞋，配了她一副讨人喜欢的鹅蛋脸。乌油滑丝的头发，是并没有烫成波浪式，但却梳了两条辫子，还用了两根红绒绳系着辫子的两端，更显出她还是个稚气未脱的小女孩儿。两条弯弯的眉毛，是并没有经过人工的修饰，所以是并不十分的细长，但却增加了她不少天然的美丽。下面配了一双乌圆的眸珠，显出十二分的聪明样子。一个樱桃似的小口，现在正拼命地在吊着嗓子。在这女孩子对面靠墙壁的旁边，站着几个她的师兄妹，都静静地听着坐在正中的这位师父在教着这个女孩子这段戏该是怎么样的唱法。

"哎，王梅珠！这段戏怎么你总是学不会的？真是笨货！"王梅珠见师父这张脸是已沉了下来，显然他是已经有发了怒的神情。一手拿了鞭子，还不断地恶狠狠地在地上挥了挥，又如欲做打的姿势。众人见师父一面孔的怒容，大家这就都不敢作响一声。虽然也有些为这个王梅珠而担心的一班师兄妹，但是大家除了表示同情之外，却也想不出一个能够有援助的办法。室内是静悄悄的，王梅珠觉得师父在发怒的时候，还是给他一个不理来得好。只不过心里想着自己的命运会这样的苦，要不是死了父亲的话，怎么又会到这里来学戏受苦呢？只要这个师父稍有不称心或是在外面赌钱输了回来的话，那么我们这班绵羊，很可怜的就有尝鞭子的滋味。她越想越委屈，越想越伤心，因此眼泪也就不由自主地夺眸而出，在她的粉脸上已沾着了亮晶晶的一颗。

"噢！我还没有抽你，你倒先哭起来了吗？你这贱货！老子非给你些颜色看看不可。"师父杨化鹏说着话时，就动手拉起皮鞭子来，在梅珠的左右肩胛上抽打了一下。

王梅珠在他这一记抽打之下，她的肩胛就不免向左右倾斜。芳心里虽然是万分的悲酸，但她嘴里却不敢哼一声，只有熬住了满眸子的热泪，往肚子里咽。忍住了疼痛，含了哀怨的委屈，向正在发怒的杨化鹏勉强地挤出一句话来，说道："师父，我并没有哭呀！请你老人家就饶恕我这一次吧！我慢慢儿一定能够学会的。"

　　这时站在对面的有个十六七岁的男子，是这里的师兄弟间第一个拜见这个师父的门生。虽然他的年龄在这里师兄妹间并不是最大，只因为他早在的缘故，所以凡是这个师父的门生谁都叫他一声师兄的。他不但生得聪明而伶俐，并且还生着一张讨人喜欢的脸孔，所以师父对他似乎也比较任何人来得宠爱和信任些。这时他见了师妹王梅珠受了师父的责打，看看她盈盈欲泪的这种楚楚可怜的意态，心中真感到有些不忍。原早想代这个师妹对师父讨饶求情，无奈深恐师父在盛怒之下，不会接受他的求情，恐怕因此增加他的怒火，所以他的心中也始终有些不敢。但是，他那颗善感的心灵，同情和爱怜始终是战胜了他的恐怖和畏缩。他觉得自己和这个师妹是站在同一阵线上的弱者，倘若再不给梅珠求情的话，恐怕她是还要挨着师父的责打。虽然这里被师父打过的师兄妹也算不得怎么稀奇的一回事，只不过对于这位修短合度、纤秾得中的梅珠师妹，他总有点儿特别的关心。所以终于鼓足了勇气，向正在盛怒的杨化鹏温和地说道："师父，你老人家请先息息怒吧！她慢慢儿地一定能够学会的。梅珠师妹或许因为在这里的日子还不多，所以她学起新戏还有些生硬。同时她有点儿怕羞，所以便有点儿吓哑哑的样子。不如你老人家，能饶恕她一次吗？"

　　"好！吴秉章！你是个好孩子，我就赏了你这个面子，饶恕她这一次。不过我就把这个师妹交给了你，限你明天就得给我教会她。知道了吗？梅珠！你听见了没有？明天倘若再把调儿唱错的话，我就不会来饶你的了。"杨化鹏向吴秉章望了一眼，说到末了，把眼睛又转移到梅珠的脸上，显出那一份儿声色俱厉的样子，叫室内站着的这几个师兄妹们的心头，就像十五只吊水桶般七上八落，扑通扑通地跳跃得厉害。

梅珠正在万分委屈而感到孤立无所依的时候，想不到还会有人来替自己讨情，因此心里万分感激着。于是她的一双明眸，含了脉脉温情的目光，瞟了秉章一眼。不料吴秉章也正在望着她呆呆地出神，大有怜悯之意。这就成了个四目相对，各人都有点儿不好意思。大家微红了脸儿，也就慢慢地垂下头来。

秉章知道她在秋波一转之下，完全表示感激自己的意思。正待回避了她的视线，此刻他又听得师父这样地说，两人也就不约而同地应了声："知道了。"吴秉章还接下去说道："师父，你老人家放心好了，明天早晨准叫师妹字眼儿调门儿都唱得不会错的就是了。"

"嗯！这就好了。"师父显着一面孔严肃的表情，又叮嘱了几句。接着又去教授站在那墙边的第二第三的师兄妹了。这一场风波，总算就没扩展地平静下来。

黄昏从四边逐渐地包围了过来，太阳如喝醉了酒般地血红着脸儿，向着西山慢慢地沉沦下去，一会儿之后，整个的宇宙就罩上了一层如轻罗般的薄暮。从东方的天际边，却升起了一轮雪亮可爱的明月。这里是一个并不十分大的院子，院子里四周的布置，因为经过从前一番人工的点缀和建筑，所以觉得秀石名花，别有佳致。真所谓麻雀虽小，却是五脏俱全的了。在院子的中间，有一个小小的池塘，两旁植了几株高大的树木，不过现在正值寒冬的季节，树叶并不十分茂盛。在树干旁有一条甬道，甬道上铺着青黄的砖块，似乎还镶成一点儿花纹来。靠着月光的照耀，依稀地还可望见这条甬道的尽端处是有着一个赭红色的茅屋盖成的小亭子。在亭子的左边是环绕着一座小小的假山，假山光滑滑地被月光反映，倒好像一块乌金似的在发着闪耀的光明。

北方的天气在南方人看来似乎是寒冷得很，可是住惯了北方的人，也就并不觉得怎么寒冷了。今晚的月色是这样的幽美，它照耀在大地上，宇宙间的万物，在黑暗之中都被它透露一点儿光明来，好像引导着一个涉世未深的青年，应该走上那一条应走的途径。

这时在二楼的那扇窗口内探出一个青年的人头来，他的脸蛋儿仰望着黑漆漆的天空，好像正在欣赏着那可爱的月华。在他脑海际默默地回忆着今天早晨被师父责罚的那个梅珠可爱的脸庞，同时，又想到了午饭后在教她唱戏时的那种温柔驯顺的意态。他觉得这位师妹是可爱的，是聪明的，不过也有些可怜的。刚才我也并没有教她几遍，她不是已全部地唱会了吗？自己也不知是怎么的，自从梅珠来到这里做他的师妹，仅仅只不过有一个月的日子，而自己对她竟有一种特别的好感，这好感是对一个同胞手足还没有这样的热情和真挚。

吴秉章呆呆地望着天空中那一颗光圆的明月出了一会子神，又低下了头想着自己对这位师妹是的确已由怜悯和同情，而慢慢地掺了一点儿爱素的作用。秉章想到这里，只觉得全身有阵子热燥，两颊也浮现了一圈微红，不禁自言自语着说道：“恐怕我已坠入了情网哩！”

说出了这句话之后，虽然四周是那么的静悄，并没有一个人在偷听他，不过他好像觉得月亮姑娘在羞他，笑他，他心头忐忑地跳得厉害，一时也不由赧赧然地好笑起来。他在沉思之中，又用他的目光，并无目的地望着庭园里那一片夜的景色，被月光反映成一片银色的光辉。尤其那个小小的池面上，倒悬着一个和天空一样玉洁净白的明月，更令人起了一种留恋之情。觉得这样好的景色，虽然是在冬的季节，因为风平夜静的缘故，他倒很有兴趣到庭园里去散一回步。心里是这样地想着，两脚也已跨了轻快的步子，匆匆下楼走向庭园里去了。

虽然天气是并没有像春天那般的温和、秋天那么的爽朗，但此刻秉章这种活跃而激发出热情的心境，已经是足够抵御那冬天的寒冷，所以他在步入庭园里之后，反而觉得一阵头脑清醒，还深深地呼吸了几口新鲜的空气。但是使他更加感到意外收获的，是再也想不到在庭园里的茅亭内，会遇见他认为可爱又复可怜的这个师妹呢！

原来梅珠经过了秉章悉心的教授，不但使她词句儿调门儿唱得十分的准确，而且对于身段台步，以及一举一动的意态方面，也都有明白的指示。所以她一颗小心灵中除了深深地表示感激之外，对于秉章这个英俊的脸蛋儿，在她心眼儿上也更嵌上了一个深刻的印象。她感谢着他教会自己这一段唱不好的戏和学不像的动作，晚上一个人觉得非常的无聊，看了这可爱的月色，便也独个儿在庭园里去散了一回步。想着自己从小就死了父亲，剩下一个年轻的母亲，含辛茹苦地把我抚养长成，可怜她无非希望我学一点儿本领，可以使她下半世不会受到冻饿的苦楚。现在我母亲虽然还只是一个四十相近的妇人，但为了这十几年来受尽社会的磨折和压迫，可怜她满额上已经是满显皱纹的了。唉！我在这里虽然过着孤苦的日子，总觉十分凄清，但我总要专心学习，假使一点儿没有成绩的话，那我固然对不住自己的良心，就是母亲苍老的心中不又将加上一重打击了吗？梅珠边想边走，已走到这个红色的小茅亭里了。她在亭内的一条长椅上坐了下来，抬了头，呆呆地望着天空中挂着的那轮光亮的明月。在它的旁边，也点缀了无数颗的小星。偶然在远处飘浮过来几朵灰白色的浮云，好像毫无目的地在找寻它的归宿，使她想起了自己茫然的身世，觉得又何曾不是像那飘浮的白云一样的孤零和渺茫，往后的日子又将如何地憧憬啊！

啊，人生实在太无意味了！

她忍不住轻轻地叹了一口气，眼皮有些红润起来。

因为梅珠一切的遭遇太不幸了，所以使她在眼中所见的一切景物，也好像会悲哀消极起来，于是梅珠那一颗活跃的童心，也变成了非常沉默而悲观起来。这当然也是受了环境变迁的缘故，可知环境改变一个人的性情是有着非常大的力量了。

王梅珠独个儿在茅亭里暗自叹息，流着身世孤苦的眼泪，谁知竟会被秉章老远地发觉了。他见淡淡的月光之下，那茅亭里面坐着一个女孩子的黑影，一会儿对月长叹，一会儿低头短吁，看她神情是非常的哀怨，而且忧郁。一时暗暗奇怪：这个少女是谁呢？难道就是我的师妹王梅珠吗？一面想着，一面就慢慢地向前走了过去。沿着假山的甬道，向左边弯弯地绕了过来，在走近这茅亭边的时候，仔细地望去，那不是师妹，还有谁呢？心中暗想这正是巧极了。于是就轻步地走了进去，但又恐怕她在突然之间瞧到了他，难免要受惊吓，所以先向梅珠招呼了一声说道："梅珠，你还没有安睡吗？莫非你独个儿又在这里想什么心事了？"

秉章对于这个娇媚可爱的师妹当然是十分的开心，所以当他此刻明显地见到梅珠脸部上的表情，是完全显出那种愁眉苦脸的样子，眉尖儿蹙成了像两条弯弯的柳叶，而且在她白净的脸颊上还展现了晶莹的眼泪。这种西子捧心那般的意态，是令人感到了楚楚可怜。所以秉章也会觉得心坎儿上压着了一块铅质重量那么的难受，觉得有阵同情的哀思。

梅珠似乎做梦也想不到在这里忽然会有人招呼她，所以心头倒不免暗暗地一跳。立刻回眸去望，这才看清楚了，原来是师兄。一时又欣喜又惊奇，慌忙伸手在眼皮上揉擦了一下，装出若无其事的样子，逗了他一瞥羞涩的媚眼，低声回答道："哦！原来是秉章师哥吗？因为时候很早，一时里又睡不着，一个人东想西想，不知怎的觉得心胸中非常的烦闷，所以才走到这里来透些空气。想不到师哥也会到院子里来闲散吗？"

梅珠说着话,她又很懂礼貌地站起身子来,表示相迎的意思。

秉章见她说话的神态,并那种以手擦泪的动作,至少还包含了一团孩子气的成分,这就更令人感到她的可爱。不过因为她对自己竭力地掩饰着她是并没有伤心的意思,那似乎又令人感到她的可怜。望着她强颜欢笑的脸儿,一时猜测着,她那一颗小小的心灵中一定是有着一层深深的隐痛,说不定在她的生命中有着一页悲惨的泪史。常言道:"人到中年哀乐多。"然而她这么小的年纪难道也有无限的伤心事吗?秉章经过这一阵子的猜测之后,四周的空气是相当的寂静,除了微风吹动着枝叶,发出了瑟瑟的细微的声音外,那是只有远处偶然播送过来几阵犬吠之声了。两人默默相对,梅珠被他看得有些难为情,因此垂下了粉脸儿。秉章这才用了一种极诚恳的口吻,轻声说道:"梅珠,在这大冷的天气,还到庭园里来透些空气,那你似乎有些瞒骗着我吧!我虽然是个呆笨的人,但我的眼睛还很可以辨得出一点儿声色来。我觉得你的脸色不但浮现了愁云层层,而且还沾了丝丝泪痕,那么你所以在这儿一个人临风呆坐,对月凝想,我觉得这和我在这里散步,是有同样的苦闷。所以我和你可以说'同是天涯沦落人,相逢何必曾相识'。但我们终算有缘,居然萍聚一处,而且是还有了一层师兄妹的友谊。所以我很希望知道你一点儿身世,不知道你能够向我有所倾吐吗?你假使有什么为难之处,我若能力及得到,那我也一定能够尽人类互助的义务。师妹,你也觉得我这个人太爱多事吗?"

梅珠听他说了这么一大篇的话,知道他所说的句句当然是从心眼儿里流露出来的。一时心中除了感激他之外,更觉得这位师哥倒挺热心而且是多情,遂也向他低声地说道:"师哥,你真是一个热心的人,早晨我被师父责骂,幸而你来讨情。后来还承蒙你教我唱戏,我却还没有向你道过谢,我心里是非常地感激着。因为我到这里来还没有多少日子，而且对于京剧一事，又完全是外行学习。一半固然是师父教授甚严，而大半也是只怪自己太笨。所以我在人地生疏之环境下，自感身世孤苦。不瞒师哥说，便在这里叹息一回。想不到竟被你看见了。现在师哥既然同情我，要和我谈谈，那我为什么不能够？恐怕我是感激还来不及呢！"梅珠说着，秋波盈盈地又向秉章脉脉地凝望。

"梅珠，那么我们还是到里面去谈会儿好吗？这里虽然夜风并不大，可是到底是寒冬的天气，着了凉可不是玩的事。"吴秉章细细地体会梅珠这几句话，觉得至少是包含了温情、哀怨、感激而又可怜混合的成分。看她对自己的意态，似乎也有一种好感的神气。一时心中颇觉甜蜜，望着她娇小的身躯，又恐她受了夜冷的威胁，而遭到病魔的侵袭，所以对她说出这两句话，还像是在征求她同意的样子。

王梅珠见他这样的温情体贴，芳心中自然十分地感激，在感激之中多少还有些爱素的作用，她柔顺得像头驯服的羔羊，遂不忍拂他的意思，还含笑点了点头，一面是预备要走的姿势。秉章很关心地拉了她的手，口里还是连声叫着"当心！当心！别绊了跤"。这些都是显露他的多情。梅珠又喜又羞，她垂了粉脸儿，两眼望着自己的脚尖，一步一步地向前走。在这一缕清辉的月光之下，终于慢慢地消失了这一对两小无猜的影子。

这里是间不很宽大的卧室，布置是非常的简单。靠墙放着一张床，正中就放了一张写字台和两只方凳。这里就是吴秉章的宿舍。吱的一声，房门开处，进来了两个人，一个当然是吴秉章，还有一个就是王梅珠了。吴秉章对于这个师妹不知怎么的，在她初来的时候就有了一种好感，这好感是完全从他至性流露出来的。其实，这也难怪，秉章已经是一个十七岁的少年了。虽然还不懂得什么叫作恋爱，但他对梅珠一举一动，处处的地方终显露了柔情绵绵的样子。

"梅珠，你请坐呀！喝杯开水。"

秉章见她走进房中之后，便只管站着，而且还低了头，两眼脉脉地望着自己的一双俏瘦的脚尖儿呆呆地出神。心里不免想道："她或许还怕着难为情吧！"遂回身走到桌旁，在热水瓶里斟了一杯开水，送到她的面前。

"哦！师哥，你怎么把我也当作客人看待了？这样的客气倒反教我感到不好意思呢！"

梅珠见他斟了杯开水还亲自地送到自己的面前来，于是转了转乌圆的眸珠，向他说了这两句话。一面笑盈盈地双手接过，一面慢慢地步到桌子的旁边，在一张方凳上坐了下来。

这里吴秉章自己也斟了杯开水，就在梅珠的对面坐下。望了她一眼，微微地笑道："你真会客气，其实倒杯开水给你喝，那也算不得什么。比方说，明天我上你那儿来坐一回，那你不是也会给我倒杯开水喝吗？"秉章一面说，一面注意着梅珠脸部的表情，只见她撅着小嘴儿，露着一排雪白的牙齿，在浅笑含颦中还有一个深深的酒窝儿。一时觉得今晚在自己这么一间简陋的卧室里，竟会加入了这么一个美丽的姑娘，来和自己互谈衷情，那也真可说是件使人感到意外惊喜的事。秉章既然经过这一阵子的思想，他的两眼也就目不转睛地对着梅珠出了一会子神。谁知梅珠偶然地把盈盈秋波也斜睒过来，因此就不免大家都觉得非常的不好意思。尤其是梅珠的两颊上更透现了一圆圈娇红的桃瓣，她在嫣然地一笑之后，立刻又很快地垂了头。

秉章见了她这种娇羞欲绝的意态，倒也不禁为之神往。忽然他又想到了什么似的，遂一本正经地向梅珠劝慰说道："梅珠，我想你从小跟在母亲的身旁，一日都没有远离过。如今一个人到这儿来学习唱戏，而且师父又一点儿不肯体谅女孩儿家，老是显出那么凶恶的样子，所以你心中大概觉得太苦一点儿了吧？不过师父的脾气就是这个样子，记得我初到这里来的时候，被他责打，比你们还要厉害。现在我学得好一点儿了，他对我似乎客气得多。我心中想着，明儿你学会了，他一定也会待你客气的。所以我劝你不要担心，不要老是愁眉苦脸。常言道：只要功夫深，铁条磨成针。何况你是一个聪明的姑娘，我相信你一定有光明的前途。"

"谢谢师哥这么地安慰我，期望我，我心中自然万分感激。其实我吃苦倒不怕，不过我的年纪小，一切都不大懂。在家的时候，都有母亲给我照顾。比方说，天冷了，天热了，妈终会非常关心地给我添衣减衣。如今我离开了我那唯一的母亲，什么都觉得孤零零的了。况且母亲又是个没有依靠的人，我想想自己的凄凉，又更想到母亲在家的寂寞，两地相思，这是多么令人心酸呢！"梅珠一口气地回答着，她说的话中是包含了感激后而又悲哀的成分。所以说到后来，难免有盈盈泪下的样子。不过她觉得不好意思淌泪，所以竭力掩饰着自己的表情，伸手取过茶杯，凑到她小嘴儿上喝了一口开水。

吴秉章听她说话的口吻，总还是带些稚气未脱的成分，心里这就更感到她的可爱，遂微微地点了一下头，说道："你这话虽然说得不错，骨肉分离，当然是件痛苦的事，不过眼前痛苦，梅珠，这是算不得一回稀奇的事情。只要将来能够得到幸福快乐，那么你们母女不是又可以长在一处团圆了吗？比方说，你学会了唱戏，将来在舞台上一成了红角儿，那可不得了，赚很大的包银，过很舒服的生活，那么你的母亲一定也会欢喜了。"

"成红角儿？那可不是一件容易的事。像我这么愚笨的人，恐怕很少有这个希望吧！"梅珠听他这样说，心中虽然十分欢喜，但是她有点儿忧愁，恐怕这种欲望是会成为泡影的，所以她不能肯定地表示乐观。

秉章却摇了摇头，表示不以为然的样子，说道："梅珠，你别这么的心灰意懒，你现在年纪实在还轻，假使再过上三五年之后，嘿！我可以保证你准会红了起来。只要你努力，天下是没有不成功的事情。"

"假使我有成功的日子，一定给你吃东道。不过我还得请你随时指教我，因为师父常常说你唱得不错，而且做功又好，将来准是一个文武全才的红角儿。"梅珠这才掀着酒窝儿也微微地笑了，她那种孩子气而有趣的话，令人感到回味无穷。

秉章当然不好意思承认自己将来也会成红角儿，所以还连连说了两声："哪里话？"梅珠扑哧地一笑。她乌圆眸珠一转，忽然想到了什么似的，又低低问道："师哥，你府上有些什么人，我还没有请教过，不知有没有一个妹妹和弟弟的？"

"说起我的身世，恐怕比你就更要凄凉一点儿。我的父母是早已去世的，所以我从小就寄居在叔父的家里。至于我的弟妹，本来原有一个妹妹的，但是不幸得很，在七岁那年得了时疫病死了。要如我妹妹还在世上的话，恐怕也有像你这么的高大了吧！所以想起来，我心中也很伤悲。比方说，那时候妹妹虽只七岁年纪，却生得娇小玲珑，十分可爱。不但聪明，而且什么都很懂得。我想她也许是太聪明了，所以造物因此就妒忌她了。假使她现在有像你这么地长大了，我心里又感到多么的欢喜哩！"吴秉章说着话，两眼脉脉地凝望着她的粉脸儿，似乎在无限感叹的成分里又包含了一点儿羡慕的作用。

梅珠也是一个绝顶聪明的姑娘，凭他这两道脉脉含情的目光，心中就明白他对自己至少有点儿神秘的意思。那意思她也很懂，是他很愿意自己能够补给他做一个妹妹，那么他不是可以恢复过去的欢喜了吗？梅珠想到这里，她有些情不自禁地说道："师哥，你也不用伤心了，倘然师哥不嫌我丑陋的话，那我倒很喜欢做你的妹妹。只不过，我怕自己没有像你妹妹那么的聪明和可爱。"

秉章听她这样说，觉得她真是一朵解语的花、忘忧的草，想不到她会说到自己的心眼儿里去，心里这一欢喜，不免乐得心花儿也朵朵开了。这就猛可伸过手去，把梅珠一双纤手紧紧地握住着，还摇撼了一阵，满面堆笑着说道："梅珠，你肯委屈做我的妹妹，那我好像拾到了海宝贝一样的欢喜，我觉得你的美丽，不但是胜过了我的妹妹，而且可以胜过了整个北京城里的小姑娘哩！"

"啊呀！你这一句话就未免把我捧得太高了，当心摔下来，把我摔死了。其实我们本来是师兄妹，不过你认我做了亲妹妹，你做哥哥的当然更应该负起教导妹妹的责任来。哥哥，你说是不是？"梅珠说到末了，还真的亲亲热热地叫了一声哥哥。秋波斜乜了他一眼，这种意态是包含了多少的天真和诚恳。

但是秉章听了，却摇了摇头，很快地否认道："不！我不愿意你做我的亲妹妹，我只希望你能够做我一个干妹妹。"

梅珠听他这话中好像有什么作用似的，一时便奇怪起来。她到底还是一个十五岁的小女孩，所以不及秉章那么的懂得多，遂急急问道："哥哥，我真不明白，那到底是什么缘故呢？"

"你此刻不必问我，再过两三年，你当然也会明白过来。"秉章却含了神秘的微笑，握紧了她的纤手温和地回答。

梅珠虽然还不懂他这是什么意思，不过凭他那种贼秃嘻嘻的态度上猜想，多少可以猜到他是包含了一种俏皮含蓄。因此红了粉脸儿，挣脱了手，赧赧然地逗了他一瞥娇嗔，忍不住背过身子去笑了。

"妹妹，你这是为什么？"秉章心里荡漾着低声地问。

"没有什么，我觉得你很不老实。"梅珠依然没有回过脸儿来。

"妹妹，你不要冤枉我，我是再老实也没有的了。"秉章还带着低声的笑。

"那你为什么不肯承认我是你的亲妹妹？"梅珠竟然有点儿撒娇的神气。

"噢！我承认，我承认。好妹妹，你不要生气吧！"秉章站起身子来，他走到梅珠的面前去，意思是向她赔不是。

梅珠抬头望了他一眼，忍不住扑哧地一笑，把手指在脸颊上划了划，完全是包含了小女孩顽皮的作风，笑道："哥哥向妹妹赔不是，难道不怕难为情吗？"

"妹妹，你真是一个小孩子，还这么的淘气？"秉章被她说得不好意思，因此红了脸儿，忍不住也憨然地笑起来。

"罢呀！我瞧你也长不了我几岁的。"梅珠听他说自己是小孩子，这就有点儿不服气似的，把樱桃般的小嘴儿噘了一噘，秋波却逗给他一个妩媚的娇嗔。

"妹妹，被你一提，真的，我还没有问过你到底有几岁了。"秉章退到自己的床边坐下了，他又显出很正常的样子探问。

"我吗？还只有七八岁。"梅珠平静了脸色，故作认真的神气。

"七八岁？你又开玩笑了，我可不相信。"秉章觉得她淘气得有趣。

"哥哥，你真是聪明一世，懵懂一时。七岁加八岁，还不是十五岁吗？"梅珠似乎感到分外的高兴，两手一合，忍不住哧哧地笑起来。

"哦，哦！你瞧我这个人笨不笨？但是我越笨，也越显出妹妹的聪明和刁滑。"秉章这才恍然有悟地响了两声哦哦，他是竭力地向她赞美。

但梅珠听了，却停止了笑，把小嘴一噘，表示不高兴的模样。

秉章有点儿愕然，呆呆地问道："为什么？我赞美你，你倒又生气了？"

"你说聪明，那算是赞美我，但你说我刁滑，这难道也可以算是颂赞我吗？刁滑不是一个好听名词，我不愿承认。"梅珠虽然是沉着脸，但嘴角旁是掩不住地露出一丝笑容来。

"不，妹妹，我以为你是误解了。刁滑这两个字，用在此时此地，并用在你的身上，不是作刁恶解释，乃是说你顽皮的意思。你想，我问你年纪，你好好儿不回答，偏说什么七八岁。原来你是在做小学教员，叫我做加法，这还不能说是顽皮吗？"秉章给她解释，说到后面，还有些指责的意思。

梅珠这就弄得无话可说，抿嘴又嫣然地笑了。过了一会儿，她才一撩眼皮，低低地又问道："我的岁数告诉了你，那么你多大年纪了？不是也该告诉我吗？说不定你的个子儿长得高，其实年龄方面，也许还是我大两岁。那么你倒不要太占便宜，恐怕是只好做我的小弟弟呢！"说到后面，她自己也感到难免有些近乎荒唐，因此把舌儿一伸，忍不住哧的一声又笑起来了。

"好呀！我倒没有想到你会顽皮得这份儿样子。照你说来，我还该叫你一声姊姊了？"秉章口里好了一声，他益发感到她可爱起来了。

"好哥哥，你不要生气，我确实太淘气了，但是你终要原谅我年纪轻不懂事才好。那么请你告诉我，你到底几岁？"梅珠这时却又带了央求的口吻，向他低低告饶。

"不！其实我只觉得你的可爱，哪里会生你的气呢？我老实地告诉你，我比你大两岁，今年十七岁了。"吴秉章含了甜蜜蜜的情意，却又望着她微微地笑。

梅珠却瞅了他一眼，慢慢地低下头来。在她低头的时候，忽然见到书桌上玻璃板下有一张相片，里面是个七八岁的女孩子，亭亭玉立，显出天真活泼的样子。这就取出来，说道："这张照片一定就是你的妹妹了，是吗？"

"是的，这是我妹妹的相片，我觉得这是给我的一个永久纪念。"秉章点点头，他忍不住轻轻地叹了一声，似乎有些伤感。

王梅珠呆呆地望着这张相片出了一会子神，心中想着，看这张相片上的面孔，也没有什么地方显出要夭折的短命相，谁知道她竟然没有长成人就脱离了人间，这好像是一朵刚刚开放的花蕾，被一阵暴风雨的吹打，终于是被摧残了。想到这里，因为本身也是一个女孩子，而且遭遇又是那么的悲惨和不幸，似乎感到了同情的悲哀，所以不由自主地也会深深地叹了一口气。

吴秉章见梅珠对这张相片呆望了良久，此刻又见她紧锁了两条弯弯的柳眉，好像不胜感叹的样子，这就低低问道："妹妹，怎么？你又想起了什么，竟会叹起气来？"

"不，因为我瞧了你妹妹的相片，想起她在人生旅途中，只走了一截短短的路程，就此休息回去，我觉得真有非常的感叹。在她那张清秀的脸蛋儿上瞧起来，谁猜得到她会这样不寿而夭折的呢？难道是'生非薄命不为花'，唉！老天也太残忍了。我真不明白世上的女孩子，都会这样的命苦，我心里老是这样地凝想，像我这样孤苦伶仃的女子，将来不知道是否也会和你妹妹那么的短命？"

王梅珠抬头望了他一眼，低低地回答到这里，心中有阵酸楚，在她的粉颊上已沾了一颗亮晶晶的泪珠。

"妹妹，我觉得你真也太会凝想了，你又为什么要说这些空洞的话呢？说来总是我做哥哥的不好，不该把这张相片放在桌子上，倒又把妹妹引逗得伤心起来了。"王梅珠见他柔情蜜意地对待自己，而且还抱怨他自己不好，这就感到一颗芳心里，在万分空虚之余，不免也得着了无上的安慰，一面放好照片，一面破涕嫣然了，但此刻秉章又接着说道："妹妹，你快别伤心。我们都正年轻，我们都负有重大的使命！不要消极！不要悲观！只要我们有坚决的信心与刻苦的精神，总会有一天得到光明的。"

王梅珠听了他这几句鼓励的话，自然很是感动。但她想到自己父亲死得很悲惨，她那眼皮下的泪水也就扑簌簌地滴下来了。

"干吗？你又伤心了？"吴秉章见她一笑之后，忽然又流起泪来，心里感到非常奇怪，但亦十分黯然神伤，他凝望着她海棠似的娇容，话声也带有些凄凉的成分。

"唉！说起来总是我的命苦，像我这样知识浅薄的女子，不知道以后将怎么能立身于这个社会？要如我父亲在世的话，现在我也可以在高中求学，何至于到今天在过着学习唱戏的生活？"王梅珠听他问得很紧，于是把她所以悲伤的话说出来，一面还把手背擦去了眼皮下的泪水。

"妹妹，不知你从前在什么学校里求学？你爸爸又得了什么病死的呢？"秉章凝眸皱眉的，显然是十分地同情她。

"我在五岁的时候，父亲就丢了我母女两个苦命人去世了。幸亏那时父亲还有一点儿积蓄，所以依然可以给我在燕京小学里求学。后来在我高小毕业的时候，妈妈就对我说：'孩子，你命太苦，所以你父亲这样早就去世了。本来可以给你读中学，但是因为经济的问题，只得将你暂时放弃了学业。'母亲说时也淌下泪来，我还有什么话好说？我反而劝慰母亲。因为母亲这两年已受够了苦，我怎么再能使她老人家伤心呢？至于说起我父亲的死，那是太惨了，唉！……"王梅珠说到这里，停了一停，在她的脸上忽然会显出有些愤怒的表情，接下去又说道，"哥哥，那已经是十年前的事情了，唉！说起来真是一言难尽，倘若哥哥没事的话，那我就不妨来说给你听听吧！"

吴秉章这才知道在她凄凉身世的家庭里，一定还蕴藏可歌可泣的变迁。因为急于要知道，所以很急地对她问道："妹妹，那么你告诉我吧！乘着今晚反正没有事情。"

　　王梅珠于是把她父亲在十年前所遭受的一幕悲惨致死的情形，慢慢地叙述出来。这时两人的脸部上都显出了紧张的成分，好像感到四周的空气也会更觉得凄凉寂寂得多了。

二、往事从头诉　身世堪怜

傍晚的时候，天空乌云密布，忽然起了变化，接着刮起了几阵狂风，顿时暴雨似倾盆样地倒泻下来。风是不停地刮，雨是不停地落，其声隆隆然，俄而似万马奔腾，俄而似千军呐喊。转眼之间，大街小巷都积成了满满的水流，好像成了小河一般。车马在街上驶过，水花飞溅，远远望去，倒好像是要变成小汽船了。

大伟银行的门口，这时从里面匆匆地走出一个穿西服男子来，看他的年纪，大约在二十五六岁左右，生得眉清目秀，倒是相当英俊。他穿了雨衣，戴了呢帽，抬头向天空望了一会儿，自言自语地说了一句："真是好大的雨。"他站在石阶级上，由不得站立了一会儿，他的意思，是很想雨能够细小一点儿，再开步回家。但等候了一会儿，那暴风狂雨不但并没有稍减，而且更加的大起来。那男子心中暗想，看起来这雨一时里不会停止，以为时候不早，恐怕家里妻女等着心焦，我还是冒雨回家吧！想定主意，遂把西装裤脚管卷卷高，便走下石级，匆匆地冒雨而行了。

王大为是大伟银行里出纳科的科员，他娶了一个妻子名叫陈晴珍，比他小一岁，还只有二十四岁，生得美而贤，伉俪之间，情爱弥笃。生个女儿，因为在十月小阳春的季节，所以取名梅珠。大为的身世很苦，父母早亡，自己孤苦伶仃地长大成人，到现在居然成家立业，这不是一件容易的事情。所以他平日之间，不但做事勤力，而且十分节俭，绝不浪费金钱，今天这样的暴风狂雨，他也舍不得坐车，就这样地冒雨回家。因为他不坐车的缘故，所以给他发现街上跌倒着一个人，而这个人却是自己从小要好的同学白彬仁。这时听旁人说，他是被汽车撞倒的，汽车夫怕吃官司，所以逃跑了。大为是个热心而有侠义的青年，当下他就管不得节省两字，叫了两辆街车，把白彬仁抱上车子，一同带回家中去了。

陈晴珍见丈夫带了一个陌生男子回家，全身湿淋淋的，显得狼狈不堪的样子，一时非常惊讶，遂蹙了眉尖儿，急急地问道："大为，这……这……是怎么的一回事情？他……是谁呀？"

"他是我的同学白彬仁先生，我见他在马路上被汽车撞了，所以救他回家的。"大为一面告诉，一面把彬仁抱到一张长沙发上躺下。就在这时，梅珠从卧室内跳奔出来，口里还笑盈盈地叫道："爸爸，您回来啦！"

"嗯！梅珠，你不要闹。"大为向她摇摇手，一面拿手帕给彬仁揩着脸上的泥水。他自己脱了雨衣呢帽，回头见五岁的女儿，却定住两只滴溜溜圆的小眼睛，望着沙发上的彬仁，呆呆地发愣。遂又告诉着问道："梅珠，他是爸爸的朋友，很不幸地被汽车撞倒了，你同情他吗？"

"爸爸，我同情他，那么快请个大夫来给他诊治啊！"

父女两人说着话，躺在沙发上的彬仁，已经悠悠地醒了过来。他睁眼向四周一望，脸上似乎显出奇怪的样子，当他望见大为的时候，不禁啊呀一声叫起来了。他情不自禁坐起身子，但立刻又皱眉倒下，似乎身子有伤的意思。大为见了，含笑挨近沙发旁来，低低地叫道："彬仁兄，您醒了吗？"

"您……您……不是王大为吗？……啊！奇怪了，我……在马路上明明被汽车撞倒了，怎么此刻会躺在这儿呢？难道我们是在做梦吗?"彬仁两手摸着自己的脑袋,奇怪得有些糊糊涂涂的样子。

大为笑了一笑,摇摇头,说道:"彬仁兄,我们没有做梦,你真的在马路上被汽车撞倒了,是我救你回家来的。"

"这样说来,此地就是您的府上了?"彬仁向四周打量了一下回答。

"是的,这儿就是舍间。梅珠,快上去叫声大叔吧!"大为一面点头,一面推了推梅珠说。梅珠走近两步,叫了一声白大叔,就又躲到爸爸的身后去了。这时陈晴珍端了一杯热气腾腾的咖啡茶来,请彬仁喝下。大为忙又给他们介绍了一遍,彬仁此刻真是感铭心版,连忙说道:"大为兄,承蒙贤伉俪这样热心仗义地相救于我,这叫小弟真不知如何报答才好呢!"彬仁说毕,大有感激涕零的样子。

大为听了,连忙摇手,很正经地说道:"我和你从小同学,大家情好至笃,何必说报答的话呢?况且见义勇为,就是我们素不相识的,那么人类也应该有互助的义务呢!彬仁兄,不知你什么地方受了伤?我想请个大夫给你检视一下好吗?"

"不用不用,好在汽车只有把我撞倒,并没有从我身上碾过,所以倒没有受什么重伤。我想躺会儿就会好的,您老兄只管放心吧!"彬仁连说了两声不用,他是拒绝着回答。

大为遂也罢了,看他情形,好像不甚得意,于是开口又问道:"彬仁兄,我们虽然从小同学,但近几年来,消息也很隔膜了,不知您近况如何?"

"唉!说来惭愧,终年碌碌,实无善状,以慰故知,不如吾兄扬眉得意哩!"彬仁被他问得两颊发烧,轻轻地叹了一口气。尤其在晴珍面前,他更显出十二分惶恐的样子。

大为听了,忙说道:"您何必说这些话呢?像您还是一个年轻之人,前途真不可限量,眼前虽然不得志,只要努力奋斗,将来时来运来，飞黄腾达，您也绝不是池中之物呢！"

"假使小弟有得意之日，决不忘老兄贤伉俪相救之恩。"彬仁偷望了晴珍一眼，立刻又羞涩地低下头来，赧赧然地回答。

"白大叔结了婚没有？"晴珍在旁边插嘴问。

"还没有成家，我觉得这个年头儿，自己还活不下，成家两字更谈不到了。"彬仁很感概的样子，在发着牢骚。

大为笑道："不过你的年龄还不算大，不是比我小两岁吗？一个青年，结婚太早，反而受了拘束，倒不如慢一点儿舒服。那么彬仁兄现在府上住哪儿？"

"我也是住在一个朋友的家里。"彬仁沉吟了一会儿，低低地说，"最近几天我说不定要到天津去一次，因为这儿没有出路，还是到外面去活动活动。"

"既然你也是住在朋友家里的，那么这两天你就不妨住在我家吧！"大为听了，觉得他的身世比自己似乎更可怜一点儿，遂很热诚地说。

"老兄这样热情对待我，我真是十二分地感激你！"彬仁含了感谢的目光望着他，低低地回答。大为见他全身湿淋淋的，恐怕他受了凉，于是扶他到里面去换掉湿衣服了。

这里晴珍便到厨房里去烧菜做晚饭，五岁的梅珠却坐在桌子旁玩着前天爸爸买来的积木。忽然门外有人敲了两下，梅珠连忙跳下身去，问道："是谁敲门呀？"

"是我，梅珠！"门外也是一个孩子口吻的回答。

"你是孝贤吗？这么大的雨干什么来呢？"梅珠知道是自己的小朋友陆孝贤，他比自己大两年，今年已经七岁了。梅珠口里虽然这样回答，但是身子已很快地去开门了。只见孝贤手里拿了一顶小雨伞，很快地钻进室内来。梅珠连忙关上了门，回头见他收起了雨伞，但他的头上还是溅满了雨水，遂笑起来说道："瞧你，淋得这个样子，我快给你揩拭吧！"

"没有关系，没有关系，梅珠，我在学校里已经给你报上了名哩！"孝贤把雨伞放在门背后，连声地回答。梅珠已拿了块手巾，走到孝贤身旁，她踮起脚尖，要给孝贤揩拭头上的雨点，孝贤笑道："我个子儿比你长得高，你把手巾还是交给我，让我自己来揩拭吧！"

"不要，你不是可以蹲下身子来吗？"梅珠瞅了他一眼，似有娇嗔的表情。孝贤似乎不忍违拗她，遂笑了一笑，真的蹲下身子去，让梅珠来揩拭头上的雨水。正在这时，晴珍开上晚饭出来，一见两个孩子这个模样，由不得暗暗好笑，遂说道："孝贤，你多早晚来的？"

"哦！伯母，我刚来了不多一会儿。"

"妈，孝贤给我在学校里已报了名，我下学期可以读书去了。"

"啊呀！这样大的雨，孝贤特地为了这件事而来的吗？真是太感谢你了，你妈知道你是上我家来的吗？"

"知道的，伯母，梅珠像我妹妹一样，您还和我客气做什么？"

"你妈知道的很好，你就在这儿吃了晚饭回去吧！"晴珍点点头说，她把饭菜都已放到桌子上了。孝贤似乎要拒绝的样子，但他还没有开口，梅珠却伸手拉了拉孝贤的衣袖，小嘴儿一噘，孝贤懂得她心中的意思，于是便不说什么了。他在袋内摸出报名收条，交给晴珍。晴珍接过藏在怀内，说了一声谢谢你，便到里面去叫大为和彬仁吃晚饭了。

彬仁这时已换了一套西服，这是大为平日穿的。他们一同步出客厅，孝贤很有礼貌地走上去，向大为鞠了一个躬，叫声伯伯。晴珍在旁告诉大为，说孝贤是为了梅珠上学送报名收条来的，大为听了，很欢喜地拉着他的手，说道："好孩子！我们梅珠年纪小，她在学校里还得你好好儿地照顾她才好呢!"

孝贤含笑点点头。大为又向彬仁说道:"彬仁兄,这个孩子是我们邻居,他的年纪虽小,但什么事情都很懂得,将来长大之后,倒是一个人才哩!"

"容貌也生得不错,我想将来说不定还是老兄的乘龙快婿呢!"彬仁一面向孝贤打量,一面打趣着说。大为和晴珍听了,却忍不住大笑起来。但孝贤和梅珠对于这一句话却还听不懂,两人定住了乌圆的眸珠,相对地呆望了一眼,却大有莫名其妙的神气。

彬仁在大为家里住了三天,这日早晨他和大为说道:"大为兄,在您府上打扰了好多天,很觉得抱歉!我已决定今天下午三时和朋友到天津去了,一切承蒙款待之情,小弟只好往后补报你们了。"

"彬仁兄,我们是要好的同学,您何必这样客气?您今天下午要走,昨天为什么不早些预先告诉我?否则,我也应该向你饯行呀!"大为听了,急急地回答,这语气略微包含了一点儿埋怨的成分。

彬仁笑道:"我就知道你要闹这一套玩意儿,所以我不敢向您预先地告诉。其实我在您府上这么打扰着,我心中已经是很过意不去了。"

这时晴珍从房中出来,大为遂把彬仁今天下午要走的话向她告诉,并且说道:"你中午的菜预备得好一点儿,我在行里不能回家,你给我招待得周到一点儿吧!"

"白大叔,为什么住不了多天就走了?莫非嫌我们简慢了你吗?"晴珍听了,遂向彬仁望了一眼,笑盈盈地说。

彬仁很不好意思的样子,反而红了脸儿,连声地说道:"哪里哪里,大嫂这么一说,那叫我更说不过去了,因为我到天津去做一点儿买卖,说不定下个月就可以回来的。"

"那么回来的时候,仍旧住到我家来好了。"晴珍微笑着说。大

26

为因为时候不早，恐怕误了办公时间，遂和彬仁握了握手，说道："彬仁兄，那么我不送您上火车站了，我们再见吧！"

"再见，再见！我到了天津会写信给您的！"彬仁也热诚地握了大为的手，紧紧地摇撼着说。大为于是又向晴珍吩咐了几句，方才匆匆地到行里办事去了。

晴珍是个贤德的女子，对于丈夫的话，自然不敢违拗，所以吃中饭的时候，果然烧了几样精美的小菜，还给彬仁烫了一壶陈酒。彬仁心里很过意不去，搓了搓手，说道："大嫂子，您这样客气，叫我何以为报？"

"白大叔，又没有什么菜儿给您吃，您还是坐下来喝酒吧！"晴珍一面说，一面握了酒壶，给他满斟了一杯。

"那么大嫂子也可以吃饭了。"

"我慢些吃好了，梅珠，你陪白大叔吃吧！"

"大嫂子，时已正午了，您忙了一上午，想也饿了，我们大家一同吃吧！"彬仁见晴珍把梅珠抱坐到椅子上，于是又向她低低地怂恿。晴珍本来是避着一些嫌疑，但听了彬仁的话，于是也就坐下来一同吃了。彬仁很欢喜地握了酒壶，也向晴珍杯中斟了一杯，说道："大嫂，您也喝一杯。"

"我不会喝酒，您喝吧！"

"不会喝，就喝半杯，大嫂子，您买我一个脸儿。"

晴珍听他这样说，一时便推却不得了，遂把杯子举了举，两人便吃喝起来。这时彬仁一面喝酒吃菜，一面暗暗地细想：像晴珍这样温和贤德的主妇，真是一个好妻子，大为也不知修了几世，才有这么的艳福呢？假使有一日，我也有这一份美满的家庭，那我的心中也不知要高兴得怎一分程度呢？但可惜我是一个没有恒产的人，终年过着流浪的生活，个人的衣食住行都时常地产生问题。至于组织家庭，那恐怕是只有梦想的了。彬仁在这么思忖之下，他就情不自禁地叹了一口气。晴珍见他忧郁的神色，心里不免有些奇怪，遂低低地问道："白大叔，你好好儿为什么叹气呢？"

"我想起我这种青年，在社会上活着，一无成就，想来真是惭愧哩！"

"一个人交运迟早，那是命里注定的。白大叔眼前虽然困苦一点儿，谁知道您将来是个大富翁呢！所以白大叔不用忧愁，况且您的年纪还轻，只要努力奋斗，现在的大人物，从前也很多是苦出身呢！"晴珍用了温和的语气，向他低低地安慰。

"假使能够应了大嫂的话，那我将来一定不会忘记你的知遇之恩。"彬仁微微地一笑，脉脉含情地望着晴珍白里透红的粉脸儿，低低地说。晴珍似乎不好意思回答什么，向他也只有微微地一笑。

午饭完毕，彬仁便向晴珍匆匆地告别。晴珍拉了梅珠的小手，直送他到大门口，方才回身进内。傍晚的时候，大为从行里回家，向晴珍问道："彬仁走了吗？"

"白大叔走了，一点儿光景别去的。"晴珍含笑告诉。

"你午饭烧点儿什么菜给他吃呢？"大为低低地问。

"爸爸，我派给您听：红烧鲫鱼、清炖蹄子，还有炸丸子、炸鸡块……"梅珠偎在大为身旁，不等母亲告诉，就絮絮地先抢着说。

大为捧了她的小脸儿，亲亲热热吻了一个香，忍不住笑起来，说道："你这孩子，派点小菜倒顺口，明儿给你到菜馆里做伙计去吧！"梅珠嗯了一声，缠在父亲怀里闹不依，倒把大为和晴珍都忍不住咯咯地笑起来了。

光阴匆匆地过去，不知不觉地过了半年。梅珠已在学校里念书了，早出晚归，年纪虽小，却十分的用功。这天晚上，大家吃过了晚饭，大为夫妇和梅珠三人正在会客室内坐着谈笑，共叙家庭之乐，忽听外面有人敲门。晴珍把门开了，只见进来一个翩翩风流的美少年，全身穿着笔挺的西服，好像是个有钱人家的少爷模样。他手里拿了大包小包，许许多多的东西，却向晴珍点头微笑。晴珍有些面熟，但不知是谁，便忙问道："请问贵姓？找哪一家呀？"

"啊呀！大嫂子，怎么你不认识我了吗？我就是白彬仁啊！"彬仁听她这样问，倒是愣了愣，忍不住笑起来，急急地自我介绍着说。

晴珍听他说出白彬仁三字，方才猛可地记起来了，这就也啊呀了一声，笑着叫道："原来就是白大叔吗？我们半年多没见了，您不但胖得多，而且也白得多了。你要不提醒我一句，我真的认不得你了。"

"真的吗？"彬仁乐得耸了耸肩膀，他扬着眉毛儿，表示非常得意的样子。接着又问道："大为兄在家吗？"

"是谁呀？"大为在会客室内也闻声走出来问。

"是我，是我，大为兄，好久不见，您好啊？"彬仁抢步迎上去，笑嘻嘻地向他先问安。大为想不到彬仁这时候会到来，一时甚为惊喜，连忙和他紧紧地握了一阵手，急急地问道："彬仁兄，你刚从天津回来吗？"

"今天早晨九点半火车到的，办舒齐了一点儿公事，特地先来拜望老朋友的。"彬仁满面堆笑地回答。

"白大叔，请里面坐吧！"晴珍见他这回到来的情形，和从前大不相同，也可想他在天津做买卖是很发达，遂代为欢喜地向他招待。大为于是把他迎入会客室，彬仁把许多礼物放在桌子上，回头向梅珠望了一眼，笑道："这是梅珠吗？半年不见，人儿可长得真不小。梅珠，你还认识我吗？"

小孩子到底记不起这许多，梅珠呆呆地望着彬仁，却木然地愣住了。晴珍笑道："梅珠，这是白大叔！去年在我家住过的，你怎么忘了吗?"

"哦!是的,是的,白大叔!您好啊!"梅珠乌圆眸珠一转,方才点了点头,口齿很伶俐地招呼。

彬仁见她长得益发可爱了,遂抱过她的身子,吻了吻她一个香,笑道:"我很好,梅珠,你也好吗?"这时晴珍倒上一杯玫瑰花茶,放在桌子上,说白大叔请用茶,彬仁连连道谢。大为递过一支烟卷,并给他划了火柴,大家在沙发上一同地坐了下来。大为说道:"彬仁兄,您用了饭没有?"

"我在清光饭店和朋友一同吃过了才到这里来的。"彬仁吸了一口烟卷,笑嘻嘻地回答,神情是非常的安闲。

大为知道清光饭店是很贵族化的,凭他这一句话,就可以知道他是发了财回来了,于是笑道:"这半年来,彬仁兄一定是十分得意啊!"

"也说不上得意两个字,总算马马虎虎的还混得过去罢了。大为兄,上次承蒙你们很热心地帮助我,我一直到现在,还是记在心里。今天从天津到来,没有什么可带,特地买了一点儿礼品送送你们,请你们不要客气地收下了。"彬仁一面回答,一面站起身子,又走到桌子旁去,指了指这些东西说。

"彬仁兄,我和你是朋友,你何必一定要闹这一套呢?那叫我反而感到不好意思了。"大为含笑回答,他心里在想,穷人没有穷到底的一句话,这就真不会错了。

彬仁听了,脸上显出不悦的样子,说道:"这无非是小弟一点儿心,大为兄若推却我,那你倒反而看我不起了。我想买别的东西也是没有用处,还是买点衣料,比较实用。这是一套西服的料子,大为兄可以添制一套。这是两件旗袍料,大嫂子,你瞧瞧颜色还中意吗?还有梅珠这孩子,我给她买了一套童装、两件绒线、一双小皮

30

鞋，大嫂子快给她穿一穿，试试尺寸，不知怎么样？"彬仁一面说，一面把大包小包都透开来，拿给大家看。

大为和晴珍都感到意外的惊喜，一面看衣料，一面打开了嘴儿，笑得合不拢来。梅珠见了这一套漂亮的童装，心中也乐得什么似的，她苹果似的小脸儿上那颗笑酒窝儿也深深地掀了起来。大为这时连连地说道："彬仁兄，你这未免是太破钞了，太花费了，叫我们怎么好意思收受呢！"

"大为兄，您假使不肯收下，那你就不当我是自己朋友看待了。大嫂，你说我这话可对吗？"彬仁望了晴珍一眼，又笑嘻嘻地问。

晴珍瞟了他一眼，笑道："照理我们是不好意思接受大叔这么的厚贶，但大叔既然诚诚心心地来送给我们，我们若一味地不收，那岂非抬举不起，太不知好歹了吗？所以我喜欢说老实话，就只好恭敬不如从命了。但叫我们怎么地谢谢你好？那就有些难的了……"

"大为兄既然说是自己朋友，那就根本用不了说谢。大嫂子，你把这些东西快收拾过去，我已买好了三张大舞台的戏票，时候不早，我们大家快些听戏去吧！"彬仁一面向晴珍叮嘱，一面又这么地说。

大为听了，忙道："什么？你还请我们听戏去？我说你刚到北平，也该休息休息才好。啊呀！我倒忘了，你耽搁在什么地方啊？"

"我住在六国饭店四百五十号房间，这次到北平，我很快乐，所以我一点儿也不觉得吃力，根本用不到休息的。"彬仁笑嘻嘻回答。

"住在六国饭店不太花费吗？……哦，彬仁兄，恕我冒昧，因为我们是好朋友，所以就这么直言了。我的意思，您若不嫌弃我家地方小，就只管仍旧住到我家里来。"大为既然说出了口，又觉得很不好意思，因为此一时，彼一时，现在的白彬仁，当然不是过去的白彬仁所可同日而语了。遂又表示冒昧的意态，向他低低地致歉。

"大为兄，我知道你是一番好意，我心中只有感激你，怎么会见怪你呢？不过我还有几个天津同来的朋友，他们在北平也没有住屋，所以我们就合伙儿住在六国饭店里。等他们回到天津去，我一定住到你们府上来。大嫂子，你快和梅珠去打扮打扮，我们早些听戏去！"彬仁向大为告诉着原因，说到后面，又向晴珍低低地催促。

晴珍望了大为一眼，大为含笑点点头，表示赞同的意思。晴珍方才拉了梅珠到卧房里去换衣服，等她们打扮舒齐出房，彬仁已叫了一辆汽车回来，候在大门口，于是大家跳上车厢，到大舞台去听京戏了。这天晚上，到十二点敲过，大为夫妇方由彬仁用汽车送回家里，才匆匆别去。

从此以后，大为家里便多了一个人常在走动了。这人是谁？不用说得，当然是白彬仁了。彬仁到大为家的时候，终要买些礼物来送给晴珍。晴珍心中过意不去，所以待他也和小叔叔一般亲热了。

这天下午，彬仁买了半打丝袜来送给晴珍。晴珍一面让坐，一面倒茶，一面又笑盈盈地说道："白大叔，从今天起，你送我的东西，我一概都不接受了。"

"这是为什么呢？"彬仁不解其意的样子，怔怔地问。

"因为我无缘无故的怎么能够老是拿你东西？再说大为也对我说过，叫我以后再不能让你破钞了。"晴珍在他对面那张沙发上坐下，低低地回答。

彬仁沉吟了一回，望了她一眼，笑道："那么以后我一定不送什么给你了，这半打丝袜就请您收下了。因为这是女人的东西，我留下来也没有用呀！"

"你现在没有用，将来就会用得着了。"晴珍秋波逗给他一个媚眼，用了俏皮的口吻回答，忍不住又抿嘴微微地笑。

彬仁见了她那种娇媚的意态，心头就会像小鹿般地乱撞着。他故作不明白的样子，呆呆地问道："大嫂，您这话是什么意思呢？"

"这意思还不明白吗？我说你将来娶了夫人，不就用得着了吗？"晴珍以为他真是一个老实的青年，这就扑哧的一声笑起来。

彬仁故意哦哦地回了两声，他微红了脸儿，却忍不住轻轻地叹了一口气。晴珍见他这个样子自然表示有些奇怪，遂低低问道："干什么你却叹起气来？"

"大嫂子，这个年头儿娶太太也真不是一件容易的事情。"彬仁听问，方才抬头望了她一眼回答，表示有些困难的意思。

晴珍望着他愣住了一回，微笑着问道："你这是什么话？在过去因为你不大得意，所以在经济上，似乎够不到力量。但现在你很会赚钱，我想你每个月只要节省一点儿，娶个太太还有什么不容易的事情呢？"

"我说的困难，倒并不是在经济问题上。"彬仁似乎有些含蓄地回答。

"那么你说的困难是在什么问题上呢？"晴珍追根究蒂地诘问。

"我说要找个好的对象太不容易了！"彬仁含了微微的笑。

"不过你的目标是要怎么一个姑娘才可说是你理想中的妻子呢？因为各人的眼光不同，你把条件先跟我说一说，也许有什么机会的话，我可以给你介绍介绍。"晴珍半认真半取笑地问他，粉脸儿上也含了一丝媚人的笑意。

"这……个……那就难说了。"彬仁红晕了脸儿，他似乎感到很不好意思。

"咦！难道说你害怕难为情不成？"晴珍秋波斜乜了他一眼，她心中感到十分的有趣。

彬仁方才很正经地说道："第一，性情要温和；第二，有才干，能治理家政；第三，待人接物要和蔼可亲；第四，容貌当然也要美丽一点儿。"

"你这些条件我认为太理想一点儿了，因为世界上十全十美的人，到哪里去找寻呢？"晴珍摇摇头，表示他这四个条件有些苛求。

"为什么没处去找寻呢？我有一个朋友，他的太太，也就是我理想中的太太。这位主妇，真是太令人羡慕了。"彬仁十二分认真地说。

晴珍一时之间想不到许多，还脱口问道："哦！真有这样十全十美的人吗？不知你那位朋友叫什么名字？"

"叫王大为……"彬仁忍不住笑起来了。

"好呀！我可上了你当了。白大叔，你看错了，我是一个最普通的主妇，老实说，像我这种人，抓一把，吹一口捡捡呢！"晴珍红了脸儿，很自谦地回答，她心里很有些不好意思。

"大嫂子，那你未免说得太过分了，抓一把，吹一口捡捡。这……到什么地方去捡呢？老实说，像大嫂子那么人才，真不容易找到哩！所以我时常羡慕大为兄的好福气，娶个好太太，我情愿一辈子也不想发财哩！"彬仁望着晴珍的粉脸儿，大有敬爱得五体投地的样子。

晴珍瞟了他一眼，笑道："你也说得我太好了，可惜我没有一个好妹妹，否则，我就把我妹妹嫁给你了。"

"但是，假使你果然有一个好妹妹的话，我也认为你的妹妹终及不到你的万分之一的好处，因为我理想中的太太，最好再有一个像你那么一式一样的人才，那我就死也甘心的了。"

彬仁说这两句话的时候，他那颗心儿跳跃得非常厉害。他两眼脉脉含情地望着晴珍，表示他内心是痴情到怎一份样儿的程度。

晴珍细细回味他这几句话，觉得其中大有轻薄的意思，一时甚为不悦，暗自想道：我只知道他是忠厚的老实人，谁知他话中有骨子，莫非有什么不良的存心吗？那我以后倒要小心地防着他的举动了。晴珍这么想着，她的脸色不再有笑容了，呆呆的大有生气的意思。

彬仁知道自己的话太露骨一点儿，因此暗暗地懊悔。两人默坐了一会儿，彬仁抬头看了一下表，见只有两点一刻，遂又搭讪说道"大嫂子，我们去看一场电影好吗?"

"不！梅珠快要放晚学了，回头找不着我，她要吵闹的。对不起，我不能奉陪你。"晴珍依然含了笑容，装作若无其事的样子，婉言拒绝了他。

彬仁知道她是一个贞洁的女子，看来不容易着手勾搭，于是想了一会儿心事，方才站起身子，预备告别走了。晴珍也不留他，因为他没有把半打丝袜带走，遂又叫住了他，说道："白大叔，你把丝袜忘了，快拿去藏着吧!"

彬仁只好回身接过，当他走出大门的时候，心头方才有些怨恨，遂冷笑着匆匆地回去了。

黄昏的时候，晴珍和梅珠坐在会客室里，一个干着活计，一个做着功课。母女两人悄悄地各自工作着，忽然门外一阵急促的敲门声音，晴珍连忙前去开门，只见两个陌生男子扶着大为，一路吐着鲜血回家。晴珍这一瞧，不免心胆俱碎，粉脸儿失色，顿时啊呀了一声竭叫起来，一面又急急地问道："大为！大为！你……你……这是怎么的一回事情呀?"

"我……我……被流氓打伤了……"大为颤抖着回答了这两句话，他有些难以支撑的样子。

"是的，这位先生在马路上被十多个流氓打的，等警察到来，流氓都四散逃了。我们是过路的，问了这位先生的地址，才送他回家的。"那两个陌生男子，向晴珍低低地告诉。

晴珍向他们道了谢，把大为扶进了屋子里去，两个路人便自管走了。这时大为躺在床上，吐血不止，害得晴珍和梅珠都哭泣起来，大家心痛如割，不知如何是好。晴珍伏在床边，急急问道："大为，你平时和这班流氓结过冤仇了吗？"

"没有呀！我好好儿地走回家来，经过教仁街的时候，却拥来了十多个流氓，手中拿着铁锤子，向我没头没脑地打起来，这……真是太叫人莫名其妙了！"大为有些无力地回答，说到末了，又哇的一声吐起血来。

晴珍急得六神无主的，哭道："大为，你……伤得不轻呀！我给你去请大夫来诊治好吗？"

"恐……怕……来不及了……"大为浑身疼痛难当地回答，他的眼泪也大颗儿地滚落下来。晴珍、梅珠除了哭泣之外，却是急糊涂了，竟想不出一个救治的办法。就在这时候，忽然见彬仁匆匆地到来了。他见了大为这个样子，慌慌张张地问道："啊呀，这……这……是怎么的一回事情呀？"

"白大叔，大为被流氓打伤了！"晴珍说到这里，已经失声哭起来。

"奇怪！流氓为什么要打他呢？大为兄，你难道和这些小人结了仇恨吗？"彬仁说到末了，也伏到床边去，含泪低问。

"这……真是莫名其妙的一回事情，我平生是安分守己，从来没有和人结过什么仇恨，今天被打，那……真是叫我做梦也意想不到的。"大为说到这里，捧着腹部，满面显出无限痛苦的样子。

"大为兄，我送你上医院去吧！"彬仁低低地征求他的同意。

"不，不用了！彬仁兄，我……我……恐怕是不中用了，但……我要托付你几件事情，不知你也能念在我们是朋友的情分上而答应我吗？"大为断断续续地说，神情是惨淡得有些可怕。

"大为兄，是什么事情？你只管说吧！"彬仁也凄凉地问他。

"唉！我很不幸地被人害死了，我死之后，丢下这一个年轻的寡妇和这一个年幼的孤儿，她们是多么的可怜啊！所以我希望你能够代我尽一点儿照顾的义务，使这个孩子能够长大成人，嫁一个良善的商人，使我晴珍后半世不会有冻饿之虞，那我虽在九泉之下，一定也深深地感着你的大恩哩！"大为含泪说到这里，已经是上气不接下气，显然是只剩了奄奄一息的光景。

"大为兄，你放心，这是我做朋友的应尽义务，就是你不托付我，我也一定会照顾她们的。除了这些之外，你还有什么话说吗？"彬仁的话声也特别的低沉。

大为听了，点了点头，他表示感激的意思，但他的脸上忽然又痛愤起来，眉宇之间好像含了一股子杀气似的，说道："还有……请你打听……杀害我的仇人是哪一个，将来梅珠长大之后，希望她能够给我报仇！"

"好……的……我……一定遵命！"彬仁颤抖着回答，他全身感到冷水在浇一般的寒意砭骨，忍不住抖了一抖，好像有阵说不出的不自然。

大为似乎已经得到了深深的安慰，他又连连吐出几口血来，眼皮慢慢地闭上了。一缕含冤不白的幽魂，终于脱离这个万恶又阴险的世界了。

晴珍见丈夫早晨好好儿地出去办公，但晚上回来，却是咽气死了，这不是一个梦吗？她几乎疯狂起来，抱住了大为，连连地哭叫了两声，顿时哇的一声也不免吐出两口血来，倒在地上昏厥过去了。夜色已降临了大地，四周是静悄悄的，只有梅珠痛哭父亲的惨声，真是凄绝人寰！

大为莫名其妙地死了之后，凶手是再也没有捉到。晴珍和梅珠的生活，本来是全仗大为每月薪给来维持。现在大为死了，这以后的日子怎么过下去呢？所以晴珍哭得死去活来，她要没有这个苦命的梅珠女儿，她也很情愿跟着大为一块儿死去。彬仁当然是百般地向她安慰，说以后的生活费用，一切都由他负责归管，叫她不要伤心，保重身子要紧。晴珍见他这样的有义气，芳心中她只有表示深深的感激而已。

彬仁所以肯感慨仗义，照顾已死朋友的家属，他当然是有目的的。这目的不用说的，他完全是为了看中晴珍的缘故。晴珍是个年轻的少妇，况且一切的生活费用又全靠彬仁来供给，所以在这样环境之下，久而久之，终免不了是上了彬仁的圈套。但晴珍含泪向彬仁要求，对于他俩的关系，千万要保守秘密，尤其是不能让她的女儿梅珠知道。彬仁对于这些问题，当然是毫不介意地答应了。可怜晴珍，从此以后，便忍辱偷生地过着泪天的生活了。

彬仁既然是个见色忘义的无赖，他对晴珍当然也没有真心的爱，他的爱无非是欲的冲动罢了。所以在他达到了目的之后，慢慢地把晴珍又憎厌起来。晴珍当然是没有权力去管束他，而且她也不愿去劝谏他。当初彬仁还偶然地到晴珍家里来看望一次，给一点儿钱，买一点儿实用东西，但后来慢慢地疏远了，几年以后，连他的人影子也不见了。晴珍并不怀念他，同时更不希望他再来。她用她的劳力，来养活她年幼的女儿。光阴如水流般地逝去，不知不觉地梅珠已有十五岁了。晴珍见隔壁女孩子也都在学唱戏，想起自己年已衰老，梅珠终要给她学一点儿赚钱的技能。因此征求了梅珠的同意，也送她到师父那儿来学唱戏了。

吴秉章在庭院里的茅亭内，静静地听梅珠叙述着十年前她孤苦无依的身世，一时也不禁代为流了许多同情的眼泪，抬头见梅珠的粉脸儿，好像是海棠着雨，令人楚楚可怜。于是用了温情的口吻，向她低低地安慰了一番，梅珠方才收束了泪痕，向他表示十分的感激。

　　月色已经西斜了，时候不早，外面露水很重。秉章恐怕梅珠孱弱的娇躯受寒易病，于是各道晚安，大家回房去安息了。

三、难收回春效月落乌啼

秋风飕飕地吹着，院子里那棵梧桐树的叶子，好像孩子脱离了慈母的怀抱，向半空中去流浪飘零了。四周是阴沉沉的，院子里满布着凄凉的色彩。忽然一阵暗暗啜泣之声，震碎了这黄昏寂静的空气，只见梧桐树下站着男女两个人，男的身穿绸旗袍，头上还戴了一顶咖啡色的呢帽。女的穿着一件元色绸的旗袍，手里拿着一方绢帕儿，似乎正在揩拭颊上的泪水。

"梅珠，你不要伤心呀！被你妈妈听见了，叫她老人家心里不是更加地要难过吗！张大夫不是一个含糊的人，他总有些把握的，且看她吃了这一剂药，我们再慢慢儿地设法吧！"这个男的就是吴秉章，他用了温情的口吻，向梅珠低低地安慰。

原来这已经是过了三年的光阴了，秉章和梅珠都已学艺满师。由杨化鹏的介绍，他们都在新舞台挂了一个三牌的角儿，他们师兄妹在这三年中的朝晚相聚，不免由怜生爱，两人心心相印，非常的爱护。但是今年春天，梅珠的母亲就闹着背痛腰酸，时常地病卧在床，显然是十多年来的辛劳，被这恶劣的环境已经是压迫得不能支撑了。所以挨到秋风起的季节，她终于卧病不起了。梅珠是个孝顺的女孩儿，她想着母亲的憔悴，完全是为了抚养自己成人，含辛茹苦，历年的积劳，所以才形成了今日的病倒在床。她当然是非常的悲痛，除了给晴珍延医服药之外，她又吃素念佛，希望母亲的病能

40

够早日痊愈。梅珠在万分孤苦之余，只有秉章是她唯一的安慰者了。今天秉章又来探望晴珍，看她神色已经是很不好了。秉章明白她母亲是不久于人世了，虽然非常的难受，但却不肯向梅珠老实地告诉。他没有办法，他只好拿这些话去宽慰梅珠的芳心。

当时梅珠听了秉章的话，收束了泪水，明眸脉脉地望了他一眼，低低地说道："张大夫说，我妈这病实在是很危险了，他本来不肯再开方子，是我求他，他才开的。我想妈这病总是凶多吉少，万一真的不幸，叫我一个女孩子怎么的好呢？"

"但愿吉人天相，她老人家的病会有转机才是。"秉章低低地说道，"梅珠，外面风大，你进去吧！晚上散戏后，我再来看你吧！"

梅珠见他一面转身要走的样子，这就跟上几步，低低地又把秉章叫住了。秉章回头望了她一眼，站住了脚，问道："梅珠，你还有什么话跟我说吗？"

"我……我……我……"梅珠支支吾吾地说了三个我字，却是红晕粉脸儿，结果还是没有说出什么来。

秉章起初倒是有些奇怪，但他原是一个聪明的人，当他眼珠一转的时候，方才有些猜想到了，遂低低地说道："梅珠，我知道你的意思了，是不是这几天钱用得太多了？你放心，我给你想办法去！"

梅珠想不到自己没有说出来，他就知道自己心中的困难了，可见他确实是她的知心者，一时非常的感动，眼泪忍不住又夺眶流了下来，说道："秉哥，我想请你给我代为向老板暂支一个月包银，也许老板会答应我吧！"

"好的，我晚上就来给你回音吧！"秉章点点头，他方才又告别走了。当秋风凄厉地吹在他身上的时候，全身瑟瑟地一抖，不免感到了无限的凄凉。

梅珠眼望着秉章去远，方才回身走进卧房。只见炭炉子上的药罐嘴里正在冒着一缕缕的热气，梅珠一看手表，已经有了二十分钟的光景，于是把药罐拿起，倒了一碗药汁，盖了一只盆子，盆上还放了一柄剪刀，轻轻地放到桌上。回眸见床上的母亲，闭了眼睛，好像很昏迷的样子。于是不敢惊动她，自管自地坐到椅子上去，手托起了香腮，呆呆地想了一会儿心事：自从母亲生病之后，我就请了一星期的假，没有去上戏，老板不知道会对我起不良的印象吗？假使他不肯把包银借给我，那叫我又怎么的办呢？梅珠想到这里，心中一阵焦躁，两颊热辣辣地发红，她的眼泪忍不住又会落了下来。不料正在这个时候，床上的晴珍忽然喃喃地说起话来了。她说道："大为，你死得太惨了，你死得太不明不白了。我很惭愧！我很对不起你！但是为了梅珠这个苦命的孩子，我没有办法，我只好委委屈屈地活下去。唉！你恨我吗？我知道你会同情我，你会可怜我的……"晴珍说完了这几句话，她似乎十分的悲痛，却抽抽噎噎地哭泣起来。

梅珠听了，心中别别地一跳，她全身毛发悚然，顿觉寒意砭骨。正在呆呆地出神，忽然听母亲又接下去说道："你要我今夜动身走吗？外面风大呢！能开船吗？……"

"妈，妈！您在说什么？您在说什么呀？"

梅珠对于母亲这两句话再也听不下去了，她猛可地站起身子来，走到床边，俯着身子向母亲连连追问，她的语气是已经要哭出来的样子了。

晴珍在蒙眬之中，突然被梅珠急促的呼声叫醒过来。她微微地睁开已经没有神色的眼睛，惨淡地在梅珠脸上逗了那么一瞥，低低地问道："梅珠，你在叫我吗？……"

"是的，妈！你刚才做了什么梦？"梅珠的脸色是笼罩了悲哀的愁云，她明眸里贮满了晶莹的泪水。

"我没有做梦呀！"晴珍摇了摇头，她颤抖地回答。接着又向窗外的天空望了一眼，凄凉地问道："现在是什么时候了？离开晚上十二点还有多少钟点呀？"

　　梅珠听母亲否认着，而且又这样问，一时想到她刚才梦中说的几句话，心中立刻悲酸起来，因此泪水再也忍熬不住地滚下了两颊。遂哽咽着叫道："妈，你问这些做什么？我给你药汁已经煎好了，此刻已凉了好一会儿，还是我给你先服侍喝了药吧！"梅珠说到这里，伸手把桌子上药碗拿过，凑在自己嘴边先试了试热，觉得并不烫嘴了，方才拿到母亲的床边去。

　　但晴珍回答的话是令人太心痛了，她摇了摇头，低低地说道："梅珠！我这病是不会好的了，吃药还有什么效验呢？多吃一碗药，也无非是多吊一天性命，与其是不死不活地受罪受苦，那倒不如爽爽快快地死去了干净呢！"

　　"妈，你为什么要这样的说呢？一个人生病，就好像是一部机器坏了。机器坏了，经过修理，自然好了。那么一个人生了病，经过医生诊治之后，喝了药，不是也会好起来吗？妈，你快喝了这碗药，你就听从我苦命女儿的话吧！"梅珠一面说，一面眼泪像雨点一般地落了下来，她的话声是完全已有哭音的成分。

　　晴珍听了女人这几句话，她似乎不忍再去伤了女儿的心，只好开口把那碗药汁喝了下去。但她还叹息着说道："医生是只能医人病，但是却不能救人的命。孩子，机器坏了，虽然经过修理会好的，不过坏的部分若太多了，那部机器也会变成没有用的。你妈就是这一个比方，这十几年来，我受尽了社会的磨折，千辛万苦，渡过了重重的难关，人情薄于秋云，世态是多么的炎凉啊！唉！这好像是风前的一支残烛，当它流完了最后的一滴烛油，那么也是它熄灭的时候了……"

梅珠听母亲断断续续地说到这里，却是不停地喘气。一时还说什么好呢？她伏在母亲的身上，已经忍不住呜呜咽咽地哭泣起来了。晴珍伸了枯黄像柴枝似的手，抚摸着她乌黑的头发，低低地又说道："孩子，你不要哭呀！趁你母亲还没有断气之前，我们娘儿俩就多说几句话吧！因为到了明天，我固然是长眠黄土，不能再和你说什么话，就是你也无从再来找我啊！"

"妈，你为什么老是说这些……叫我心都碎了！"晴珍这些话，仿佛是针锋一般地刺痛了梅珠的芳心。她除了哭泣之外，却是什么话都说不上来。晴珍却苦笑了一下，又叹息着说道："孩子！并非我太残忍地要抛弃了你，但是病魔不肯饶放我，我也是没有办法呀！"晴珍的眼泪也像泉水般地涌上来。

"妈，我相信你是会好起来，老天不曾叫我们母女俩拆散在一旁的。"梅珠偎着母亲的脸儿，她的心中还是存了无穷的希望。

"我这病能够痊愈，固然是很好，但假使没有救了，也是我命该如此。本来人生在世，就像春梦一场，早死迟死，活到百岁，到后来还是逃不了一个死。所以死是人生的归宿，而且也是每个人必经的路程。仔细想来，那根本没有什么伤心。只不过世界上的人，他们的梦都是哀乐不同。像我这一个梦，到底是做得太悲酸一点儿罢了。所以今日我能够早点儿醒来，那也很好，至少可以免掉我梦境中的烦恼！孩子！你的年纪还轻，你是初入梦境，虽然你梦见的也是那么的痛苦烦恼，但你还可以不断地做下去，只要你努力上进，我相信你会踏上理想中的梦境……"晴珍絮絮地说着，她是竭力地在安慰着女儿悲苦的芳心。

梅珠把手按住了母亲的嘴儿，急急地说了两声"不"字，哭泣着说道："妈，你辛辛苦苦地把我养大了，我现在稍许会赚一点儿钱了，我正预备奉养我唯一的妈，妈是不能够抛弃我的。假使妈要丢掉我，我也情愿跟着妈一块儿去……"梅珠说到这里，咽不成声，泪如雨下。

"傻孩子！你怎么能看你妈的苦样子？我现在死了，我很放心。要如我早五年死的话，那我死了眼睛也闭不下哩！因为如今你有自立的能力了，我知道你不会在世界上吃苦了，所以我非常的安慰。"晴珍苦笑了一下，她摸着梅珠的粉脸儿，不管女儿真的有没有这样孝心，但她终觉得十分的欣慰和高兴。

"妈，我们别说这些伤心的话吧！您喝了药后，您静静地躺一会儿吧！"梅珠不愿老是说这些难受的话，使大家心头悲痛，于是慢慢地站起身子，把被儿给她塞好，轻轻地步到窗口旁去。

天色慢慢地黑下来，床上的晴珍，她的脸色也渐渐地更加可怕起来。在那盏十五支光的电灯笼映之下，只见晴珍两颊透现了一圈红晕。这是回光返照，一个人在将死的一种惨状，而且她这时说话的声音，比刚才黄昏的时候，更低沉，更没有精神，完全已到了奄奄一息的光景。

梅珠站在床边见母亲这个模样，也觉得母亲的病已入膏肓，恐怕难有起色。不过做子女的，对于父母的病，只要一息尚存，没有一个不希望他们还有复活的思想，所以梅珠此刻的芳心里，忽然又想出一个割股疗亲的急救办法。因为自己和母亲，这十多年来，相依为命，若没有母亲，我哪有今天长成的一日，所以我决不能眼望着母亲到幻灭的地步，我一定要设法救她不可。梅珠在这样决定之下，她匆匆地走到院子里，焚一炉好香，对着天空拜了八拜，口里虔虔心心地祷告了一会儿，然后伸出那条雪白的手臂，把牙齿咬着臂膀上的一块肉，然后拿剪刀，就把这块肉狠命地剪了下去。

因为是下了决心的缘故，所以梅珠也忘记了痛苦，把香灰抓来，敷在被剪去的创疤上。她拿了这一块尚在跳动的鲜血淋淋的肉，急匆匆地走到厨房里，煎了一碗汤。正预备拿到母亲卧房里去的时候，忽然听得一阵咻溜溜的声音，顿时使自己毛发直竖，全身好像泼了一盆凉水似的发抖起来。不过她张大了胆子，依然急急地走到母亲的房中，奔近了床边，急急叫道："妈！妈！"

但是晴珍并没有答应她，垂了眼皮，依然直挺挺地躺着。梅珠急起来，在桌上放了那碗肉汤，伸手去摸母亲的额角，已经有几分凉意。再按到她的鼻子管上，早已连一丝游气也没有了。梅珠心中这一悲痛，她大哭了一声："妈呀！"便扑到床上，竟然是昏厥过去了。

也不知经过了多少时候，忽然梅珠的耳朵旁，有人低低地叫道："梅珠，你醒醒吧！你醒醒吧！你妈……"

"我妈死了！……"梅珠被他急促地呼醒，遂抬头一看，见是秉章站在身旁。梅珠此刻见了秉章，觉得自己生命中现在是只有秉章一个人是最亲爱的人了。这就猛可抱住了秉章，只说了四个字，便又哇的一声大哭起来。

秉章拍着她的肩胛，含泪说道："是的，你妈死了。但是，你已经尽了做子女最后的一分力量了，你对得起你的母亲！"

"不，不！我对不起妈，因为我想得太迟了！"梅珠推开了秉章，她伏到母亲的尸体上去，忍不住又号啕大哭起来。

秉章觉得世界上最最伤心的事情，当然是莫过于生离死别。尤其是母女天性，这当然是要使人悲痛欲绝。所以他站在身边，并没有过分地劝她，他只管陪着梅珠扑簌簌地落眼泪。让梅珠痛痛快快地哭泣了一会儿之后，方才拉了拉她的身子，低低地说道："梅珠，好了，人死不能复生，你应该保重你自己呀！"

"妈死了，她丢下我苦命的人走了，那叫我一个人怎么活得下去？妈，你太狠心！你太忍心了！"梅珠并不能因他劝告而抑制她的伤心，她再度地扑上去，呜呜咽咽地痛哭起来。

"梅珠，你是只有一个人，那么母亲死后的事情，也得由你一个人料理，所以你的责任很大，我劝你不能这样地恸哭，你应该顺变节哀，因为现在不是你哭的时候啊！"秉章再三地拉住了她身子，一本正经地向她劝告。

梅珠听他这样说，觉得这是金玉良言，我不能一味地痛哭，倒反而误了料理母亲善后的正经事。于是收束了泪痕，却又急急地说道："秉哥，我实在连一点儿主意也没有了，你叫我怎么办好？你叫我怎么办好？"

"梅珠，你不要急呀！有我在你的身旁，我终会帮你的忙。现在我们得先商量商量，你的意思，还在家里入殓呢，还是送到殡仪馆去？"秉章见她蹙了眉尖儿，又急得这一份样儿的神气，于是用了缓和的语气，向她低低地安慰。

"秉哥，你也知道我的环境，所以好省的地方终要节省一点儿。并非我没有孝心，实在……因为……"梅珠说到这里，红晕了两颊，愁眉苦脸地又流下泪来。

"这些我很知道，你放心好了。"秉章点了点头，他在袋内摸出几叠钞票来，交给梅珠，说道："你拿着，这里一千元钱，我们可以办事情。"

梅珠接了钞票，心中安定了不少，秋波脉脉地望了他一眼，低低地问道："这是你代我问老板借来的包银吗？可是，一个月的包银哪有这么许多？"

"我也问老板借一个月包银的，因为我刚才见你妈的神色就很不好，所以我猜到她是朝不保夕的了。万一她有三长两短，第一要紧就是金钱，现在我们有了钱，不是可以专心地办事情了吗？"秉章向她絮絮地告诉。

梅珠听了，方才恍然明白。她心中是感激得什么似的，情不自禁紧紧地握住了他的手，垂下泪来，说道："秉哥，你这样地对待我，叫我如何地报答你？唉！我在这么孤苦伶仃之余，还有你那么一个同情我的人，我的命到底还不算苦啊！"

　　"是的，你的命本来并不苦，我希望将来我们终有好日子过。"秉章半环抱她的身子，很坚定的神气，低低地回答。梅珠偎着他的怀里，秋波逗了他一瞥媚眼，却赧赧然地低垂了粉脸儿，默不作答了。

　　这晚梅珠和秉章守尸到天明，到第二天早晨，方才匆匆地办事。好在晴珍的坟是早已筑好的，所以衣衾棺椁买齐之后，就即入殓安葬。一切完毕，已经黄昏时分，梅珠回到家里，坐对母亲的灵前，兀是哭泣不停。秉章说道："梅珠，今天你已哭了一整天了，我说你应该休息休息了。因为徒然悲痛，于伯母在天之灵固然无益，而且对你身体却非常有害，不是我说那些不吉利的话，万一你再积劳致疾起来，那可怎么办呢？因为你已请了一星期的假，老板虽然没有说什么，他心中一定是不大满意的。所以我的意思，你明天休息一天，后天最好就上戏去，免得别人说话，那就不好听了。我白天请了日场的假，夜场仍旧去赶上了，所以我此刻得走了。"秉章平静了脸色，很认真地说着，一面预备告别的样子。

　　"秉哥！……"梅珠听了他这一番话，感入骨髓，她忍不住叫了一声秉哥，却伸手把他拉住了。

　　"你还有什么事叫我办吗？"秉章回过头来问她。

　　"不！我说你就请一天假吧！夜场别去赶上了。"梅珠明眸里充满了热情的光芒，脉脉地望着他英俊的脸儿，话声是带了央求的成分。

"那为什么？"秉章显出不解其意的样子。

"你昨夜也没有睡过，今天奔来奔去的又忙碌了一整天，晚上若再去赶夜场，我怕你也会累得受不住。万一累出病来，那叫我心中怎么对得住你呢？所以我劝你今夜就休息了，明儿我跟你一块儿上戏去好吗？"梅珠方才说出了这一番关怀的意思。

秉章知道她也是为了爱惜自己的意思，遂沉吟了一会儿，说道："你放心，我的身子素来结实，不要说一夜不睡没有问题，就是三夜不睡，也算不得怎么一回稀奇的事。你不知道，我们还没有出名的角儿是应该迁就老板的，假使行动上太自由了，就是对于我们将来的前途，也大有关系呢！"

梅珠听他这样说，一时也不敢再向他有所劝阻，只好由他去了。当时呆呆地望着走远了的秉章，也不知为什么缘故，她的眼泪又大颗地滚下来了。

这晚梅珠睡在床上，浑身骨节好像要脱开来似的疼痛酸楚，哼了一整夜，才昏昏沉沉地入梦。等次日醒来，时已正午，她忙着匆匆地起身，到厨房里生炉子烧水，在母亲灵前上了饭，一个人又呜呜咽咽地哭了一场。后来还是隔壁的李四嫂劝住了她，说自己身子保重，多哭了要头晕的。一面又帮着她开了午饭，叫她多少吃一点儿。梅珠心中很是感激，一面道谢，一面也就吃了半碗饭。在吃饭的时候，她的眼泪水又像雨点一般地滚落下来。

李四嫂在旁边见了，显出难过的样子，低低地说道："梅姑娘，事到如此，还有什么办法呢？只怪老太太残忍，你才出了道，照理你妈可以享一点儿福了，谁知她就死了，说来她老人家的命真是太苦的了。"李四嫂说到这里，红了眼皮，也表示不胜感叹的样子。

但梅珠没有说什么，她是只有以泪水来淘饭吃了。吃毕这餐饭，李四嫂帮着她收拾了碗筷，一面说道："梅姑娘，我见你精神不大好，还是再去躺一会儿吧！"

"不，我想到戏院里上戏去了。"梅珠瞧了瞧手表，低低回答。

"梅姑娘，不是我心直口快地说这两句话，你昨儿才死了母亲，今天就去上戏，穿了红红绿绿的戏装，那也不像话呀！"李四嫂听了，很不以为然地直说道。

梅珠被她这么一提醒，两条眉毛儿就紧紧地锁了起来，说道："可是，为了生活，那又有什么办法呢？"她说时，泪水又沾了整个的面目。

"虽然为了生活，那也讲究不到这许多，不过，我的意思，你至少也得等母亲过了首七，再上戏去才好。你妈的思想也很老派，她膝下就是你这么一个女儿，假使让她知道了这一回事，恐怕她在九泉之下也要伤心哩！"李四嫂这人很热心，同时也很爱管闲事，所以她不顾一切地主张着说。

梅珠并不以为她多事，她反而深深地感动起来。因为梅珠是个纯孝的女儿，她觉得母亲辛辛苦苦地把自己养大成人，自己竟连孝都不给老人戴，那我岂不是成个不孝不义的人了吗？叫我将来怎么有脸去见母亲老人家呢？她这样想着，遂点了点头，完全感情冲动地说道："四嫂，你这话很有道理，亏你一语提醒了我，否则，使我做个不孝的孩子了。我的意思，不但要给母亲守过了头七，而且还想给母亲守过了终七，再上戏去。"

"好啊！梅姑娘，你才是一个孝顺的女儿呢！"李四嫂表示很满意地微笑起来。

"不过，事情也有些困难……"梅珠的脑海里，又想起了一件事，她粉脸儿会笼上了一层忧煎的愁云。

"什么事情感到困难啊？"李四嫂仰了脸儿，一本正经很关切地追问。

"四嫂子，你不知道，这次我妈后事的经费，是我问老板去暂借来的一个月包银，假使我不去上戏，老板不是要讨还我的包银吗？所以这一个问题的确使我太为难了。"梅珠愁眉百结，她几乎又欲盈盈泪下的神气。

李四嫂被她这么一说，因此也愕住了，弄得哑口无言地出了一会儿神，良久方才说道："所以我的意思，并不叫你守过终七，只要守过头七，那也算尽了做女儿的孝思了。至于戏院方面，对于你再请一星期的假，我想老板也是有父母的人，难道他会不同情你而拒绝你吗？"梅珠听了，点头称是，两人又略谈了一会儿，李四嫂方才匆匆地回家去了。

这里梅珠颇觉头晕，遂到房中来休息，躺在床上，一时里也睡不着，既然不能入睡，当然脑海里又要胡思乱想起来，觉得自己的命实在太苦了，五岁死了爸爸，爸爸是被流氓打伤的，为什么要打我爸爸，到现在还不知道一个究竟，总而言之，爸爸是不明不白地被人害死了。本来爸爸有个朋友叫白彬仁的，我是呼他为大叔的。他很有义气，时常来接济我们母女俩金钱，但不到两年，白大叔也连人影子都不见了，妈说他是到上海去的，可是到现在却没有一点儿音讯。还有我从小那个朋友陆孝贤，他也很同情我，爸爸死后，时常地来照顾我，虽然那时候我们彼此年纪还小，但我对他总有说不出的好感。唉！事情终是那么的使人不如意，在我八岁那一年，他却跟了父母到上海去了，从此远隔两地，也可说永无见面的日子了。幸而十五岁那年从师学戏，遇到了一个像陆孝贤一样关怀我的吴秉章。这次母亲后事，假使没有他来帮着我料理，那叫我真不知如何是好呢！想到这里，她倍觉悲酸，伏在枕儿上忍不住又呜呜咽咽地哭泣了一场。

　　梅珠哭泣了一会儿，也就昏昏沉沉地睡着了。忽然之间，她见母亲从房外悄悄地走了进来。梅珠心中好生惊讶，因为她想着母亲已经是死过去的人了，怎么一忽儿又会活转来了？但她的耳边好像有人在对她说：你妈原没有死呀！梅珠这时心头倒又欢喜起来，正在想时，母亲含笑挨近床边来，对梅珠低低地说道："懒丫头！你怎么还躺在床上，时候不早，该到戏院里上戏去啦！"

　　"因为我要戴孝，戏装都是红红绿绿的，叫我怎么能穿在身上呢？"梅珠糊糊涂涂地回答，她好像已忘记自己是为了谁才戴孝的。

　　"梅珠，你不要发傻了，戴孝不戴孝，其实对死者原没有什么好处，无非是一个纪念，表示自己死了父母，应该常常地悲哀罢了。况且你是一个干艺术的人，在舞台上面，你根本不用忌讳这些。常言道，上台是恩爱夫妻，下台却变成了对头冤家。在台上的时候，哥哥妹妹叫得亲热，一到台下，大家甚至连一句话都不交谈的。所以在舞台上面，只能算为是人生以外的一个环境里，我们不必去当它一回事情。你只要下台的时候，照常穿孝，那也就是了。"

　　梅珠听晴珍这样地譬解，心里也觉得不错，遂低低问道："那么我能这样做吗？

　　"为什么不能？妈就允许你这样做。"

　　"可是别人家要说我不孝顺。"

　　"父母死了后，做女儿的孝顺，这不是真正的孝顺。一个人只要父母活着的时候孝顺点儿，那才是真正的孝顺。死了完了，什么都完了，那么装给旁人看的孝顺，我认为大可不必。你要假使孝顺我的，你应该为你的前途奋斗，将来扬眉得意，给我做妈的争一口气，那我心中就很欢喜了。"

"是的，妈，我一定听从您的话。"

"好！你这才是我的好孩子！"

"妈，您怎么走了？"

"我本来是向你来劝导劝导的，你既然明白过来了，我自然该走了。"

"妈，您上哪儿去呢？"

"我上来的地方去。"

"妈，您带我一块儿去吧！留着女儿一个人多寂寞哪！"

"孩子，你不能去。"

"我为什么不能去？妈去得，我也去得！妈！妈……"梅珠见母亲不理自己地只管向房外走，她心中不免急起来，遂猛可地从床上跳起，赶步上去，一把拉住了母亲的衣袖，口里连连地喊着妈。但晴珍却显出微嗔的表情，回身把梅珠狠命地一推。梅珠站脚不住，就仰天跌了一跤。她想不到母亲会用这样态度对待自己，心中只觉无限的委屈和伤悲，她便哇的一声哭起来了。

梅珠这一哭不打紧，却把她自己哭醒了过来。遂睁眼一望，只见窗外天色已经黄昏。原来自己却做了一个梦，其实好好儿地还睡在床上。于是细细地回忆梦境，即历历如绘。一时很觉奇怪，母亲真有灵心，她难道晓得女儿有了这样为难的事，所以特地来托梦开导我吗？可见母亲虽然已死，她那颗慈母的心，还关怀我这个可怜的女儿呢！梅珠在这样思忖之下，当然少不得又暗地哭泣了一会儿。

第二天下午，梅珠吃过了午饭，她有了母亲昨天这一个梦之后，遂毫不迟疑地就到戏院里去上戏了。当她走进后台的时候，第一个遇见的就是唱花脸的沈宝奎。他见了梅珠，便招呼道："王小姐，你

53

来销假了？可是又有一个人请了假，我们这班子里终有什么花样精的。"他说时，还扮了一个有趣的丑脸。

"是谁请了假？"梅珠很随口地问他。

"王小姐，你不知道，吴秉章昨儿晚上从台上跌下来，生了病啦！"沈宝奎表示很不幸的样子，感叹地回答。

这消息听到梅珠的耳朵里，好像迅雷不及掩耳似的猛可震碎了梅珠的芳心，她灰白了脸色，几乎要哭出来的样子，啊呀一声叫起来了。

四、用情千古　独天长地久

梅珠突然听沈宝奎告诉，说秉章在昨天晚上从舞台上跌下来病倒的消息，这好比是一枚尖锐的利剑，刺穿了她心胸一样的疼痛，顿时灰白了粉脸儿，啊呀了一声，急急地问道："沈先生，你……你……这话可是真的吗？"

"当然是真的，别的事情可以开玩笑，这事情不是儿戏的，我如何能红口白舌地咒念人？王小姐若不相信，你不妨问问后台这许多人呀，看我说谎了没有。"沈宝奎显出一本正经的态度，指手画脚的也急急地辩白，表示千真万真的意思。

梅珠心中一急，一阵头晕眼花，身子几乎摇摇欲倒地跌下地去，她把两手扶住了石柱，定了定神，方才又问他说道："沈先生，那么秉章此刻在什么地方啊？"

"此刻在广福医院里，早晨老板差人去探望过他，据医院里的人说，他患的是慢性脑膜炎，恐怕有些危险……"沈保奎继续地又把更凶险的消息告诉了她。

梅珠这回急得眼泪夺眶流了下来，拉住了宝奎的手，涨红了脸儿问道："沈先生，你知道他有没有生命关系呢？"

"那我可不知道了……"沈宝奎知道他们是一同进班子的师兄妹，因为他见梅珠泪下如雨的样子，他心里也有些难过，遂接下去又道，"吉人天相，大概是不要紧的吧！"

"我此刻马上去见他！"梅珠好像失魂落魄的样子，放下了宝奎，转身向外就走。沈宝奎连忙赶上去拉住了她，哎哎地响了两声，说道："不行，不行，去不得，去不得！"

"为什么？"

"这脑膜炎要传染人的，听说医院里看护小姐都不大肯进病房呢！"

"不会的，我不怕，就是传染给了我，使他病体不是可以减轻得多了吗？"梅珠摇了摇头，她一面说，一面甩脱了宝奎拉着自己的手，便三脚两步地奔出后台去了。

沈宝奎听了梅珠这两句至性流露真情真意的话，他这副小丑的脸儿再也笑不出来了。望着她消失的身儿，忍不住深长地叹了一口气。

梅珠奔出了新舞台的大门，急急坐车赶到广福医院，在传达处问明了秉章睡的病房号后，遂匆匆地入内。推进病房，只见秉章孤零零的一个人躺在病床上，脸色惨白，十分的凄凉。梅珠猛可地扑到床沿旁去，伸手抱住了秉章的臂膀，哭出来叫道："秉哥！你……"只叫了一声，以下的话就被哭声哽咽住了，却再也说不出什么话来。

秉章见梅珠忽然到来，他似乎感到十二分的焦急，很慌张地推开了梅珠，说道："梅珠，你不能到这儿来，你快给我走出病房去，这病是要传染人的呀！"

"不，不，我不怕！"梅珠赖在病床边不肯走，她还伸手去摸秉章的脸颊，流着痛苦的眼泪，说道，"秉哥，我害了你！我害了你！"

"梅珠，你别说痴话了，你害了我什么哪？"秉章见她泪人儿似的模样，他心头也酸楚极了，眼泪忍不住滚湿了脸颊。

"秉哥，前天你要不是没有一夜不睡的话，你绝不会从舞台上跌下来，只恨我没有坚决地劝你休息，那还不是我害了你吗?"梅珠的话声抖动得那么的厉害，她是显出这样悲痛欲绝的样子。

"梅珠，我并不是因为跌伤了才生病的呀! 我是患了脑膜炎，这病和你根本没有一点儿关系，你为什么要拉扯在一起呢?"秉章竭力撇开来回答，一面又用了央求的口吻，急急地说道:"梅珠，我的好妹妹，你听我的话，你快些走出这间病房去吧! 要如传染给了你，这叫我心中不是更加重了一层不安吗?"

梅珠却一味地不肯离开床边，她流着泪说道:"不会传染的，我知道你急什么哪! 秉哥，医生怎么说呢? 要紧不要紧? 有没有救星呢?"

"医生已经给我注射了几枚脑膜炎特效的针剂，他说我神情比昨夜进院的时候好得多了。妹妹，你放心回去吧! 我大概是没有什么生命危险的，我已经逃过了最危险的关头了。"秉章推着梅珠的身子，他一面安慰着她，一面却再三地催促梅珠回去。

梅珠听了，似乎略为放心了一点儿，伸手擦了一下眼皮，点点头说道:"谢天谢地，秉哥假使能够早点儿好起来，我情愿分去你一半的病。"

"傻孩子! 世界上哪有代替生病的事情，有你这两句话，也就是了。"秉章听她这样说，倒也不禁为之开颜一笑，但接着又认真地说道，"梅珠，你现在可以回去了，我说不定明天就能起床了。"秉章后面这句话有点儿哄骗的意思。

"既然你快要好了，怎么还会传染呢? 我不相信你这些传染的话。好哥哥，你就不要老是催我回去了!"梅珠说这两句话也包含一点儿央求的成分。

秉章正色地说道:"梅珠! 我觉得你太没有意思了，难道你一定要在这儿作无谓的牺牲吗?"

"生则同生，死则同死，那算得了什么？难道你以为我是个贪生怕死的人吗？"梅珠却淡淡地一笑，她说这两句话的时候，芳心里好像得到了深深安慰的样子。

秉章对于她这几句话，心里也是感动得无可形容，觉得梅珠和自己真可以说是生死之交了。他想伸手来抱她，表示亲热的意思，但他脑海里立刻有了一个感觉，这就慌忙地别转脸儿去，故意显出很生气的样子，说道："梅珠，我不希望听你说的这几句话。"

"秉哥，你恨我吗？"梅珠见他声色俱厉的神气，她心头有些凄凉的意味，含了眼泪，颤抖地问。

"是的，我恨你，我不要看见你，你给我出去！"秉章绷住了脸儿，他并不否认地回答，伸手向外指了指，完全显出讨厌她的态度。

梅珠想不到他一忽儿竟变了这样凶蛮的态度，她惊骇得呆呆地愕住了，心中暗想：难道他病了之后连性情都改变了吗？一时感到无限的悲痛。不过她还原谅他是因为在病中的缘故，所以竭力压制悲哀的发展，连满眶子里的眼泪都不敢流下来，低低地问道："秉哥，你既然是讨厌我，那么我就走了。"

"你走好了，我又没有拉住你！"秉章冷冷地回答，他连望都不望梅珠一眼。

梅珠这就没有什么话可以说了，她拖着懒洋洋的步伐，垂了头，一步移一步地向病房外走。秉章偷偷地瞟眼过去，望着她颓伤的后影，忍不住深深地叹了一口气。梅珠在走出病房门口的时候，她把一脚又缩了回来，别转脸儿，似乎还有一点儿依恋之情，向秉章望了过去。秉章慌忙转了一个身，表示不理睬的意思。梅珠这时心中的痛苦，好像刀在割一般的难受，她很快地步出门槛，掩着粉脸儿闷声地哭起来了。梅珠在房门外哭的声音，播送到秉章的耳鼓里，他也忍不住扪住了嘴儿哭了。

第二天早晨，秉章经医生诊视之后，医生向他笑嘻嘻地说道："你比昨天又好得多了，真是恭喜你。"

"医生，我还会传染人吗？"秉章很欢喜地问，他的脸上含了一丝笑意。

"这倒难说，最好不跟旁人见面才好。"医生很简单地回答，他悄悄地又退出病房外去了。秉章知道自己的生命已没有了危险，他是暗暗地庆幸。正在这个时候，忽然病房外悄悄地推进一个十二三岁的儿童来，他手里提了一篓天津雅梨。秉章认识他是戏院里卖糖果的根发，这就奇怪地问道："根发，你怎么会到这里来望我呀？"

"哦，哦！是老板差我来望您的，这一篓鸭梨，给您吃着解闷儿的。吴先生，你今天好一点儿了吗？"根发支支吾吾地哦了两声，方才低低地回答。他把那篓鸭梨放在床边的桌子上，一面又轻声地问。

"谢谢你，我已好得多了，不过医生关照过了，这病恐怕还要传染人的，所以你还是快些回去吧！"秉章一面向他告诉，一面是催他离开病房的意思。

"吴先生，那么我们再见，再见吧！"

"根发，你给我代为谢谢老板吧！"

根发连说了两声晓得，头也不回地一溜烟似的奔出病房外去了。秉章知道他是因为听了自己说的这病要传染人的一句话，才这样急匆匆地逃跑的，于是觉得根发的怕死，而想起梅珠的再三不肯离开病房，那当然是更衬梅珠的情深如海、义薄如云了，不知怎么的，心中一阵子感动，眼泪忍不住又扑簌簌地滚落下来了。

又过了一天，根发拿着牛肉汁、鸡肉汁等滋补身体的东西，到医院来探望秉章，秉章问他是谁叫他拿来的，根发一面回答是老板叫他送来的，一面放了这些东西，转身就走。如此接连一星期，差不多天天有东西让根发送到医院里来给秉章，秉章见老板这样好对待自己，心头自然感激零泣。这天上午，秉章倚卧在病床上想心事，忽然门外推门走进一个人来。回头去看，正是戏院老板章明邦，于是连忙拱手，表示相迎的意思，叫道："章老板，你待我太好了，今天还劳你玉趾亲临，前来探望于我，这真叫我感到心头，没齿不忘哩！"秉章说话的神情是非常的真挚。

章明邦含笑摇摇头，他在老远地就站住了，说道："你别客气，医院里住了快近十天了，不知你能起床了吗？"

"医生说，至少再住三天就可以出院了，我出院之后，马上可以上戏的。"秉章自己也明白对老板有些歉意，遂先这么地安慰他说。

明邦也很关怀地说道："你假使没有十分复原，你就不妨多休养几天吧！因为你干的是武生戏，若不休养得完全好了，几个跟斗，就叫你受不了。"

秉章点了点头，表示感谢他的意思，说道："章老板，你请坐一会儿吧！"明邦吸了一口烟，说道："你好多了，我很放心，不坐了，再见吧！"

"章老板，谢谢你每天还送东西给我。"秉章眼望着他跨步走出房外去，遂又这么地提着道谢。

明邦已经是跨出病房了，听秉章这样说，遂又一脚回了进来，似乎很不了解地问道："你说的是什么话呀？"

"我说你待我太好了，每天差根发送东西给我吃，我不是要向你道谢吗？"秉章一本正经的态度，向他低低地告诉。

明邦倒是个心直口快的人，当时便摇着头说道："你弄错了，我并没有叫根发天天送什么东西来呀！"

"那就奇怪了，是根发亲口对我这么说的。"秉章蹙了眉毛儿，他心中也开始狐疑起来，觉得这事情显然有些蹊跷。

"也许是你听错了吧！根发要再来的时候，你就不妨详细地问问他。我走了，再见吧！"明邦这回说完了话，他便真的跨出病房去了。

秉章待明邦走后，一个人躺在病床上，心中不免暗暗地猜测了一会儿，觉得这事情真是太奇怪了，难道根发自己花了钱来买给我吃的吗？这当然是绝对不会的，那么这指使的究竟是什么人呢？秉章只管细细地猜想，但根发提了一个竹篮子，却匆匆地又走进来了。他把竹篮子里盛着的一碗红烧童子鸡取出，放在病床边的桌子上，望了秉章一眼，笑嘻嘻地说道："吴先生，我又送东西来了。你这两天气色更好了，睡了几天医院，连皮肤都白胖得多了。你胃口好，只管把那只鸡统统吃完，我明天又会送来的。"根发一面望着他说，一面提了竹篮子，回身要想走了！

这回子秉章连忙把他叫住了，说道："根发，你别走，我有话问你。"

"你问我什么话？"根发站停了步回答。

"这每天到底是谁叫你把这些东西送来的呀？"秉章望着他还带着孩童气的脸儿，语气是特别的温和。

"是章老板叫我送给你吃的呀！"根发支吾了一会儿，才低低地说。

"你这话可是真的？"秉章听他还是指说章老板，遂向他态度显得严肃了一点儿。

"是……是的，怎么啦？难道你不相信吗？"根发到底还是一个孩子，他心头别别地乱跳，说话的声音已经有些口吃的成分。

"我当然相信的，不过年纪轻轻的人呢，是不应该说谎的，你问问你自己的良心，你可曾说过谎吗？"秉章向他俏皮地问。

"我没有说过谎。"根发脸都涨得通红了，他的神情简直有些局促不安起来。

"可是，说了谎后再欺骗人呢，这是更不应该的事情，说不定老天爷会惩罚人的。"秉章一本正经地去哄他说出实情来。

根发听了这些话，急得快要哭起来的样子，终于说道："这不是我自己要瞒骗你，是人家关照我这样说的。"

"谁关照你这样说？你只管告诉我。那又不是一件犯法的事情，为什么要瞒着我呢？因为这个人待我太好了，你若不从实告诉我，叫我内心不是太不安了吗？"秉章很委婉地解释，是充满了相当的理由。

根发觉得这话很对，那又不是一件犯法的事，为什么要瞒着他呢？于是笑了一笑，说道："吴先生这话有道理，其实我也很奇怪，不知道她是什么意思，竟要向我这样关照呢。"

"你指点的是他到底是谁呢？"秉章很纳闷地追问。

"吴先生，我告诉你了吧！是王梅珠小姐叫我这么天天送上这儿来的。"根发下了一个决心似的，方才向他老实地说出来。

"啊！是她？"秉章听到了王梅珠三字，他忍不住啊了一声叫起来，含了满面的笑容，表示无限惊喜的意思。

但根发的脸上却相反地浮上了失望的神态，叹了一口气，十分难过似的低低地说道："吴先生，我虽然是告诉了你，但我这几天来就白辛苦了。"

"根发，你……这话是什么意思？我却一点儿也听不明白了。"秉章对于他这两句话，一时倒弄得目定口呆，望着他急急地追问。

根发红着脸儿，说道："因为……因为……王梅珠小姐关照过我，说我不泄露是谁叫我送来的，她便送我十元钱。否则，这十元钱就不给了。你想，现在我老实地告诉了你，那我不是拿不到王小姐的赏给了吗？"

"哦！原来是为了这些问题吗？那没有关系，她不赏给你，我可以赏给你呀！根发，真的，这几天累忙了你，叫你天天走一趟，我也很感谢你。本来我早预备给你一点儿赏，因为你站不了一分钟的时间，就匆匆走了，因此连我想赏给你钱的机会都没有了。根发，你过来，这里十元钱，我赏给你买东西吃，别客气，只管拿去吧！"秉章哦了一声，方才明白地笑出声音来了。他一面说，一面在枕下取出十元钱来，叫根发去拿。

根发此刻那张小脸儿上立刻又浮现出欣喜的笑意来，但他还迟疑了一会儿，似乎有些不好意思的样子，经秉章再三地叫他拿去，他才走上一步，向他行了一个恭恭敬敬的鞠躬礼，然后伸手取了，还连声地道谢，一面提了竹篮子，一面便兴匆匆地回去了。

根发急急地回到梅珠的家里，梅珠见他好像特别高兴的样子，遂向他低低地问道："根发，吴先生今天的情形更好了吗？"

"白也白了，胖也胖了，大概就可以出院了。"根发笑嘻嘻地回答。

"这真是谢天谢地了。"梅珠的笑窝儿也深深地掀了起来。

"王小姐，我走了。"根发放下竹篮子，他觉得没有事情，转身向院子外走出去。

"慢点儿，根发！"梅珠却连忙把他叫住了。

"什么事你还叫我？"根发怀了鬼胎地回过身子来，他暗暗地有些担心。

"你为我奔走了十多天，我很感激你，我赏你的话，我不失信用，这里十元钱，你拿去吧！"

梅珠走上几步，把手在袋内取出钱来交给他。

根发把钱接过了之后，却红了脸儿，立刻又递还过去，低低地说道："王小姐，我不能拿你这十元钱……"

"这是为什么？"梅珠有些莫名其妙的样子，奇怪地问。

"因为……因为……我违背你的吩咐了……"根发的脸儿益发涨红起来。

"怎么？你……"梅珠的粉脸儿，浮现了一阵惊骇的波纹。

"是的，我老实告诉了吴先生，我说是王小姐叫我送东西来的。"根发的语气几乎有些战战兢兢的样子。

"可是，你为什么要老实地告诉他呢？"梅珠的粉脸儿慢慢地平静起来，她语气也缓和了许多。

"这当然是因为吴先生问我的缘故。"

"你可以瞒骗他到底呀！"

"他追问得很紧，而且看他样子，好像已经知道我是骗了他似的。他又对我说，一个年纪轻轻的孩子，是不应该说谎的，说了谎再否认，这更对不住良心。我被他这样一说，我的脸红得像喝醉了酒，我没有勇气再瞒骗他了，所以我只好从实地向他告诉了。"根发絮絮地说这所以告诉他的原因，表示也是为了逼不得已的办法。

梅珠听他这样诉说，情不自禁地连连点头，表示很同情他的意思，遂低低地问道："那么，他知道是我叫你送去的，他脸上可有生气的表情吗？"

"没有没有，一点儿也没有，他还很高兴地赏我十元钱哩！"根发见梅珠并无责骂的意思，遂很欢喜地连连摇头回答。

"真的吗？他也赏你十元钱？"梅珠认为秉章赏他钱，就是感谢自己的意思，她心里感到十二分的安慰。

根发点头道："因为他说我告诉了他实话之后，在你那里要得不到赏钱，所以他愿意补给我。"

"嗯！那么我既然也赏给你钱，你为什么又不愿拿呢？"梅珠这时把几天来的愁苦忘了，望着他微微地笑。

"我若拿了你的钱，那我不是欺骗了你吗？因为年纪轻轻的人，是不该说谎的，我听了吴先生的话，我心里很感动，所以我不敢拿你的赏钱。"根发很天真地说。他到底还是一个诚实的孩子。

"根发，你真是一个好孩子！我很欢喜你。现在我愿意把这十元钱也赏给你，你拿去吧！"梅珠含笑点头，她把钞票一定要塞到根发的手里。

根发这才伸手拿了，鞠躬道谢，欢天喜地地匆匆走了。梅珠望着他跳跳蹦蹦地走出了院子，消失了他的身儿，她脸上含了笑意，心眼儿上是滋长了甜蜜的感觉。

又是第二天早晨了，梅珠梳妆完毕，她捧了一束鲜花，匆匆地到医院里去探望秉章。当她推门走进病房的时候，只见秉章倚坐在床上，低头看着一本书，好像对于自己轻步入室，却没有发觉到似的。直待梅珠挨到了床边，他才抬头发现了，一时显出热诚的微笑，放下书本，一把拉住了梅珠的手，急急叫道："梅珠，我们好久不见了！"

"快近十天了吧？秉哥，您全好了？"

梅珠一面放下手中捧着的鲜花，一面在床沿旁边坐了下来，含了妩媚的娇笑，秋波脉脉含情地瞟了他一眼，在这目光中至少是包含了三分哀怨七分欣慰的成分。她温情地叫了一声秉哥，这意态是显得十分的楚楚可怜。秉章握着她的纤手，望着她的娇靥，一时说不出什么话来，他自己也不知道为什么要这样的悲酸，泪水会夺眶流了下来。梅珠被他一淌泪，因此久熬住的热泪，也扑簌簌地滚落了两颊。

两人相对泣了一会儿，连自己也说不出一个所以然来。最后还是梅珠把绢帕取出，亲自去揩拭秉章颊上的泪水，低低地说道："秉哥，你病体复原了，我们应该是多么的欢喜才是，你怎么反而伤心起来了？"

"不！我没有伤心……梅珠，你……恨我吗？我给你受了这样不明不白的委屈！我知道你在这几天心中一定是很难过的，所以你的脸儿清瘦了许多，我真是太对不起你了！"秉章也紧紧地握住了她的手，十分歉仄的神情，低低地说，在这些话中是完全包含了赔罪的意思。

　　"秉哥，你为什么要说这些话呢？一个人在病中是很容易发脾气的，我不但并不恨你，而且还非常地同情你……"梅珠摇摇头，她挂着眼泪，微微地笑。

　　秉章叹了一口气，说道："梅珠，你以为我在病中果然容易发脾气吗？不！我性情纵然是那一份样儿的暴躁，也终不至于如此不知好歹地来欺辱你，使你难过，使你受委屈，那我还能算是一个有心肝的人了吗？现在我告诉你，那天我所以向你这么的大发脾气，在我心头实在有不得已的苦衷啊！"

　　这几句话听到梅珠的耳朵里，她弄得丈二和尚摸不着头脑了，暗自想道：秉哥这话是打哪儿说起呢？她口中虽然没有问，但她脸部上的表情是完全怔怔地愣住了。

　　秉章知道她是不明白自己这些话的意思，于是又低低地说道："梅珠，你觉得我这些话说得奇怪吗？但现在我可以告诉你是为了什么缘故。因为我患的病是要传染人的，我几次三番好好儿地劝你离开病房，可是你却听若不闻似的一定要陪伴在我的床边，假使我把这病传染给了你，使你也病倒了，而且还有生命危险的可能性。万一不幸的话，岂不是害你也做了无谓的牺牲吗？我心中在这么一急之下，终于被我急出一个主意来了。所以立刻板起面孔，表示有痛恨你的意思，使你无颜再在我面前站下去。果然，我这计划是成功的，你流了眼泪，真的凄凉地走了，在走到病房门口的时候，而且我还听到你哭泣的声音。唉！梅珠，天下的女子，痴情的莫过于你，怎么叫我不会感激涕零呢？所以当时你的心中固然是悲伤，但我的心中又何尝不痛苦呢？梅珠，你现在总可以明白我这一番苦心了吧？"

"哦！秉哥……"梅珠听了秉章这一番话，她的心中方才恍然大悟。她说不出什么话来可以形容她内心的感激，她觉得自己这几天来的忧愁和难过，实在是多余的事，情不自禁地扑到秉章的怀抱，叫了一声秉哥，她却是呜呜咽咽地哭泣起来了。

秉章抱住了她的娇躯，泪水也涔涔而下，低低地说道："梅珠，事情既然明白了，你还哭什么哪！你千万不要伤心啊！既然这几天来我是害你那么的忧郁不欢，但是你现在应该原谅我啊！"

"不，秉哥！我没有伤心，我这哭是感动过分的缘故，我觉得您待我实在是太多情了。"梅珠这才用手背在眼皮上揉擦了一下，这举动还包含了一点儿小女儿的天真成分。

秉章按着她的肩胛，偎着她的粉脸儿，说道："梅珠，你为了我，连自己生命都置之度外了，你自己这么痴情不说，你还说我多情呢！"

"秉哥，我说你当初应该好好儿劝我走呀！为什么偏要显出痛恨我的样子？叫我……"梅珠说到这里，她又欲盈盈泪下的样子。

"我不是劝过你吗？你不肯走，那叫我又有什么办法？"秉章望着她哀怨的神情，倒忍不住又破涕哭起来，接着又说道，"并且……那时候我也希望你能够恨我……"

"那是为什么呢？"梅珠有些不大明白。

"你恨我了，你不是可以忘记我了吗？"秉章低声地说。

"但你为什么要我忘记你呢？"梅珠依然有些莫名其妙。

"我要你忘记我，使你可以减少心头的痛苦！"秉章回答道，还是包含了那么神秘的意思。

"你这话我有些听不懂。"梅珠有些目定口呆的样子。

"因为我这病太危险了，万一不幸死了，那你一定会痛苦得有些痴然，现在我要你痛恨我，那么我就是死了，你也会不当作怎么一回事了。"秉章方才向她解释得十分明白。

梅珠听了，这才恍然明白，但她又垂下泪来，叹息道："唉！你自己在病得这样危险的时候，还代我想得那么的周到，你还能说不多情吗？"

"可是出乎意料之外的，你不但并没有一点儿怨恨我的意思，而且还叫根发天天送东西来给我吃。我当初心中就觉得有些奇怪，老板待我绝不会有这样的情义。第一，我不是红角儿；第二，他也绝不会想得这样周到。昨天要不是老板亲自来看望我一次的话，这件事到此刻还不会被拆穿呢！"秉章絮絮地说，他脸上含了欣慰的笑。

梅珠秋波逗了他一个媚眼，却默然不答，慢慢地又垂下粉脸儿来。秉章却把手去抬她的下巴，笑道："梅珠，你真是我生命中第一个知己！"

"我希望你永远不要忘记这一句话才好。"梅珠的粉脸儿像玫瑰花朵儿似的娇红起来，她的态度是分外的柔顺。

"不！我决不会忘记这一句话，直到我呼吸延迟到最后一秒钟为止。"秉章紧紧地抱住她，表示无限的诚恳。

"我不许你说这些话！"梅珠纤手按住他的嘴，神情有些娇嗔。

"那么你要我怎样地说呢？"秉章鼻子管故意嗅了几下，他不免荡漾了一下，有些贼秃嘻嘻的表情。

梅珠的手心似乎有些感觉到了，连忙很快地缩了回去，白了他一眼，笑起来道："我要你说，永永远远地不忘记我！"

"也好，我就永永远远地不忘记你。"秉章得意地笑起来，接着又问道，"那么你呢？你也该说一句我听听呀！"

“我不但永永远远不忘记你，而且我生生死死都是属于你的。只要你不会得新忘旧地抛弃我，我一辈子不离开你的身旁。”梅珠说这两句话的时候，故意把身子紧紧地偎住了他。但她到底还是一个十八岁的女孩子，觉得这话到底太失了一个姑娘的身份，因此她又不免赧赧然起来了。

“我怎么会抛弃你？除非我眼睛闭、两脚直的时候，那叫我就没有办法的了。”秉章把嘴儿凑到她的颊边，心里一感动，他的话声也有些颤抖。

“嗯！你再要说这些不吉利的话，我可打你！”梅珠撒娇的表情，伸手一扬，做个要打他的姿势，噘了小嘴儿说。

“哦！我以后不再说了，你饶我这一遭儿吧！”秉章低低地求她宽恕。

“不行，非罚不可！”梅珠故意和他缠绕着玩。

“怎么样罚呢？”秉章觉得她天真得可爱。

“罚你装三声狗叫……”梅珠转了转乌圆的眼睛，她把舌尖儿一伸，却忍不住哧哧地笑起来了。

“怎么？天气还没有热，你的舌头就伸到口外来了。”秉章见她这样顽皮的神情，遂也笑嘻嘻地打趣她。

梅珠停止了笑，啊了一声，逗给他一个娇嗔，说道：“好啊！你没有装狗叫，倒反而说我是狗了。我不依，嗯！我不依！”

“那么你如何叫我装狗叫呢？我是狗，你当然也是狗。要不然，我们怎么能……”秉章却哈哈地笑出声音来，但梅珠不等他说下去，就急急地说道：“好了好了，我们大家都不是狗，我讨你便宜，你占我便宜，结果，大家都不便宜，这又有何苦？”梅珠自动地表示和解的意思。

秉章想了一想，笑道：“不过你既然要罚我，我想罚总要罚一罚的，否则，我似乎太便宜一点儿了。"

"你这话才是公理，因为我不过是叫你装狗叫，这'装'字的意思，就表明你不是真的是狗。可是，你说我伸了舌头，天还没有热，这就明明说我是狗了。所以照情理上说，你是应该罚一罚的。"梅珠认为自己有些吃亏，遂点头回答，表示赞成的意思。

"罚要罚得有些意思，装狗叫，那就太没有意思了，也亏你想得出来。"秉章望着她粉脸儿又微微地笑。

"那么罚你给我打三记手心，你看好吗?"梅珠完全还有些孩子的成分。

"我想打手心，还是罚我给你嗅一个嘴有意思，你喜欢吗?"秉章顽皮地凑个嘴去，哧的一声笑了。

"啐! 我不要，你又想占我便宜是不是?"梅珠的粉脸儿更美艳了，她恨恨地啐了他一口，逗给他一个白眼。

"梅珠，你不是说你的一切都属于我了吗? 怎么连这些便宜都舍不得让我占一点儿呢?"秉章方才平静了脸色，温情蜜意地问。

梅珠被他问住了，一时垂了粉脸儿，倒是怔怔地愕住了一会儿。秉章见她不作答，遂又逼问一句，说道:"梅珠，你没有真心地爱我吗?"

"不! 你说这话，叫我心中不是感到难受?"梅珠有些悲哀的样子。

"那么，你干吗不答应我?"秉章很想达到温存的目的。

"回头要如被看护小姐撞见了，那不是太不好意思了吗?"梅珠已经表示允许的意思，不过，她还有一点儿顾虑。

"不要紧，你可以把病房的门关上了。"秉章解决了她所顾虑的事。梅珠呆住了一会儿，她终于拗不过他的要求，站起身子，去关上了病房的门。但是她老远地站住了，却不好意思再走近床边去。

秉章却乐得扬着眉毛儿，招手笑道："梅珠，你过来呀！"

"慢些，你忙什么？"梅珠的粉脸儿红得更妩媚好看了，她有些娇羞欲绝的意态，恨恨地逗给他一个白眼。

"嗯！你还刁难我，我跳下床来了。"秉章掀了掀被儿，表示等不及的神气，梅珠恐怕他还没有完全，遂连连摇手，说道："别跳下来，别跳下来！"随了她这两句话，她的身子已走到床边去。秉章伸手把她一拉，梅珠站脚不住，身子就倒向床上去，奇巧被秉章抱在怀内，这就低下头去，在她殷红的两片小嘴唇上紧紧地吻住了。

男女间的情爱，经过的波折愈多，他们的情爱也愈深厚起来。秉章和梅珠同事一师学艺三年之久，彼此的心苗里面，已经是滋长了情芽爱叶。不过那时候年纪还小，虽然各有深情，却没有机会表达出来。现在被晴珍一死，又经秉章一病，这才显露了两人互相的爱是真挚至性到了极点，在秉章固然是爱到心头，而梅珠也是感入骨髓，因此把两人的心儿也就紧紧地连系在一处了。

光阴匆匆地过去，雨雪纷飞中带走了残冬的影子，转眼之间，又是一年了。梅珠和秉章在互相切磋研究、努力学习之下，他们的艺术，是日新月异地进步起来。京剧这一门艺术，不但是有目共赏，而且还需要有耳同聆。比方说南方的麒派，它就擅长在做功表情方面。对于歌声，那就不足取了。但是两者之间只要擅长其一，已经可以名闻海上，使这班顾曲周郎，都知道有这个麒麟童的艺人了。假使像梅兰芳的做表歌声俱佳，这就无怪要到海外去跑跑了，所以一个艺人的成名，绝不是偶然的机会，都是靠自己的努力，这当然是其中最大的因素。

最近在后辈之中，王梅珠和吴秉章是慢慢地蹿红起来的，这不是因为有人捧才发红的，当然，这是因为他们努力下苦功的成就。艺人一成了名，就会引起外界的注意，所以远在千里外的上海中华大戏院老板周子坚就特地赶到北平来相邀秉章和梅珠，愿出重金代价，聘请他们到上海去唱两个月的戏。当时梅珠认为上海人地生疏，而自己从未出过远门，所以委决不下，说需要考虑一下再做定夺。她当然是想和秉章去商量的，秉章见梅珠到来，便笑着说道："是不是为了周子坚请你到上海去唱戏的事来和我商量吗？"

"是呀！您的意思怎么样呢？"梅珠点头回答，望着他脸儿出神。

"我也有些难以委决，因为上海人大都是爱噱头的，听说什么《大劈棺》《新纺棉花》就可以卖好多日子的满座，但有骨子的好戏，倒反而不受欢迎，因此我担忧自己的戏路会不配上海人的胃口。万一坍台回来，那倒不如不去上海好了。"秉章所考虑的也有相当道理。

"可不是嘛。但周子坚老远地来请我们，我们若拒绝了人家，实在也很不好意思。"梅珠所为难的，一半还是为了情面关系。

"而且周子坚又说，没有到过上海去唱戏的艺人，不能算为名角，对于这一句话，我听了实在有些受不了。"秉章少年气盛，却又是为了好胜，而下不了这个面子。

梅珠听了，瞟了他一眼，笑道："那么你的意思，就预备去尝试一下子吗？"

"我想碰碰我们的命运，假使我们真的会坍了台回来，我就一辈子不唱戏了。"秉章的意思，他想顺便到上海去游历一番，也可以多长一点儿见识。

"既然您有意思到上海去一次，那么我们明天就答应他吧！"梅珠是完全迎合秉章的心理，才说这两句话。因为秉章到上海去了，自己一个人留在北平当然也没有什么意思。不过她又叮嘱似的说道："秉哥，听说上海人心比任何地方的人险诈一点儿，所以我们到了上海，倒要格外小心一点儿才好。"

"那当然，你放心好了。有我在你的身边，谁也不敢来欺侮你的。"秉章点点头，向她这么地安慰。两人既然商量已定，于是决心地应周子坚之邀请，乘车到上海来了。

　　周子坚在上海很有些脚路，所以到了上海之后，就请新闻界吃饭，并介绍秉章和梅珠两人与各记者相见。于是第二天各报上，把秉章、梅珠两人就大捧而特捧起来。第一天登台，中华大戏院上上下下就挤得水泄不通。客满牌子，早已高高地悬挂起来了。

五、爱河多风波　变幻莫测

　　中华大戏院里上上下下都客满了，人头济济，好像人山人海，真是热闹得了不得，但后台的化装室内也非常的热闹，角儿们对了镜子，有的化装，有的说笑，嘻嘻哈哈的声音，不绝于耳。今夜的戏码，是秉章先来的《独木关》，梅珠的《苏三起解》，然后是两人合演的《林冲夜奔》。开场的几句，都是三牌的角儿先上演了，这时在另一间的化装室内，只有秉章和梅珠两个人，这儿不但比外面那间要清静得多，而且布置也要考究得多，室内的电灯是十分的明亮，在灯光之下，见到秉章、梅珠两人各自坐在镜柜前化着装。秉章的大衣司务名叫朱荣生，梅珠那个大衣司务名叫小玲弟。小玲弟是个二十岁的姑娘，她也生得头脸清白、手脚干净，在戏院里服侍梅珠穿戏装，晚上陪梅珠回寓休息，她是梅珠一个忠实的好伴侣。荣生跟秉章也有一年了，他却是个四十多岁的年纪了。不过对待秉章，也非常的忠实，而且处处地方，都显出关怀的样子。这次到上海来，也是秉章和梅珠要求把他们一同带来的。

　　这时荣生从外面进来，他满脸含笑的，显出十分欢喜的样子，说道："了不得，了不得，上上下下都满了，连站立一个人的地位都没有了。"

　　"真的吗？"秉章回过头去，也含笑低问，接着又说道，"上海人是都爱新鲜的，因为我们还是初来上海，所以免不得轰动了一番，只怕时间上不能维持久长，这就糟糕的了。"

"我想维持两个月的日子，大概不会发生什么问题吧！"荣生似乎很有把握地回答，而一方面也是安慰他的意思，接着向梅珠望了一眼，笑问道，"梅小姐，你说我这话可不是?"

"只要我们努力一点儿，自然会得到舆论界好评，因为上海地方比不得北平，消息最灵通，一有错处，只怕攻击的人就太多了，所以我们非脚踏实地地工作不可。"梅珠回答这几句话也有相当的作用，原来今天他们第一日登台，早晨就有不少的花篮送来。这花篮一半是送秉章的，一半是送梅珠的。送梅珠的具名都是男子，而送秉章的却相反地都是女子的芳名。不过最有趣的，这些人在秉章、梅珠根本是毫不相识的，因此梅珠感到上海地方确实是太富有神秘性了，换句话说，也确实太富有危险性了。她倒不担心自己，而忧愁的却是秉章。因为秉章是个年轻美貌的男子，怕他热情关不住的时候，会中了外界引诱的圈套。所以她趁此机会，向荣生这么回答。不过她俏眼儿却对秉章脉脉地瞟，显然，这话还是对秉章而说的。

秉章向她点点头，笑道："当然啰！我们吃这一项饭的人，最好紧是守在自己的岗位，不能疏忽，不能懈怠，而且更不能荒唐。否则，身败名裂，几年苦功，也就白费的了。"秉章的意思，就是这些我都很明白，你可以不必为我担忧的表示。

梅珠当然很安慰，微微地一笑，也就不说什么了。这时，周子坚口衔雪茄，笑嘻嘻地走了进来。他见了两人，便忙说道："吴先生，王小姐，辛苦，辛苦！可不是? 你们原不必担忧，现在果然一鸣惊人，真了不得哩！"

"周老板，你现在且慢慢儿地跟我说这两句话，因为今天还是第一日，要在两个月以后，你跟我这么地说，我们才可说真的成功了。"秉章还是很谦虚地回答，而事实上就是叫他不要太兴奋的意思。

周子坚忙道："这是你客气的话，我绝对相信，凭两位高超的艺术，不要说两个月，就是在上海长演两年，恐怕也不会卖座清淡哩！"

"周老板，你这两句话太夸张了。"梅珠也插嘴回答，"一个人的希望不能太浓厚，因为理想不能成事实的时候，相反地会增加你失望的痛苦，所以我们的心中是只有抱着怕失败的担忧，并没有自以为有一定成功的把握。即使能够演两年如一日那么盛况，我们也认为这是我们的一种侥幸而已。"

"王小姐，你这两句话太不错了，不过，我以为越是肯谦虚的艺人，他是一定越会成功的。因为骄者必败，这是一定的道理。"周子坚连连点头，竭力奉承地说，表示无限钦佩的意思。

"王小姐，外面有位姓白的先生来拜访你。"忽然门外走进一个人来说。这是舞台管理蒋伯连，他是个五十多的年纪了，头顶光秃秃的，说话的时候，常把手会去抚摸他的秃头。

蒋伯连这一句话，不但梅珠听了奇怪，就是秉章和子坚也同时感到惊异起来。因为他手里还拿了一张名片，子坚就先接过来看。当他看了名片之后，才哦了一声笑起来。一面把名片又交到梅珠手里，一面说道："梅珠小姐，你认识这位白先生吗？他和我倒是好朋友哩！"

梅珠听了暗暗稀罕，连忙接过名片来看，见写的是"上海企业公司经理白彬仁"等几个字样，一时凝眸含颦地沉吟了一会儿，觉得这三个名字很熟悉，不过一时之间，却有些想不起来。忽然哦哦了两声，她想到了似的，笑道："啊呀！十年不见了，他怎么还会来找我？"

"梅珠，你说的是谁呀？"秉章听了，有些怀疑地问。

"你瞧，他是我爸爸的好朋友。我爸爸死后，两年之中，全靠他时时来照顾我们的。后来不知怎的，他却不再上我家来了，原来他是在上海了。"梅珠把名片叫小玲弟递过去给秉章看，一面絮絮地告诉。

蒋伯连见她果然认识的，遂出外去请他了。不多一会儿，白彬仁含笑进内。周子坚先迎上去说道："老白！怎样？你不先来找我啊？"

"我到经理室找过你，你没有在，我只好到后台来了。"彬仁口里虽然向子坚回答，但他的眼睛却向梅珠身上望了过来。

"白大叔，你好啊！"梅珠对于彬仁强占母亲身子这一回事，她是并不知道，所以她对白彬仁始终是存了感激之心，此刻不等彬仁招呼，便先含笑站起身子，亲热地唤叫。

"梅珠！不，你长得这么高大了，我不该像过去那么地叫你名字，我应该向你叫声王小姐了。"彬仁方才离了子坚身旁，迎了上去，向梅珠全身打量了一会儿，笑嘻嘻地说。

"白大叔，你是我的长辈，叫我名字，那是应该的事情，你别客气吧！"梅珠一面说，一面又向秉章介绍道，"我给你们介绍，这位吴秉章先生，他是我的师兄，这位白彬仁先生，他是我爸爸的好朋友，是我的大叔，你们见见吧！"

"吴先生是当今的红角儿，久仰久仰！"彬仁听了，抢步上前，很热诚的表情，和秉章紧紧地握手。

"不敢不敢，一切还请大叔多多地指教才好。"秉章也站起身子来，很谦虚地回答。

梅珠向小玲弟说道："你倒杯茶来吧！白大叔，请你坐会儿。"

"好的好的，吴先生和王小姐只管化装吧，不要因为我而打扰你们正经的事情。"彬仁一面坐下，一面也笑着说。

于是秉章和梅珠又各自化装，这里小玲弟倒上茶来，周子坚取了一支烟卷，递到彬仁的手里，说道："白老兄，你近来那家企业公司愈办愈发达了，真是了不起，听说你最近在静安寺路又买下了几幢洋房，这消息想来很准确吧！"

"是谁告诉你的？"彬仁含笑点头，一面又低低地问。

"小报上时常有捧你的文章，我怎么会没有见到？"周子坚喷了一口雪茄烟，微微地笑。

"可是你近来也不得了，开戏馆的就比开什么银行公司还好得多，瞧今天日夜两场的票价，其数就太客观了。老实说，要如天天这样的生意，哼！银行哪里有像你现款那么的充足。"彬仁也恭维他说。

"说起来，我们还不是全靠红角儿来挑挑吗？比方说，吴先生、王小姐，他们长途跋涉地老远地到上海来应了我的请求，这真是天大的面子，在我说，真所谓是我的衣食父母一样了。"子坚趁此机会，向秉章、梅珠两人竭力地拍马屁。

"周老板，你太客气了，叫我们听了，那可有些不好意思。"梅珠回头瞟了他们一眼，笑盈盈地插嘴说。

"那是实在的事情，倒并不是我过甚其词。白老兄，你说是吗？"子坚说着，又向彬仁一本正经地问。彬仁笑着点头，却并不回答什么。大家静默了一会儿，四周空气又归至沉寂，不过前台的锣鼓声很响亮地播送进来，显然这一场《大闹嘉兴府》的武戏，正在演得那一份儿的热闹，彬仁呆呆地望着梅珠的粉脸儿，心中暗想，这孩子十多年不见，竟长得天仙化人般的美丽，那真是太可爱了。忽然想起了她的母亲，一时不免旧情冲动，觉得自己太没有良心，把她玩弄了两年，就一走了事，说起来自己的良心问题当然很不安，于是情不自禁地问道："王小姐，你妈这次跟你一同到上海来吗？"

"唉！我妈已经……死了……"这句话触痛了梅珠的芳心，她深长地叹了一口气，话声是包含了凄惋的成分。

彬仁的脸色也有些转变成惨淡了，他至少有些痛苦的样子，啊了一声叫起来，急急地问道："什么？她死了？死了有多少年了？"

"还不到两年，唉！妈太苦了，我没有给妈享受过一点儿福，这是我终身的遗恨。"梅珠说到这里，她大有盈盈泪下的神气。

彬仁默然了，他心头也滋长了悲哀的滋味，低低地说道："这一半也是我的罪恶，因为我没有继续地尽照顾你们的义务，所以我很对不起你们。"

"这是哪儿话呢？你不过是我爸爸的朋友而已，我觉得过去两年中你能常常来照顾我们，这已经是你的义气了。"梅珠低低地回答。

他们谈着过去的事情，因为这不是快乐的回忆，所以室内的空气也就相当的凄凉，周子坚于是插嘴笑道："老白，你也不用难过，好在王小姐如今已成名了，假使你老兄能够再把她好好儿地一捧，那当然更加地发红起来。过去你自认为没有尽足义务，现在不是还可以把义务补尽下去吗？"

"周老兄，你这话说得很有道理，我现在和王小姐既然又遇见在一块儿，我当然需要好好儿补报她一下不可。"彬仁听了，方才又表示很欢喜的样子回答。

梅珠不好意思回答什么，只微微地一笑。就在这时，蒋伯连进来关照说《大闹嘉兴府》快成尾声了，下来是《独木关》，请吴艺员早些预备。秉章听了，点头说晓得，他已化装完毕，荣生取了薛礼的戏装，服侍秉章穿上。不多一会儿，秉章结束停当，遂向彬仁一点头，他便出后台去了。只听外面彩声如雷，周子坚乐得什么似的，把大拇指一竖，向彬仁笑道："老白，你听，苗头足吗？"

"你的眼光不错，特地到北平去聘请这两位红角儿，你的钞票又可以赚足的了。"彬仁见他得意扬眉的神气，遂笑嘻嘻凑趣地说。子坚笑道："托托王小姐的福！"

梅珠瞅了他一眼，却没有回答。这时外面账房间有事情来找周老板，子坚遂向彬仁说道："你们谈一会儿吧！"说着，便走出去了。

彬仁望着梅珠，又含笑问道："你几岁学唱戏的?"梅珠说道："十五岁那年学唱戏的，妈栽培我的本意，是我们娘儿俩将来不会受冻饿之苦，但哪儿知道我才学会了戏，妈就丢下我一个人走了。"

"这是命中注定如此，你也不要伤心了。好在你已成了名，将来的前途，还大有光明哩！"彬仁用了温情的口吻，低低地安慰她。

梅珠却轻轻地叹了一口气，接着抬头望了他一眼，低低地问道："白大叔，你府上住哪儿？我想婶娘一定是早娶了。"

"娶了一个，但……也死了……"彬仁一篇鬼话地回答，他还装出有些难过的样子。

"那么可曾留下了孩子没有？"梅珠代为伤感地问。

"没有……"彬仁的神情十二分的凄凉。

"那你为什么不再娶一个呢？"梅珠心中有些猜疑的意思。

"我天天忙着商业上的事情，把结婚也就忘记了。而且找对象也很困难，所以迟迟地我就没有再娶。现在我住在华龙路四百五十号的一幢小洋房里，王小姐，你住在什么地方呢？"彬仁一面告诉她，一面还低低地问她。

"我们是老板给我们临时租下的白雪公寓十六号房间，我就和她住在一起。"梅珠说时，伸手指了指小玲弟。

"在公寓里住着怕大不舒服，王小姐，我的意思，你们不妨住到我的洋房里去，那边有会客厅，有书房，有餐厅，有卧室。六月里，浴室风扇都齐备，十二月里，也有水汀设备，所以比住在公寓里总要好得多了。"彬仁十二分诚意的样子，低低地说。

80

梅珠微微地摇了一下头，说道："谢谢大叔的美意，不过我们在上海只唱两个月的戏，两个月后就要回北平去的，所以我想也不必多此一举了。"

"虽然眼前说是唱两个月的戏，但卖座成绩只要有七成的把握，我想周老板一定会和你继续订合同的。"彬仁另有见解地回答。

"那么也到了这时候再说吧！"梅珠是一贯作风地谢绝他。

"王小姐，明天我想请你吃中饭，你有工夫吗？"彬仁转变方针，用另一种手腕去博她的欢心。

"对不起！这两天戏院才开锣，一切应酬我都谢绝不去，这个还请大叔原谅吧！"梅珠回答的话，又是使彬仁十二分的失望。

彬仁倒是愣住了一会儿，但他点点头，索性显出大方的态度，说道："是的，等你空一点儿的时候，我再请你吃饭吧！"说到这里，他已站起身子来，接着又道，"我不打扰你了，那么我们再见。"

"再见！大叔，你不妨到前台去瞧瞧戏，明儿再给我严格的批评，那我倒是挺欢喜的。"梅珠一面站起，表示相送的意思，一面又低低地说。

"批评可不敢，我一定得去欣赏欣赏你的艺术哩！"彬仁哈哈地笑着，遂走出后台去了。

彬仁走后，梅珠继续化装，小玲弟把戏服取出，侍候她穿上了。《独木关》下来，就是《苏三起解》，梅珠一出舞台，早已彩声四起，下面千万道的目光全都注视在她的身上。因为梅珠不但扮相好，而且嗓子甜，转腔圆润，令人感到如嚼橄榄，觉回味无穷，所以次日报上剧艺栏内，博得不少好评，誉之为小梅兰芳。

第二天下午，梅珠和秉章在戏院里同时得到十多封观众的来信，两人在互相交换地拆阅之下，大家几乎都不禁哑声笑了出来。梅珠说道："我真奇怪着，社会上有这班吃饱饭没事干的空闲人，陌陌生生的会写这些信来，那不是太没有意思了吗？秉哥，这封信写得最动人，而且还寄上一页小照，是个风流艳丽的少妇，据我猜想，一定是人家的姨太太之流。秉哥，你细细地看吧！准会心跳的呢！"

梅珠说着，秋波斜乜了他一眼，还把信递了过去、秉章被她说得两颊微微地发红，伸手抢来，嗦的一声，撕得粉碎了。梅珠急道："秉哥，您这算什么意思？里面还有一张小照哩！"

"管他什么小照不小照？这些不知廉耻的女人的笔迹，就不值得我的一看。梅珠，我们不是大家说好的吗？外面写给我们的信，我们自己不许看自己的信，只能交换着看，所以你不应该对我这么地说呀！你这十多封信中也有几封写得恶形恶状、肉麻有趣的，您要不要看一看呢？"秉章一本正经的样子，恨恨地说。说到后面，他也笑了起来，把外界写给梅珠的信，拣一封递给梅珠去看。

梅珠学着他的样儿，也把信接过，恨恨地撕得粉碎，她绯红了两颊，秋波怨恨地逗给他一个白眼，嗔道："你说我不该这么地说，难道你就该向我这么说了吗？我不依，我不依……"

秉章听她一面说话，一面却像孩子似的撒起娇来，这就感到她的可爱，遂拉了她的纤手，低低地央求道："好妹妹！是我错了，您千万不要生气吧！我的意思，以后我们彼此接到外界的信件，连互相交换都不必看了，就拿根火柴来把它烧了，你看这办法可好吗？"

"这办法我非常地赞成，现在我们立刻实行起来吧！"梅珠方才回嗔作喜地说。她把二十多封的信，丢在痰盂缸内，划根火柴，就统统地烧了。

光阴匆匆，不觉过了十天，在这十天之中，被他们两人烧了的信件，少说也有一百多封。他们所以这样地做，连看都不愿意看，也无非表示他们两人爱情的深厚并巩固，就是外界的种种引诱，绝不能动摇他们两人的心底的意思。其实他们这办法果然是再好也没有，因为这样子确实省却了许多的麻烦和纠纷。

这天晚上，散了戏后，梅珠和秉章一同步出了戏院的门口，他们照例是在街上散了一会儿步的，然后再各自分手回公寓，原来梅珠和小玲弟住在白雪公寓，而秉章和荣生却是住在周子坚的公馆里。这晚梅珠因为有些头痛，所以向秉章低低地说："秉哥，我今夜要早些回去了，因为我有些头晕，所以不要再在马路上散步了。"

"既然您有些头晕，您应该早些回去休息才是，那么您干吗不早些对我说？可以不用叫小玲弟先一个人回去。现在我送您回去怎么样？"秉章很关切的样子，紧紧地握住了她的手，低低地说。

"我一个人也会回去，秉哥不用送了，这几天您都是演着做功的戏，真也够辛苦了，所以您也该早些回去休养才好。"梅珠显出柔情绵绵的神态，很正经地回答。

秉章于是给她讨好了街车，看着梅珠被街车拉远去了，方才回到周子坚的公馆去。梅珠回到白雪公寓，一脚跨进会客厅，只见小玲弟和一个西服男子在说话，定睛一看，原来是彬仁，这就惊讶地招呼道："啊！白大叔，您刚才不是在戏院里听戏吗？怎么深更半夜又到这儿来了？"

彬仁见了梅珠，连忙站起身子，笑道："王小姐，您不要见怪，我是特地来送给您一样东西的。因为刚才后台人太多了，我不好意思在众人面前交给您，所以送到您府上来了。"

"哦！白大叔，是什么东西呀？"梅珠平静了脸色，低低地问。

"是……王小姐，您瞧吧！"彬仁说了半天，没有说出来。结果，伸手在袋内取出一只青绒的小盒子。打开了盖儿，呈现在梅珠眼前的，原来是枚耀人眼目挺大的钻戒。

梅珠呀了一声，红了脸儿，笑道："是一枚钻戒？这……是珍贵的饰物，您真预备送给我吗？"

"东西已在您的眼前了，这难道还有不真的吗？王小姐，我想一个红角儿，在舞台上唱戏的时候，是少不了这些饰物在手指上点缀的，因为在灯光下一闪一闪，看在观众的眼里，会更显得您的身份的高贵，一班剧迷者当然更会疯狂地拥护你。王小姐，我这话可不是？请您收下了吧！"彬仁絮絮地说，表示很有道理的样子。

梅珠含了媚眼的笑容，她心中当然十分的欢喜。不过她忽然又想起一个正在努力上进的女子，是不应该爱好虚荣的。所以她把欢喜的笑容又收起了，微微地摇了一下头，低低说道："白大叔，承蒙您送给我这样名贵的礼物，我表示十分的感谢。不过，一个艺人只要在艺术上得到真正的成功，又何必一定要这些饰物来点缀呢？假使因有了这钻戒而更会发红的话，那么首饰公司里的女儿，不立刻成个海上的红艺人了吗？"梅珠说到后面这两句话的时候，至少有些讽刺他的成分，这就掩着嘴儿忍不住哧哧地笑起来了。

彬仁被她说得两颊有些发红，很不好意思的样子，连忙说道："王小姐，你不要误会我呀！我不是这个意思。我说您戴了这枚钻戒，无非更娇美、更漂亮一点儿罢了。"

"不过，我无缘无故的怎么能接受您名贵的礼物？所以我只有表示心领谢谢，还是请大叔带回去吧！"梅珠很委婉地推拒着。

彬仁微微地一笑，说道："您这话不对，我做大叔的送您一枚钻戒，难到一定还要有什么缘故吗？老实说，您大叔膝下没有一男半女，不是占您便宜的话，我今日见到了您，就想把您当作女儿一般地爱护，您难道不希望有我这么一个长辈来爱护您、照顾您吗？"

梅珠听他这样一说，芳心倒是微微地一动，暗想：既然他以为尊长的态度来爱护我，这也无所谓啰！于是微笑了一下，秋波瞟了他一眼，说道："大叔，你一定要送给我，那么恭敬不如从命，我就在这里向你谢谢了。"

彬仁见她一面说，一面向自己还鞠了一个躬，这就很欢喜地把钻戒取出，挨近了一步，拉了她的手，给她亲自戴上了，笑道："这一点点小礼物，还用得了谢吗？梅珠，我就呼你一声名字，大叔以后把您当作女儿般地看待，好好儿还要送你一点儿东西哩！"彬仁是计远思长地存了一种希望，这希望在他脑海里织成了一个粉红色的梦。

梅珠不好意思地逗了他一瞥媚眼，低低地说道："那可不敢当吧！"说着，伸手看了一下表，便呀了一声，又说道，"大叔，本当请你多坐一会儿，但时候快近一点钟了，恐怕大叔回去，路上诸多不便，所以我不和你客气了，改天我想请大叔吃饭吧！"梅珠这两句话显然是大有下逐客令的意思，彬仁当然不能厚了面皮再待下去，遂伸手拿过呢帽戴上了，笑道："改天我请你吃饭好了，梅珠，那么你也早点休息吧！我们明儿见。"彬仁一面说，一面方才跨步出房。梅珠送他到了门口，遂回身进内。

第二天在戏院里，秉章发现梅珠手指上戴了一枚挺大的钻戒，当时虽然没有说什么，不过心中暗暗地猜疑了一会儿，觉得梅珠昨夜推托头痛要早一点儿回家，现在想来，其中显然儿有些蹊跷。莫非她昨夜和人有约会，所以不肯和我在街上踱步了吗？秉章心里这样想着，他当然非常的不快乐。直到晚上散步，秉章方才对梅珠说道："我想和你到金谷咖啡室去吃点儿夜点心，不知你肯赏光吗？"

"秉哥，你为什么说得那么客气呢？你要我去，我还有什么不答应吗？"梅珠秋波斜乜了他一眼，忍不住娇媚地一笑。于是两人吩咐荣生和小玲弟先回去，他们坐了一辆车，到金谷咖啡室，拣了一个座桌坐下。先向侍者要了两杯咖啡、一盆西点。秉章把铜匙只管在杯子里淘着，神情黯然，好像在想什么心事的样子。梅珠遂忍不住开口问道："秉哥，我见你今天神情很忧郁，难道有什么事吗？"

"我觉得很奇怪，……你似乎有些变了。"秉章望了她一眼，直截地说。

"啊?！我变了？你这是什么话？"梅珠的芳心像小鹿般地乱撞起来，她的粉脸儿上浮现了无限的惊骇。

秉章点点头，很沉痛的样子，说道："梅珠，昨晚你和我分手之后，到底和谁去约会的？虽然我是无权来过问你，但你似乎也不应该来骗我。"

"秉哥，你这话是打哪儿说起的？"梅珠受了这委屈，她几乎要落下泪来的样子，说道，"我昨夜根本没有和什么人去约会呀！你不信，你可以问小玲弟我是什么时候回家的。"

"那我以为可以不必问，因为我已经有了相当的证据，这证据比问小玲弟可以更切实一点儿。"秉章冷笑了一声回答，他的态度还是相当的严肃。

"你说吧！你得到了什么证据？你说出来，我就是死了也甘心。"梅珠低低地说出了这两句话，她一阵子悲酸，眼角旁已展现了晶莹的一颗泪珠。

"我问你，你手指上这枚钻戒是什么人送给你的？这还不是证据吗？我想这不至于在今天早晨你自己去买来的吧！"秉章还是含了讥笑的口吻，冷冷地说。

"哦！是为了这个吗？那我本来老早想告诉你，因为上戏时间没有机会，所以忘记说了。这钻戒是白彬仁大叔送给我的，我曾经拒绝过他，但是他说得很诚恳，因为他没有一男半女，所以把我当作侄女儿似的看待，因为他本来是我爸爸的好朋友呀！"梅珠听了，方知是为了这一枚钻戒而引起了他心中的误会，于是哦了一声，连忙絮絮地解释。

秉章听了，有些将信将疑的神气，遂忙又问道："白彬仁他在什

86

么时候送给你的？为什么我却没有瞧见啊？"

"昨夜我回到家里，不料白大叔就先等在我家，他说戏院里人多，不好意思送给我，所以特地送到我家里来的。这些都是实在的话，你可以问小玲弟的。"梅珠低低地回答，神情有些难过。

"既然他以长辈的资格送给你东西，那也不用鬼鬼祟祟，所以这事情我总觉得有些不大相信。况且世界上没有这么的好人，他若没有存着歪心眼儿，随便什么东道我都请。"秉章揭穿着彬仁的假面具，他恨恨地咬着牙齿，十分恳切地说。

"那么依你猜想，他是有目的啰！"梅珠低低地问。

"当然有着目的，你难道没有听见过社会新闻吗？许许多多的过房爷，把过房女儿身子占了，这是一种阴谋呀！知识浅薄的女子，慢慢儿地如何不要上圈套呢？"秉章还是愤愤的态度回答。

"秉哥，你不要生气，我明天可以把钻戒还给他，因为这枚钻戒足以破坏我们的爱情，我又何必要戴它呢？"梅珠表示认错了说。

"不过，你舍得放弃吗？"秉章是包含了讽刺的意思。

"你说这话……太使我伤心了……"梅珠的眼泪，扑簌簌地流了下来。

"梅珠，我……说错了，你原谅我吧！"秉章见她海棠着雨般的娇靥，倍觉楚楚可怜，一时心中也不忍起来，遂用了温情的口吻，向她低低地赔罪。

梅珠没有回答什么，她是只管扑簌簌地流眼泪。秉章心里很难受，只好向她又说了许多的好话，方才把梅珠回过笑脸来。两人喝完了咖啡，时候快近一点钟了。梅珠说道："我们回去吧！时候不早了。"

"好的，我送你回去怎么样？太晚了我不放心你一个人回去。"秉章付了账单，一路和梅珠挽手出外，站在金谷咖啡室门口，低低地说。

"我想不用了，你送我回去，你自己再回到寓所不是要更晚了吗？那我也不放心哪！"梅珠秋波逗了他一瞥媚眼，是显出那一份儿多情的样子。

"既然这么说，我给你讨街车吧！"秉章一面说，一面向站在街旁的人力车招手。

"秉哥，这枚钻戒我明天当着你的面还给白大叔，请你再不要多心我，我敢对你发誓，我生生死死是你的人。"梅珠在将要跳上人力车去的时候，她紧紧地握住了秉章的手，又向他再三表明自己的心迹。

"我知道，梅珠，你是一个天真的姑娘，我并不是多心你，我怕你容易上人家的当罢了！"秉章很感动的神情，望着她低低回答。

"秉哥，你放心，我虽然年纪轻，但我有坚决的主意，我决不会轻易地上了人家的当。我希望你也不要被外界引诱，而改变了你的初衷才好。"梅珠话声有些颤抖，不知怎么的她感到了一阵莫名的凄凉。

"梅珠，你放心吧！我也决不会变心的！"秉章真挚地向她安慰，梅珠方才得到了一种希望似的笑了。两人在依恋不舍之下，秉章眼看她跳上车子去远了，方欲再讨街车，预备自己回去，不料金谷咖啡室内走出一个花信年华的艳妇来，她把纤纤玉手搭到秉章的肩胛上，笑盈盈地招呼道："吴先生，真是难得极了，想不到我们在这里会遇见了。"

秉章听有人这样地招呼，他心里自然十分的奇怪，连忙回头去看。原来还是一个风流艳丽的少妇，因为是并不认识她，所以心头别别地一跳，他涨红了脸儿，倒不禁呆呆地愕住了。

六、难逃酒色网　魔高十丈

那少妇见秉章呆呆地望着自己出神，大有泥塑木雕的样子，这就把俏眼儿逗了他一瞥勾人灵魂的目光，嫣然地一笑，低低地说道："吴先生，您不认识我是不是？可是，我却天天在中华大戏院里欣赏着你的艺术。吴先生真是一位艺术之神，我平时固然是一个评剧迷者，但尤其是对于吴先生演的评剧，我实在是钦佩得五体投地。今天能够在这儿瞻仰到吴先生的庐山真面目，那真所谓是我三生有幸了。"

"哪里哪里，您说得太好了，倒叫我很不好意思。"秉章听她絮絮地说了一大套，不但口齿伶俐，而且笑靥生春，一时觉得很局促，也只好用了恭维的态度，向她低低地回答。

"吴先生，我姓胡，名叫美娟。不过我的胡是古月胡，和你音同字不同……"美娟自我介绍地说，她又嫣然地一笑，说道，"吴先生，你觉得我这个人太好笑吗？在您想来，我好像有些自说自话，简直在发神经病似的。不过我为了您，确实几乎要疯起来。您不知道吗？我曾经写过十多封信给您，而且也寄过好多张相片给您，但您一封回信也没有答复我，我觉得您未免太残忍一点儿了。因为使一个崇拜您艺术的信徒感到失望，这是多么的不近人情啊！"

秉章听她连串地说出了这许多的话，一时真觉得好笑起来，遂故意摇摇头说道："哦！原来您写过许多的信给我，但是我一封信也没有接到。”

“真的吗？那倒怪不得您了。”美娟以很原谅他的口吻低低地说，“吴先生，那么今夜是太难得巧遇的机会了，我请您再到里面去坐一会儿好吗？”

“不，时候不早，我该回去了，改天一定奉陪您好吗？”秉章心头是只管忐忑地乱跳，他理智没有糊涂，心中还记得梅珠这一句不要被外界引诱的叮咛的话，于是摇了摇头，向她婉言地谢绝了。

“上海地方，再晚点儿也算不了怎么一回稀奇的事，回头我可以把汽车送您回去。吴先生，请您不要拒绝我，否则，我心中的痛苦，会造成我到自杀的地步。”美娟说到末了的时候，她脸上浮现了惨淡的神色，大有盈盈欲泣的样子。

秉章听她说要自杀两字，心中就大不忍起来，暗想：这女子竟痴心到这般的地步？假使我拒绝到底，万一她真的闹成了自杀，这岂不是我的罪过吗？那么对于她这一点儿要求，何不答应了她呢？反正到里面再去坐一会儿，她也不见得会把我引诱坏呀！秉章这样想着，遂心肠软了下来，点头说道：“胡小姐，那么您请吧！”

“吴先生，您请吧！承蒙您答应了我，这叫我真是太感激您了。”美娟这才满面含笑地逗了他一瞥感激的媚眼，一面说，一面却老实不客气地挽了秉章的臂膀，向金谷咖啡室内走进去了。

美娟走到一张座桌旁边，秉章想不到桌子旁还有两个少妇坐着，都生得风流美貌，服饰华贵，但是却猜不透她们究竟是哪一路的人物。美娟含了得意的笑容，这时早已向大家介绍着道：“这是林爱珍小姐，这是朱曼丽小姐，她们是我的结义姊妹。这位是大名鼎鼎的红角儿吴秉章先生，我们三姊妹都是崇拜您艺术的信徒，今天能够和吴先生在这儿一同喝咖啡，这是我们前生修来的好福气了。”

“吴先生，您请坐吧！”爱珍站起身子，笑盈盈招呼。

"吴先生，您抽烟！"曼丽取了一支三五牌烟卷，送到吴秉章的面前，招待得非常的殷勤。

美娟自己唯恐落后地早已划了火柴，给秉章点火。秉章在这样环境之下，他好像唐僧进了女人国一般，神志有些迷糊起来，两颊涨得像喝过了酒一般通红，反而觉得十二分的局促不安。除了点头道谢，却说不出一句什么话来。

"吴先生，您喝些什么？咖啡好吗？"美娟又温情地问。

"我刚才已喝过一杯，不喝了。多喝咖啡，晚上会睡不着的。"秉章摇摇头回答，他慢慢地喷了一口烟。

"那么喝杯鲜牛奶吧！"爱珍也低低地问，向他有些眉目传情。

"我就坐一会儿很好，实在喝不下什么了。"秉章羞怯怯地回答。

曼丽瞟了秉章一眼，笑道："刚才吴先生和那位女朋友坐在一起，有说有笑，十分的快乐，现在似乎有些愁眉不展的，我想吴先生一定在讨厌我们了。"

秉章听她这样说，慌忙露出一点儿微笑来，说道："朱小姐，您这是哪儿的话？叫我听了，太不好意思了。"大家听了，都忍不住微微地一笑。

"吴先生，刚才你那位女朋友，我很面熟，好像在什么地方看见过似的。"美娟也搭讪着问他，两眼望着他俊美的脸儿出神。

"她就是王梅珠小姐呀，你们怎么不认识呢？"秉章向她们含笑告诉。

美娟哦了一声，也笑起来，说道："对了对了，被你一说，我才想起来了。吴先生，你和王小姐的艺术都超人一等的，我看你们的感情很不错啊？"

"我们是从小在一起长大的师兄妹，我们的感情，和普通的确实有些不同。"秉章很骄然地回答，他是故意使她们灰心的意思。

"那么不久的将来，您一定要给我们喝喜酒啰！"美娟心中虽然感到有些酸溜溜的不受用，不过表面上还强颜欢笑地打趣他说。

"谈不到，谈不到，我们吃这一项饭的人，结婚还太早哩！"秉章红着脸儿，他一味地表示否认。

"那么您将来的对象，我相信一定是王小姐无疑了。"美娟又继续地探问。

"……"秉章这回并不否认，他微微地一笑，显然是默认的意思。

"大姊，这还用问吗？看他们亲热的样子，也早可以猜到的了。"爱珍在旁边也插嘴说，她向美娟斜乜了一眼，是包含了"你将失望"的作用。

"吴先生，您的喜酒可别忘了我们。"曼丽也故意刺激美娟，向秉章说，因为她们曾经听美娟夸口，说非把秉章搭上了手的话。

美娟心中自然十分的难受，忽然她心生一计地笑道："吴先生，我们既然知道你和王小姐的爱情是这样的深厚，那我们倒要向你庆贺一番了。"说着话，向侍者呼了一声仆欧，便吩咐他开上香槟酒来。

"胡小姐，谢谢您的美意，我不会喝酒。"秉章见侍者拿上香槟，在玻璃杯子内满斟了四杯，这就微欠了身子，很难为情地回答。

"吴先生，您不喝，那就是瞧不起我。我想这一杯酒，是绝不会把吴先生醉倒的吧！"美娟握了握玻璃杯，向他低低地怂恿。

"吴先生，我们大姊既然这样诚意地庆贺您，您就赏她一个脸儿吧！"爱珍在旁边也低声相劝，她把玻璃杯子也举得高高的，还望着秉章微微地笑。

"可是，我们唱戏的人不宜喝酒，否则，我怕有损于嗓子的。"秉章抱着坚决的态度，向她们委婉地推拒。

美娟道:"晚上没有关系,因为你喝了酒可以回家休息,再不用上台唱戏了,所以你不必忧虑到这些问题上。吴先生,您多少总得给我一些面子,要不然,叫我怎么走得出金谷咖啡室的门外去?"

　　秉章听美娟这样地说,一时无法再拒绝了,只好含笑点头,举了杯子,说了一声谢谢,和她们三个人便一饮而干了。

　　酒这样东西,是色的媒介物,它到了一个人的肚子里之后,使无论谁的举止都会失常起来。秉章起初的主意很好,他连咖啡牛奶都不愿意喝,预备坐一坐就走的,可是道高一丈,魔高十丈,结果,还是抵不住酒色的魔力,而终于慢慢地上了她们的圈套。起先是只喝一杯,后来经她们柔媚手腕下的引诱,于是喝下了两杯。两杯喝下后,他的神志昏迷了,因此接连地就喝了第三杯。秉章这时的脑子有些涨涨的,只觉全身血液流动得特别的快速,他坐对着三个如花如玉的女人,耳听这一阵阵兴奋的音乐,他的心中会情不自禁地有些想入非非起来。偶然一看到自己手腕上的手表,已经是到了两点半的时候,他方才清楚过来了,暗想:不对,这儿是通宵营业的。这样子坐下去,可以到天明,那我明天还有精神上戏吗?秉章想到这里,他终于站起身子来,说道:"对不起!时候不早,我要先走一步了。"

　　"啊!真的,已经两点半了。我们也该回去了,吴先生,那么我们一同走吧!"美娟见他站起身来的时候,大有摇摇欲倒的样子,遂连忙跟着站起,把他扶住了,很多情地说。一面吩咐侍者开上账单,一面开了皮包拿钞票付账。秉章见了,有些难为情,遂说道:"胡小姐,叨扰了您,我不和您客气了。"

　　"啊呀,这还客气什么哪?吴先生,我看你有些醉了的样子,让我扶了您走吧!"美娟一面含笑回答,一面温情蜜意地去扶他身子。秉章口里虽然说着不用不用,但事实上他偎住了美娟,两脚有些歪歪斜斜的神气。

四个人出了金谷咖啡馆的大门，曼丽和爱珍伸手拍拍美娟的肩胛，美娟回头去望，她们向美娟逗了一瞥神秘的媚眼，以手指指秉章，又努了努嘴儿，扑哧地一笑，遂低低地说声明儿见，她们自管匆匆地走了。美娟心里荡漾了一下，她在秉章耳边，轻声说道："吴先生，我送您回去好吗？"

"不，胡小姐，我自己能回去，我并没有醉呀！"

"外面风大，坐人力车容易呕吐，反正我有汽车，送你回去那是件很便当的事。"

"那么劳您的驾了。"

秉章向她低低地道谢，两人先后走到人行道旁停着的汽车边，美娟拉开车门给秉章先跳上车厢，然后自己在他身旁紧紧地偎坐着。因为车夫打着盹儿，遂伸手拍了他一下肩胛，口里还娇叱了一声阿根。阿根在睡梦中被她惊醒，回头见主人已坐进在车厢内了，于是连忙问道："回家去吗？"

"嗯……"

美娟应了一声，汽车便向前驶行了。这时秉章偎在美娟的怀内，经过汽车驶行时的一阵子颠颤，他竟然头晕眼花地熟睡过去了。美娟想不到秉章是个这样不善饮的人，因为这次速成的计划，那可说是梦想不到的收获。所以美娟心中乐得甜蜜蜜的，她低下头去，在秉章的嘴唇上默默地先领略了一点儿小温存。

也不知经过了多少时候，秉章醒过来了。但他并不是坐在汽车里了，却是睡在一间富丽堂皇的卧室里了。他回眸四望，见太阳已从玻璃窗外晒进了满房间。而自己身旁还有一个软绵绵女人的娇躯偎卧着，他此刻却又不胜惊讶地啊呀一声叫起来了。被他一叫，美娟睁眼也醒了回来，秋波盈盈地斜乜了他一眼，伸了那条白嫩的膀子，去勾住了秉章的颈项，笑嘻嘻地说道："吴先生，不，我该叫您一声亲爱的达令了。您的艺术太好了，您的武功太美妙了，我觉得您给予我的影像，好得不能再好了。"

"啊，啊！这……这……我难道在做梦吗？"

"做梦？您不要痴想了，我们完全是现实的表演。您不信，我再表演给您看。"美娟说到这里，把小嘴儿凑了上去，在他唇儿上又热狂地吮吻起来。秉章呆呆地想了一回，他脸上是含了羞愧的神色，轻声叹息着说道："胡小姐，您害我做了这一件罪恶的事，您又害我丢了这一生宝贵的贞操。我负了一个人，我……"秉章说到这里，想起梅珠，心中一阵子难受，他忍不住流下眼泪来了。

"秉章，你这话太岂有此理了，你自己奸污我的身子，我不向你起交涉，谁知您倒怨恨起我来了，那你未免太没有良心了！您也想想您自己酒后的行动，您为什么要在我身上做人上人呢？"美娟绷住了粉脸儿，她在这时候又故作娇嗔的样子，恨恨地责问他。

秉章说不出什么话来，他心中是只有无限的悔恨。美娟见他流泪，觉得他到底还不脱是个孩子的成分，遂忙又拥抱了他，笑嘻嘻地说道："傻孩子，你怎么哭起来了？难道您得了便宜之后，还认为吃亏吗？我问你，你到底损失了些什么呢？您要这么的伤心，那不是令人感到奇怪吗？"

"我损失的是我的人格和名誉，因为我是个洁身自爱的青年，但现在我是个行为荒唐的青年了，我如何不要心痛呢？"秉章拭了拭眼泪，低低地回答，他内心被一阵正义的声音谴责，脸上浮现了无限的惶恐。

"别说傻话了吧！这是社交公开中的一种应有的交际。我认为我们的行动是很正常，是很光明的。因为圣人也曾经说过了，食色性也，那算得了什么呢？秉章，我亲爱的宝贝！我虽然是个年龄比你大一点儿的女子，但您瞧我富于肉感性的身体，不是也能使你感到神魂飘荡吗？"美娟一面说，一面紧搂秉章，还做出种种妩媚的动作，去迷恋他那颗纯洁的心灵。秉章是从来没有亲近过女色的大孩子，如今被她这么地一来，因此他的感觉上也会说不出地愉快起来。但是他看了满房间的阳光，心中又别别地一阵子乱跳，急急问道："胡小姐，你和我这样子……难道你家里人不会干涉吗？"

"谁干涉我？我是只有一个人。"

"奇怪，你没有丈夫吗？"

"不瞒你说，我丈夫已经死了一年多了。"

"那么……你丈夫的家属呢？"

"我们本来住在香港的，丈夫是太丰洋行经理，他死了之后，我就回到上海来，买下了这儿一座小洋房来住。但我没有一个儿女，孤零零一个人是多么的冷清呢！所以我很需要像你那么一个达令来做我永远的伴侣。"美娟挽着他的脖子，和他热烈地吮吻。

"您今年几岁了？"秉章低低地问。

"我二十八岁了，你青春多少？"美娟含了妩媚的笑。

"我还只有二十岁，你竟大了我八年。"秉章很遗憾地说。

"怎么？你嫌我老吗？"美娟有些不乐意的样子。

"不是这个意思，我说你应该好好儿再嫁一个人，不应该专门勾引我们这班年轻的孩子。"秉章简直在责备她说。

"我很愿意嫁给你，只要您不嫌我老。"美娟向他竭力地温存。

"嫁给我？那可不行，我是一个唱戏的，而且我是一个穷孩子。"秉章连连摇摇头，表示拒绝她的意思，一面坐起床来，他要披衣起身了。

"我就喜欢唱戏的，尤其是像您这样武功好的戏子，穷怕什么？反正我有的是钱呀！"美娟说时，又拉住了他，撒娇似的神情，"嗯！

宝宝！心肝！囡囡！再躺会儿吧！"

"时候不早，我该走了……"秉章推开了她，心头似乎有些怨恨。

"忙什么呢？"美娟一面说，一面跟着起身。她很快地走到冷热水龙头旁边，在白瓷盆内开满了水，放下雪白的毛巾，又洒了几点香水，含笑说道："不要这么的狠心吧！常言道，一夜夫妻百夜恩，我到底不是妓女，就是妓女吧，我已给你占了身子，多少也有些感情存在哩！我的好弟弟，快洗脸吧。"

秉章见她这样地服侍自己，又听她这样说，心中倒也怦然一动，默然不答的，自管洗脸。洗脸完毕，回身见桌子上已放了一杯热气腾腾的牛奶，还有一盆子香蕉夹心饼干。他却不预备吃，自管披上那件夹大衣，匆匆要走了。

美娟连忙拉住了他，说道："点心弄好了，多少吃些走吧！饿坏了您，叫我心中多么的不安呢！"

"我不要吃……"秉章绷着面孔，坚决地说。

"何苦来呢？好弟弟，您就吃一点儿吧！"美娟还是一点儿脾气都没有的样子，笑盈盈地说。

秉章在她柔媚的手腕之下，到底又屈服了，因此竟没有再拒绝的勇气，临别的时候，两人还抱住了紧紧地又接了一个甜蜜的长吻。

秉章匆匆地回到寓所，这是子坚的公寓。荣生正在急得像热锅上的蚂蚁似的，团团地打转。一见了秉章回来，如获珍宝的样子，拉住了他的手，急急问道："我的爷！你在什么地方啊？竟直到这个时候才回来，您真要把我急死了！"

"我昨夜在路上遇见了从前一个老朋友，他拖我到他府上去睡了一夜。"秉章有些神色慌张地回答，一面又急急地说道："梅珠知道我昨夜没有回来吗？"

"是我打电话去，她才知道的。"荣生从实地告诉。

"你为什么要打电话给她知道呢?"秉章皱了眉尖儿，心中有些怨恨。

"我没处找你人，以为你在梅姑娘那里宿夜了，所以我当然要打电话去问一声。梅姑娘也急得了不得，她怕您在马路上会闯下祸水。"荣生却很有理由地回答，接着又埋怨他道:"我说您太糊涂一点儿，就是碰到了老朋友，那你也不该到他家去宿一夜呀!况且您也该打个电话来告诉一声。上海地方比不了北平，您是人地生疏，万一在路上出了什么乱子，那可不是玩的事啊!"

秉章这就被他说得哑口无言，低了头，暗暗焦急着想:梅珠知道我昨夜没有回来，她当然是要起疑心的。万一向我追根究底地问起来，那叫我回答什么好呢? 正在这时，周家佣妇进来说:"吴先生有电话来。"秉章听了，遂急急地去接听。那边是个女子的口音，急急地说道:"你是荣生吗?"

"不，我是秉章，您是梅珠吗? 请您放心，我早已回来了。"

"您昨夜在什么地方呢?"梅珠的话声是分外的急促。

"路上遇到从前的老朋友，他拉我到他家去坐一会儿，因为时候太晚，就在他家睡了。"秉章把对荣生告诉的话又说了一遍。

"您也太糊涂了，就是宿在朋友家里，也该打个电话给荣生，再说今天早晨就好回来，怎么直到此刻已近午时了才回家? 真是把我急都急死了!"梅珠说到这里，在电话里也大有哭音的样子。

"是的，这实在是我太糊涂了一点儿。梅珠，我此刻来瞧你吧!"秉章的良心感到极度的不安，遂只好认错着回答。一面放下听筒，一面来向荣生关照一声，他便急急地坐车到白雪公寓里去见梅珠了。

秉章一脚跨进梅珠的卧房，万不料梅珠倒在床上却呜呜咽咽地在哭泣着，一时倒不免呆了一呆。小玲弟倒上一杯茶，逗了秉章一瞥似怨似恨的目光，低低地告诉道："梅姑娘为了您，早饭没有吃，连午饭也不想吃了。"

秉章听了，搓了搓手。他想起昨夜自己的行为，他全身一阵子热臊，两颊不免发红起来。一时望着梅珠一耸一耸在哭泣的背影，忍不住深长地叹了一口气，呆住了一会儿。见小玲弟已退到外面去了，方才挨近床边坐下，一手按住了她的肩胛，低低地叫道："梅珠！梅珠！你怎么啦？我在外面又不会闯了什么祸水，你这样伤心干什么呢？身子保重一点儿吧！"

梅珠不回答他，抽抽噎噎地哭得格外伤心起来了。

"唉！是我错了，害得你为我担心，连早饭都没有吃过，我真的太对不住你了。以后我再不会在朋友家里住夜了！"秉章低低地赔罪，是求她饶恕自己的意思。

但梅珠仍旧不回答什么话，还是哭得悲悲切切的令人有些酸鼻。

"梅珠，这又有何苦呢？哭红了眼皮，回头还能上戏吗？"秉章索性和她并头躺倒了，扳着她粉脸儿低低地说。

梅珠挣扎了一下，她泪眼盈盈地逗了他一瞥怨恨的娇嗔，方才从哽咽中回答出一句话来说道："是的，我今天不想再上戏了！"

"为什么……"秉章有些莫名其妙的样子。

"没有为什么，不但今天不想上戏，我一辈子不想在上海再上戏，我今天下午马上就动身回北平去！"梅珠很坚决地回答。她似乎还不能压制心中悲哀的发展，眼泪依然像雨点般地滚落下来。

"那是什么意思呢？梅珠！"秉章温情地给她拭泪，语气是特别的低沉和轻柔。

"眼不见为净，我没有看见了，我就什么都不管了！"梅珠的喉间还是哽咽着，她的眼泪只管从颊上流了下来。

"梅珠，我向你已求饶了，你难道还不肯原谅我吗？"秉章的眼皮也有些红润，他的话声是包含了凄婉的成分。

"这不是什么原谅不原谅的问题，要我眼瞧着一个青年向堕落的苦海里浮沉下去，我认为自己还是早点儿离开了这地方来得好，来得减少一些痛苦！"梅珠怨恨地回答，她觉得无限的悲酸，忍不住又抽抽噎噎地哭起来。

"梅珠，你这是什么话？难道你疑心我昨夜……"秉章口里虽然是这么地强辩解着，不过内心是惶恐到了极点，他几乎连耳根子都涨红了。

但梅珠不等他说完，就冷笑一声，说道："你不用和我分说了，你再撇得清白一点儿，也不中什么用。老实说，我不是三岁的小孩子，虽然我是这么的呆笨，但我还不至于呆笨到怎一份儿的程度。"

秉章听梅珠这样说，他倒是呆呆地愕住了。过了一会儿，才又故作一本正经态度，说道："梅珠，昨晚我实在是住在一个朋友家里，假使我骗了你，我敢向你发誓……"

"不！用不到你的发誓，你发一百个誓，我还是一个不相信。"梅珠斩钉截铁地说。她鼓着小嘴儿，一脸孔地显着娇嗔。

"那么你就一口咬定了我，不顾虑我是含冤受屈吗？"秉章脸上含了一丝苦笑。

"我要如冤枉了你，我会天打雷劈的！"梅珠还是怒气未消的样子。

"唉！梅珠，请你不要再这样地说吧！"秉章非常难受的表情，话声是有些央求的成分。

"其实我也很明白，你所以这样子，完全是给我一种报复的意思。"梅珠又自言自语地说，她似乎有所省悟的神气。

"梅珠，你这是什么话呢？我真有些不懂了。"秉章怔怔地望

100

着她。

"那有什么不懂的？你无非为了我接受白大叔一枚钻戒罢了，所以你也……"梅珠说到这里，顿了一顿，她又悲酸地淌下眼泪来。

"不，不！我绝对不是为了这个缘故……"秉章急急地辩白。

"那你是为了什么缘故？"梅珠却泪眼盈盈地向他逼问。

"我……根本没有为了什么呀！"秉章支支吾吾的有些慌张。

"你昨夜到底在什么地方？你得老实地告诉我！"梅珠说这两句话的时候，神情大有冷若冰霜的样子。秉章红了脸儿，却回答不出什么来。梅珠冷笑道："哼！你为什么呆住了不说话？难道也有难以告人的隐情吗？"

秉章长长地叹了一口气，说道："梅珠，我觉得在我们两人的四周，是散布着无数的恶魔，这些恶魔没有一个不想跟我两人来表示亲近。假使我们偶一不慎，我们间的爱情就会被这班恶魔所损害。在北平我们相处了四五年日子，我们从来也没有过一次口角。然而到上海还没有半个月日子，我们就接连地吵了两次。从中可知上海是个万恶之地，长此以往，我们的前途实在太危险了。所以，我们要避免这四周恶魔的麻烦，我们唯一的办法，就是我们马上结婚！梅珠，你也赞成我的意思吗？"

"马上结婚？"梅珠心头跳跃得像小鹿般地乱撞，她绯红了脸儿，表示说不出惊喜的样子。

"是的，我们宣布结婚了，我们实行结婚了，我们可以使外界这些恶意都纷纷地逃远了。梅珠，只要你答应我，我们明天就可以结婚。"秉章十分恳切地回答，他脸上是含了一种喜悦的希望。

梅珠细细地想着他这两句话，觉得几天来外界纷纷寄到的函件，在他们显然都是有着目的的。我们假使结婚之后，外界的他和她们当然也感到失望而灰心了。那么秉章这想的果然是一个好办法，而且也可见他的心中到底还是爱着我的。她此刻心中的悲哀被甜蜜所驱逐了，脸部已没有了嗔恨的表情，在喜悦的成分中还包含了几分羞涩的意味，微微地点了一下头，也不由得嫣然地笑了。

秉章知道梅珠是默允的表示，一时乐得心花怒放，猛可伸过手去，搂住她的脖子，在她殷红的小嘴儿上，这就毫不客气地紧紧吻住了。

七、回头是岸　悬崖勒马迟

　　是西风起的季节了，上海的都市里又换了一番新鲜的景象了。百货商店的橱窗内已没有了夏季的用品，皮大衣、手套、围巾等冬装又陈列起来。冬的季节，夜长日短，一到四五点钟，天空老是要黑下来的样子。几家戏院的门口，霓虹灯光早已开放得仗亮的了。

　　铛铛！铛铛！时钟已打七下了，中华大戏院门口依然是人山人海，观众如云，十分的拥挤。后台的化装室内，此刻是只有王梅珠一个人静静地在化着装。她听了外面锣鼓喧天的声音，不知怎么的，心中就会觉得十二分的烦恼。就在这当儿，听荣生在独个儿自言自语地说道："这两天我们这位爷又在变了！直到这时候还不回来，误了场听老板的噜苏，这可犯不着哪！我说奶奶你也该向他劝劝才对啊！"

　　梅珠听他后面这句话是对自己而说的，这就逗了他一瞥哀怨的目光，轻轻地叹了一口气，说道："一个人要靠人家劝告那是不会好了，在过去我们没有结婚的时候，他什么话还听从我几句，现在结了婚，他要怎么样就怎么样，我还有什么话可以说呢？"梅珠说到这里，她的眼皮忍不住又润湿起来了。

　　荣生也连连地叹气，说道："要是这样地下去，我看他呀，前途就很危险啰！奶奶，你知道大爷跟哪一批狐狸精在厮混呀？"

　　"听说是一个寡妇，姓胡的，他们在我没有结婚之前就搭上手了。"梅珠低低地告诉，她心中有些难过。

"哦，哦！就是那天一夜没有回来的日子里出的毛病吗？"荣生对于半年前的事情，还有一些记得，哦哦了两声问她。

"大概是的吧！听说这个寡妇有十个结拜姊妹，个个都是风流淫荡的女子，她们简直把秉章当作了玩物般地看待。谁知秉章竟执迷不悟，说起来真是令人太痛心了！"梅珠很伤心地回答。

"什么？有十个狐狸精迷住了大爷，那可不得了！奶奶，我想你再不能袖手旁观了。这可不是一件开玩笑的事，万一把大爷身子糟蹋坏了，对于奶奶你的终身幸福也很有关系啊！"荣生惊骇地叫了一声"什么"，他是一本正经地向梅珠忠实地怂恿。

"我劝他，他不听，反而说我多事，恨得我睬都不要睬一睬。你想，那叫我还有什么办法好呢？环境移人竟有这么的可怕，唉！这在我是做梦也想不到的事。"梅珠的眼角旁已展现了晶莹莹一颗泪珠了。

"想不到一个男子变起心来有这么的快！"荣生无限感慨地说。不料就在这个时候，秉章脸儿红红地走了进来，显然他在外面是喝了许多的酒。他的耳朵很灵敏，似乎听到了荣生这一句话，遂瞪着眼睛，问道："荣生！你在说的是谁？"

"哦……哦！我……我说的是这一班有了自己妻子去跟别的野女人厮混在一起的没有情义的人！嘻嘻！大爷，你回来啦！"荣生支吾了一回，他才大了胆子，向他俏皮地讽刺，而且还嘻嘻地一笑，走上前去，服侍他脱了身上的大衣。

秉章听他这样说，真是敢怒而不敢言，遂冷笑了一声，自管坐到那张化装台前去了。梅珠偷偷地窥了他一眼，只见他动手在化装了，遂低低地叫道："秉哥，你在什么地方吃夜饭啊？"

"管我在什么地方吃？要你多啰唆什么！"秉章把在荣生那儿受

的气要出到梅珠的头上去，显出凶恶的样子，讨厌地说。

"我这么问一声那也没有关系啊！我看你脸儿红红的，一定喝了酒。小玲弟，你泡壶浓茶给爷喝吧！"梅珠含了惨淡的笑，忍气吞声地低低地回答。

"我喝了酒怎么样？是不是你说我不应该吗？"秉章好像吃了生米饭，他觉得梅珠的一言一语好像都包含了恶意成分的样子。

梅珠笑了一笑，说道："我并没有说不应该，我说一个男人家，在外面应酬是应该的事情。不过，我希望你把自己身子珍爱一点儿，保重一点儿，因为一个人的精神是有限的，忙了别的事情，当然会疏忽了正经的事情。万一倒了嗓子，或出了什么别的乱子，那就悔之莫及了。"

"什么？你咒骂我吗？"秉章把良药当作了毒汁，忠言逆耳的回答，满脸还显出不胜愤怒的样子。

"我是好意，你准要误会我是恶意。因为我已嫁给了你，你是我的丈夫，那么我做妻子的似乎不得不尽一点儿责任。老实地说，要如和我毫无关系的人，我吃饱饭就决不会来向你说这几句话了！"梅珠见他像一条疯狂的狗似的竟没有一点儿理性可说，她气得脸儿都变成了灰白的颜色。不过她还竭力地忍熬着悲哀的发展，低低地说了这几句话。

"哼！那么你就把我当作毫无关系的人一般看待好了！"秉章还是恨恨地回答，他对于梅珠的印象似乎恶劣到透顶的样子。

"秉哥！你……"梅珠回眸过去，她气得真的要哭出来了。

"梅姑娘，姑爷喝醉了，你犯不着跟他多说什么！"小玲弟在旁边也有些听不过去了，遂噘着嘴儿说，显然是不平则鸣的现象。

秉章虽然想对小玲弟发作两句，但恐怕误场，他不敢再浪费时间，所以急急地化装，只装没有听见的样子。

夜场散了场，梅珠装作若无其事的神情，依然笑靥媚人地向秉章说道："秉章，我们回头一块儿吃点心去好吗？"

"不！没有空。"秉章洗着脸说。

"你又要上哪儿去啊？"梅珠粉脸儿了盖一层失望的愁云。

"你先回家好了，不用管我到什么地方去。"秉章把手巾丢过一旁，拿了梳子，梳着头发。

"大爷，你这话可不行啊！这几天天天晚上出去应酬，那也不像话呀！我劝你今天和奶奶早些一同回家去吧！"荣生听不过去地插嘴。

"梅姑娘，不管姑爷上哪儿去，我们一块儿跟了去。他玩，你也玩，那算得了什么？"小玲弟也气鼓鼓地说。

"放你们妈的屁！你们是我什么人？竟敢管我们的家事吗？真岂有此理！"秉章怒不可遏地回答，他一面披上了大衣，一面便像逃一般地向后台门外直奔了。小玲弟把梅珠身子推了两推，意思是快些跟他一同去。但梅珠并不开步，长叹了一声，眼泪像雨点一般地滚落下来。

就在这时，外面走进一个人来，却是白彬仁。彬仁的消息很灵通，他知道最近秉章和梅珠很不和睦，所以他趁此机会，时常溜到后台来献殷勤。此刻他见梅珠海棠着雨般的粉脸儿，便故作惊讶的神情，低低地问道："梅珠……你……你……怎么啦？已经是辛苦一整天了，应该欢欢喜喜才好，怎么还能够伤心哭泣呢？到底为了什么？难道又是秉章给你受了委屈吗？"彬仁说时，蹙了眉毛，表示十分关切的意思。

"不！没有什么。"梅珠不愿意把自己和秉章不和睦的消息传到外面去，遂收束了泪眼，摇了摇头，低低地回答。

彬仁知道她是瞒着自己的意思，遂又望了她一眼，问道："那么秉章呢？他上哪儿去了？"

梅珠并不作答，小玲弟再也熬不住了，遂愤愤地说道："还不是又被这些狐狸精约到外面去幽会了嘛！"

"唉，我真想不到秉章会变心得那么的快！所以越是年轻的男子，越是没有灵心，没有情义，这话就很有些道理了。"彬仁叹了一口气，感慨十分地说。梅珠听了，眼泪就忍不住滚落下来，彬仁忙又柔情蜜意地说道："梅珠，你的身子素来孱弱，所以千万不要太伤心。我劝你到静园咖啡室去听一会儿音乐吧！也找寻一点儿快乐来散散心。"

"不，谢谢你！我想回家去了。"梅珠鼓不起兴趣，温和地拒绝。

"回家也没有事情，秉章料想今夜也不会回来，那你一个人孤零零的不是也觉得凄凉吗？我说你还是去玩一会儿，等你忘记了忧愁，再回家去睡觉不是很好吗？"彬仁再三地邀请她说。

荣生在旁边也说道："奶奶，白先生请你去玩一会儿也好，他能够到外面去胡搞，难道奶奶就不能去散散心吗？"

梅珠听了这几句话，心中实在也很气不过，于是便答应了彬仁。不过她还向小玲弟关照过"假使姑爷回来了，你说我就回来的好了"。

彬仁见梅珠这样地怕秉章，心中暗暗不平，但口里却没有说出来。当下荣生和小玲弟先回家去，梅珠跟彬仁跳上汽车，一同到静园咖啡室。侍者招待入座，彬仁特别殷勤地问梅珠要不要吃两客四餐，梅珠摇头说道："我饱得很，吃不下这些东西，还是喝杯咖啡吧！"

"咖啡刺激性太浓，晚上回去，怕你有了心事的人更会失眠，我看还是喝杯牛奶吧！"彬仁十二分关怀地说。

梅珠听了，表示同意。彬仁遂吩咐侍者拿上两杯牛奶并一盆西点。他取了烟盒子，拿出烟卷来吸。回头见梅珠，呆呆地望着音乐队出神，好像在想什么心事的样子，遂搭讪着说道："梅珠，照理上说，秉章实在是不应该这样无情无义对待你的。你总也还记得我送你一枚钻戒的事情，他不许你接受任何人送的东西，结果，你真的还给了我，连我做大叔的送你东西，他都要多心，这人不是我背后说他坏话，他只有自己，没有人家，完全是一种专制的手段。你想，我真代你气破了肚子！"彬仁说时，表示无限愤恨的意思。

梅珠被他这么一提起，心中也觉怨恨，然而怨恨之中所占的悲哀成分太多一点儿了。因此她说不出什么才好，只会扑簌簌地落下眼泪来。

彬仁继续地又说道："秉章他自以为是一个红角儿了，不过照他这样的行为下去，我料他在不久之后，一定会失败的。其实外界对于你们的印象，还是你比较他好，不过因为你已经是个有夫之妇的关系，所以在地位上好像不大吃香了。上海地方人的心理就是这样的，宁愿你外面会交际，换句话说，多夫主义的女艺人是没有一个不蹿红的，因为在外表上说，你终还是一个姑娘的身份，所以无论谁，依旧可以追求你，那么捧你的人自然更加多了。现在你被秉章关在笼子里，飞又不能飞，但又不能得到精神的安慰，而外界更没有什么人再会来捧你，把你一个活活泼泼的姑娘，硬生生地打入冷房里受凄凉，这……是多么的苦闷呢！推其原因，秉章是害你受苦的罪魁！我可惜不是你嫡亲的大叔，否则，我一定代你出头，非给你和他打一场官司不可哩！"

"秉章的行为确实太不好了，不过我希望他还会觉悟才好。"梅珠说着话，又暗暗地拭着眼泪。

彬仁虽然是费尽心机地拿话去刺激她，但梅珠心里还是没有和秉章有决裂的意思。因此使彬仁的心头大感失望，呆呆地沉吟了一会儿，又徐徐地说道："他现在和这班野女人正在打得火热，所以我觉得要秉章明白过来，这实在不是一件容易的事情。"

"也许现在他是交的一步桃花运，等他回心转意的时候，也就会入正路了。"梅珠的心头始终存了热烈的希望。

"交桃花运的男子，要走入女色这一条路，没有一个不是身败名裂的。所以等他回心转意的时候，恐怕已经来不及了。"彬仁还是拿这些话去使她心灰意懒。

但梅珠并不回答，低了头，若有所思的样子。

"梅珠，我说你要为你的终身幸福着想，你不能消极地希望着一种空虚的安慰。所以你要鼓足一点儿勇气，你还年轻，你不能被他耽误着终身，你要图个将来的幸福！所以你非和他有个根本解决不可！"彬仁是一步一步地怂恿着梅珠，在他的目的，是要达到他们两人实行了离婚不可。

"可是，我爱名誉，我不愿报上把我们的家庭纠纷来作为一种供人消遣的好资料。"梅珠摇摇头，表示拒绝他供给自己的意见。

"就是你还爱着他，那么你也应该警告他，使他不敢再到外面去胡搞。否则，你爱他，倒反而变成害他了。"彬仁心中有苦说不出，他觉得梅珠痴心得可怜，在剧艺界中像梅珠那么思想陈旧的女子可说是再也找不出第二个了。

梅珠对于他这两句话，倒认为很不错。的确，自己太老实一点儿了，所以使秉章竟毫无一点儿顾忌地随心所欲，这样当然也不好，我回头得和他吵一场不可。梅珠心中虽然是这么地想，但她口里依然默默地没有说一句话。

彬仁在万分失望之余，感到十二分的没趣。不料正在这个时候，忽然有个西服男子，年约四十多岁，含笑走过来，说道："老白！怎么？您在这里倒挺舒服啊！"

"嗯！你怎么也会在这儿玩的?"彬仁见了那男子，顿时显出讨厌的样子，淡淡地回答。

"我想和您说几句话，请您到我那边桌子上去谈一会儿吧！"那男子却是满面赔笑的神气，小心翼翼地说。

彬仁心想不过去，但迟疑了一会儿，却又只好委委屈屈站起来，向梅珠低低说道："我过去一会儿，马上就过来，你一个人坐一会儿吧！"

梅珠点点头，眼望着他们走过那旁边桌子旁去，心头倒不免暗暗地猜疑了一会儿。这男子是什么人呢? ……忽然想着了一个原因，莫非是问彬仁借钱的穷朋友吗? 所以才会显出这样讨厌的神气哩! 梅珠猜想了一会儿，彬仁也走回过来，他不等梅珠问他，就很生气的样子，说道："这也太不巧了，偏偏遇见了这般穷鬼，我知道没有什么好事情的，果然为的是借钱。"说到这里，向梅珠望了一眼，还浮现了一丝苦笑。

梅珠也微微地一笑，却不说什么话。坐了一会儿，方才站起身子来，预备要回家了。彬仁听了，忙说道："你再坐一会儿吧！时候早哩！"

"坐在这里也感不到什么兴趣，还是早点儿回去睡吧！"梅珠伸手按在小嘴儿上打了一个呵欠，表示很倦怠的意思。

"那么我送你回去吧！"彬仁付了账单，遂和梅珠匆匆离开了静园咖啡室，坐汽车回家。梅珠和秉章结婚后的新居是在大陆新村，那边是西班牙式的小洋房，设备也很完美。汽车到了门口停下，梅珠还恐彬仁还跟她进内去闲坐，于是先苦笑说道："时候不早，白大叔，明儿见吧！"

"好，好! 明儿见!"彬仁虽然真的很有进内去一坐的意思，但被梅珠先这么地一说，因此也只好说了一声明儿见，怏怏不乐地回家去了。

梅珠匆匆回到家里，小玲弟等着她，还没有睡。见了梅珠，便起身相迎，很哀怨地说道："梅姑娘，姑爷没有回来。"

"嗯！你去睡吧！时候真不早了！"梅珠很低沉地回答，话声有些凄凉。

"我倒杯茶您喝。"小玲弟见了她黯然的神色，她感到同情的可怜。

"我不要喝，你去睡吧！"梅珠摇摇头说。

"那么您也早些睡吧！不要难受了，身子保重要紧。唉！"小玲弟叹了一口气，悄悄地退到房外去了。

梅珠见梳妆台上的那架意大利裸体美人石像的时钟已经是子夜两点了，可是她此刻一个人冷清清的却又心乱意烦得再也没有睡意了。因此她索性坐到沙发上，结着秉章穿的那件还没有完成的丝线背心。她一面编结，一面想着秉章此刻也许正在寻欢作乐吧！于是她心头感到了无限的悲酸，眼泪会像雨点般地滚落下来。

也不知经过了多少的时候，梅珠已在沙发上睡着了。

她做了一个梦，梦中的事情，使她非常伤心，因此她嘤嘤地哭泣起来。

忽然她耳边有人低低的唤道："梅珠！梅珠！你梦魇了！你醒醒吧！"

"啊！秉哥，你什么时候回来的？"梅珠被人唤醒，睁眸一瞧，只见秉章站在身旁，向自己低声呼叫。她感到说不出的惊喜，虽然她脸上还是沾满了泪痕，但她嘴角旁却不自然地展露了一丝笑意，啊了一声，低低地问。

"铛！铛！铛！铛！"钟鸣了四下，代表了秉章的回答。

"什么？已经四点了吗？"梅珠揉揉眼皮，站起身子来说。她去

111

倒了一杯热茶，亲自交到秉章的手里，秋波脉脉含情地瞟了他一眼，温情地说道："外面很冷吧？与其此刻回来，我劝您以后还是第二天早晨回家的好。因为一则路上很不方便；二则，容易受冷。看您的脸色多苍白的，就是这身子不是您自己的，您也该保重一点儿才好啊！"

秉章听她这样说，他没有回答，他也没有去接那一杯茶，他呆呆地站立着。望着梅珠睡眼惺忪的神态，忽然他的眼泪从眼角旁直淌下来了。

梅珠对于秉章忽然会淌眼泪了，这似乎做梦也意想不到的事情，不过凭她聪明的头脑，已经知道秉章这是为了感动自己待他太好的缘故。因此她觉得无上的安慰，把茶杯放在桌子上，斜乜了他一眼，妖媚地一笑，低低地说道："怎么啦？难道我又怄了你的气？你心中又不高兴起来了？"

"梅珠！我……我……太对不住你！"

秉章的心头好像受了正义的谴责，使他感到惭愧极了，涨红了脸儿，猛可抱住了梅珠，却是哭出声音来了。梅珠被他一抱一哭，她脆弱的心灵如何还能忍熬得住呢？于是眼泪也大颗儿地滚了下来。听秉章这时感动地又说道："梅珠！你太好了，我这样的荒唐，我这样的没有情义，你不但一点儿不怨恨我，反而给我仍旧编结着绒线，等着我到这样夜深，甚至在沙发上睡倒了。万一你冻出病来，这叫我怎么能够对得住你呢？"

"我等你，我给你编结绒线，我觉得这是我做妻子应该做的事情，那也算不了什么呀！我虽然倒在沙发上睡了，究竟是在屋子里，还不会十分地受冷，只是你在街上这样夜深的来去奔走，恐怕容易受寒哩！"梅珠收束了眼泪，轻轻地把他推开，哀怨地逗了他一瞥媚眼，却是十分关切地说。

"梅珠！你太好了……"秉章说不出别的感谢话来，他只会流着眼泪，来表示他内心这一份儿的感动。

"只要你明白过来，那不但是我的幸福，同时也可说是你自己的幸福！秉哥，早些睡吧！"梅珠一面说，一面服侍秉章脱了衣服。两口子一同睡进了被窝，各人心中都有一阵说不出甜酸苦辣的滋味。

"梅珠，这一个月来，我实在太糊涂了，我做丈夫的在你身上一点儿也没有尽过义务，那无怪你要怨恨了！"秉章低低地说。

梅珠不说什么，她假装睡着的样子。

"梅珠，你……"秉章想给梅珠一点儿安慰。

"不，你安静些睡吧！"梅珠却向他拒绝着说。

"梅珠，你心中恨我吗?"秉章不解其意地问。

"我没有恨你。"梅珠低低地否认。

"那你为什么……"秉章有些涎皮嬉脸的样子。

"没有为什么，秉哥，你完全误会我的意思了。"梅珠方才一本正经地向他解释道，"你要明白我梅珠不是一个贪欢作乐的淫荡女子，所以我并不是为了你没有在我身上尽做丈夫的义务而感到怨恨。我实在是担心你色欲过度而丢送了前途的光明、终身的一切。贪一时之欢娱，而丧失终身的幸福，那是多么的愚笨啊！秉哥，你不要以为我时常阻止你到外面去寻欢是为了妒忌你，我实在是为了爱惜你的身子呀！"

"梅珠，你不愧是情之圣！而我却是欲之魔！我太羞惭，我太可耻！我除了深深地感激你之外，我真不知该怎么地处罚才能抵消我过去的罪恶呢?"秉章又流下来泪来了。

"知过能改，这已经是一个好青年了，我为什么还要处罚你呢?"梅珠心头是甜蜜蜜的，她觉得今夜是自己生平最快乐、最安慰的日子了。

"妹妹，你不要挖苦我了！"秉章两颊有些发烧。

"我哪里挖苦过你？"梅珠倒忍不住好笑起来。

"你还说好青年，那不是反话吗？我是一个荒唐的青年！腐败的青年！"秉章自骂着自己，他连耳根子都有些红起来。

"不，在过去你确实是个好青年，但是在中间一度被环境引诱坏了，可是以后你改过自新了，你不是仍旧是个好青年吗？"梅珠絮絮地说，她的神情是妩媚中而带着娇憨的成分。

秉章向她出了一会子神，忽然伸手连连打着自己的额角，恨恨地说道："我这糊涂虫！真该死！真该死！"

"这是为什么哪？"梅珠对于他这突然的举动感到了好笑，便低低地问。

"我自己已经有了这么一个美丽可爱的好妻子，还要到外面跟这班不清不洁的野女人去荒唐，仔细想来，那我不是太该死吗？"秉章向她告诉所以责打自己的原因。

梅珠听了，忍不住眉毛儿一扬，掀着酒窝笑起来了，用手指在他颊上一划，低低说道："自己打自己，不怕难为情的？"

"我要请妹妹责打我几下，可是妹妹又舍不得打！"秉章抱着她的娇躯，得意忘形地笑着。

"唉！我怎么舍得打你？我要亲你！"梅珠天真地唉了一声，把小嘴儿凑了上去，却在秉章的嘴唇上吻住了。

秉章觉得幸福极了，他越觉得梅珠的可爱，同时心中也愈觉得难受。虽然他是吻着梅珠软绵绵的嘴唇，可是他的眼皮却有些润湿起来。

第二天晚上，秉章夜戏的戏码是演的《三岔口》，这是一出武戏，没有一点儿真功夫的人是不敢演的。在锣鼓喧天声中，秉章在五张方桌高叠之上，一个跟头翻下来，在半空之中还要连翻四五个跟头。台下观众正在狂叫好好的当儿，秉章砰的一声跌倒在地上，却是爬不起来了。一时观众起哄，秩序大乱。舞台管理一见秉章跌昏，知事不妙，连忙命人放下幕布，急急把他扶起。这消息传到梅珠的耳朵里，不免芳容失色，心头乱跳，哇的一声哭起来了。

八、泄露秘密　含冤今日白

　　这是克明医院头等的病房里，室内亮着淡蓝色的灯光，在灯光之下，可以瞧到秉章脸色惨白地躺在床上。他微微地闭着眼睛，若有不胜痛苦的样子。病床旁边站立着周子坚和白彬仁，他们微蹙了眉尖儿，显然心中有些难过。但伏在床沿旁的梅珠，却在呜呜咽咽地啜泣。四周是静悄悄的，那当然更衬托梅珠的哭声是这一份样儿凄怨动人，闻之酸鼻。

　　过了一会儿，秉章微微地展开眼睛，向梅珠望了一眼，手颤抖地去抚摸着她的云发，低低地说道："梅珠，你不要伤心呀！医生不是对你说过吗，我没有受什么重伤，不要紧的，睡一两天，就会好起来的！"

　　"梅珠，秉章这话不错，你伤心地哭泣着，这叫受伤的人不是更难过吗？所以你不要哭泣了，我的意思，还是给他静静地休养一会儿吧！"彬仁在旁边插嘴也向梅珠低低地劝慰。

　　秉章点点头，说道："梅珠，你听从白大叔的话吧！现在是什么时候了？"他说到后面，又轻声地问。

　　"十二点三刻了。"周子坚看看手表回答。

　　"时候很晚了，梅珠你回去吧！"秉章望着她海棠着雨般的娇靥，温和地催促她。

　　"不！我今夜在这儿陪你。"梅珠哽咽了喉咙，拭着眼泪说。

"这儿有看护会服侍我，你只顾回去吧！"秉章摇摇头，他心中十分的感动。

"王小姐，我看你也回去的好，明儿你若再累出病来，我戏院里就不能开锣了。停一天要停一天的损失，这可不是开玩笑的事情啊！"周子坚的脸上虽然还是含了微笑，但他说的话就表示非常的严重。

梅珠听了，并不回答，却呆呆地沉吟了一会儿。

彬仁在一旁也说道："梅珠，你还是回去的好，明天早晨不是可以来陪伴秉章吗？你要如晚上没有睡畅，白天里反而弄得神魂颠倒，误了公事，那倒不必说了，就是你自己身子，也该保重一些呀！"

秉章也认为这话很有道理，遂拉了梅珠的手，用了央求的口吻，低低地说道："梅珠，你就回去吧！明天一早地来陪伴我吧！"

"那么……"梅珠沉吟着说道，"我想用一个特别的看护，在房里陪着你，否则，要茶要水，恐怕不大称心呢！"

"那是容易的事情，我马上给你到账房间去说一声好了。"周子坚听梅珠肯回家去睡，心中才放了下来。于是连忙回答，一面便走到病房外去了。

不多一会儿，子坚跟一个看护小姐走了进来。梅珠问明了她的贵姓，便很小心地关照她说道："张小姐，对不起，辛苦了你，千万代我服侍得周到一点儿，那我就十分地感激你了。"

"王小姐，我知道，你放心就是了。"张小姐微笑着回答，她觉得梅珠很多情。

"秉章，我走了，你要什么都问这位张小姐拿好了，我明天一早来看望你。"梅珠握着他的手，虽然是这么地说，但还有无限的依恋之情。

"我知道，你去吧！"秉章颤抖着回答，他才觉得梅珠真是一个贤德而多情的好妻子。

梅珠没有办法，只好含了眼泪，和周子坚、白彬仁一同离开了病房，悲悲切切地回家去了。他们三个人走后，病房里是相当的沉寂。秉章觉得口渴，遂向看护低低地说道："张小姐，你弄杯开水给我喝好吗？"

张小姐点头，给他倒了一杯开水，拿到床边，服侍他喝了两口。秉章说道："张小姐，谢谢你。"

"吴先生，想不到你们唱戏的也会发生这一种危险！"张小姐搭讪着说，她表示有些感慨。

"这也是我们唱武生的苦楚，要不然，也不会发生这一种乱子了。"彬仁有些吃一行怨一行的意思，他忍不住深长地叹了一口气。

"对于吴先生和王小姐的艺术，我素来也很敬佩。"张小姐表示钦慕的样子回答，"我觉得吴先生的失足，也许是太大意的缘故，所以下次做这种武功戏的时候，我劝吴先生倒要小心一点儿了。"

"是的，谢谢你这么地关切我。"秉章含了惨淡的苦笑，低低地回答，不过他却深深地叹了一口气。

"吴先生和王小姐已经结过婚了吗？"张小姐很爱管闲事地低问。

"嗯！是的，我们结婚半年多了。"秉章坦白地告诉。

"你们真可以说是夫唱妇随，志同道合，世界上的夫妻，再没有像你们这样美满的了。"张小姐很羡慕地说。

"是的……"秉章只说了是的两字，他眼皮已慢慢地红润起来。

"而且王小姐又是那么的多情，她流着眼泪向我再三地关照，也可想你们夫妇间平日的恩爱了。"张小姐满脸含了微笑，又继续说。

这回子秉章已暗暗地流下眼泪来，他心中是悲痛极了，悔恨极了，他几乎要失声哭泣起来。不过他到底又忍熬住了，转了一个身，把眼皮慢慢地合上了。张小姐以为他有倦意了，遂不敢多说什么，自管悄悄地走开去。

　　一线曙光从黑夜中破晓了，太阳从地平线上升起，由半空中晒进了整个的病房。梅珠买了许多水果糖食，匆匆地跨进了病房，急急地叫道："秉哥！秉哥！"

　　"哦！梅珠，你早！"秉章回头过去，含笑招呼。

　　"不早了，你觉得怎么样？好些了吗？"梅珠把物品方向床边桌子上，伏到床上去，柔情蜜意地问。

　　"好得多了，妹妹，你买了这么多东西干什么？"秉章紧紧地握住了她的手，表示十二分的喜悦。

　　"你在病房里一个人的时候不是很冷清吗？我给你解闷儿的。你瞧，这些东西，不都是你爱吃的吗？"梅珠忧愁了一夜，此刻心中才放下了一块大石般的安慰。

　　"妹妹，你太好了，我真不知怎么地感激你才好。"秉章情不自禁地说出了这两句话，他的眼泪又在眼角旁涌了上来。

　　"瞧你，又说孩子话了，我们是夫妻哪！还用得了什么感激两个字吗？"梅珠逗了他一个媚眼，脸上浮现了甜蜜的笑。她把小手帕去拭揩他脸颊上的泪水，以温情的口吻，又低低说道："秉哥，不要难受呀！下次我劝你千万小心一点儿好。因为你身子到底不是铁打的，一失足是多么的危险啊！"

　　"唉！要如我跌死了，我真太对不住你！"秉章叹了一口气，话声是包含了哽咽的成分。

　　"你为什么要说这些话呢？"梅珠以手按他的口，眼皮也红起来。

　　"因为我自作自受，我自己该死，又有什么可惜？不过害了妹妹的终身，那叫我死了也不安心哩！"秉章悔恨地说。

　　"叫你不要说，为什么你偏要说这些话呢？"梅珠的泪水也滚湿了衣襟，她有些哀怨的神情。

"妹妹，你可说是真真心心地爱我，你爱惜我的身子，爱惜我的精神，你是我唯一可爱的好妻子。但我却糟蹋自己的身子，浪费自己的精神，把自己的生命，向色欲两字里去丢送，假使我不荒唐，不和外面野女人去交际，我相信昨天晚上也许不会失足跌下地来。所以我想明白了，我从今以后，决不再干那些对不住你、对不住良心的事情了。妹妹，但是，你能够原谅我以前一切的罪恶吗?"秉章捧了梅珠的粉脸儿，他似乎大彻大悟的神气，向她再三地求宽恕。

"秉哥，我为什么不肯原谅你呢? 我不是早对你说过吗? 一个青年，只要知过就改，就还是一个有血性、有勇气的人呀!"梅珠芳心中是安慰极了，她展现了娇媚的笑容，但也闪着晶莹的泪花。

"妹妹，你伤心吗? 你恨我吗?"秉章用手指抹去她的泪水。

"不，我没有恨你，我是欢喜过分的缘故。"梅珠低低地解释。

"妹妹，我的生命是你搭救的!"秉章感入骨髓地说。

"秉哥，我的生命也是你搭救的。"梅珠情不自禁地凑下小嘴儿去，秉章就挽住她的脖子，甜甜蜜蜜地吻住了。

梅珠这天在戏院里唱戏是很定心的，她知道秉章的伤势是不成问题了，但出乎意料之外，日戏散场后梅珠又到医院里去望秉章的时候，谁知秉章的身上却有了热度，而且是非常的高。据看护张小姐告诉，热度有一百零二度多。梅珠见秉章昏迷的样子，她脑海里是浮现了恐怖的一幕，难道病情又有什么变化了吗? 因此她的眼泪忍不住又滚滚地落下来了。

医生来了，他给秉章细细地诊察之后，他脸上显出很惊讶的样子，手摸着下巴，由不得沉吟了一会儿。

"医生，他……怎么又有热度了呢?"梅珠含了眼泪，低低地问。

"这热度和他伤势没有关系，他又患了内病哩!"医生很沉重地回答。

"那么他是什么病症呢？"梅珠心痛如割地问。

"是伤寒的底子，而且……而且……"医生支支吾吾的，却是说不下去。

"而且什么呀？医生……"梅珠的神情是非常的迫切。

"好像是受了冷……唉……唉……是受了过分的冷……"医生还是支支吾吾地回答。他拉了梅珠到窗口旁，低低问道，"王小姐，他近来的行动怎么样？"

"怎么啦？梅珠觉得非常的诧异，她的眼珠也有些呆住了。"

"不瞒你说，他是患了夹阴伤寒症……"医生终于老实地告诉了她。

"是的……他……最近被外面那些野女人引诱坏了……"梅珠方才恍然大悟了，她非常悲痛地流下眼泪来。接着又急急地问道："医生，那么……有什么法子救救他吗？因为他……他已经觉悟过去的错误了。你救了他，他会重新做一个好人的！"可怜梅珠是那么痴心痴意地哀哀苦求。

"你放心，我们做医生的当然也很想救人的性命。"医生低低地安慰着她，一面走到床边，给秉章注射了两枚针药，他悄悄地退出病房外去了。这里梅珠陪在秉章的床边，眼瞧着他昏迷的神情，一时既不忍离开他，但也不敢惊动他。天色黑下来了，时候不早了，但梅珠连肚子饿都忘记了。忽然张小姐来向梅珠说道："王小姐，你的电话来了。"

"哦！谢谢你。"梅珠急急到电话间去接听，那边是周子坚的口音。

"王小姐吗？怎么啦？时候不早，戏院里快开锣了，你怎么还不回来呢？"子坚的话声是十分的急促。

"周老板，秉章的病变了，他热度很高，一百零二度。"

"真的吗？奇怪了，早晨不是很好吗？怎么一忽儿变了？"

"可不是，所以我想陪他在医院里，今晚不上戏了！"

"那不行，王小姐，你和我玩笑不要开得太大！夜场的戏票全卖去了，你不上戏，来一个退票，这一笔损失谁顶啊？王小姐，吉人自有天相，你急也没有用啊！他病变了，有医生会救治他，你陪他在身边，徒然伤心而已，你又不能救他，所以你不要太傻了！我劝你还是快些来上戏吧！"周子坚急急地回答，他说到后面的时候，语气比较缓和了一点儿，是包含了劝告的成分。

梅珠听了，心中暗想：周老板的话也未始不是没有道理，我不能为了太自私，而累戏院受了莫名其妙的损失。她这样沉思着，自不免暗暗地出了一会儿神。周子坚不听她答应，这就急急地又说道："王小姐，你怎么啦？难道预备真的不上戏了？那么这场戏票的损失你存心顶了？"周子坚故意地敲定了她说。

"别忙别忙，你急什么哪！我马上就来吧！"梅珠有些怨恨的口吻，一面说，一面搁下听筒，就急急地奔回病房里来，向张小姐再三地叮嘱了一会儿，方才坐车赶到戏院去。

今晚的戏，是新编的《闺中泪痕》，故事情节很像梅珠自己的身世，所以演来惟妙惟肖，入木三分，赚人眼泪，引逗得观众们都涕泗横流。因为她演到丈夫生病危险的时候，不但真的泪如雨下，而且泣不成声，所以博得观众们不少的喝彩声。谁料到舞台上的感情，就是她身世的缩影呢！梅珠演完这场戏，坐在后台，如醉如痴，好像泪人儿的模样。这时彬仁走进后台，见梅珠这个神情，遂向她笑道："梅珠，你为什么要演得那么认真呢？自己身子也保重些呀！"

"白大叔，你不知道，秉章忽然病势变了，热度很高了啦！"梅珠泪眼盈盈地告诉，她脸上是浮现哀怨的神色。

"什么？真的吗？"彬仁表面上很惊慌，暗地里却十分地庆幸，但口中还低低地说道，"你不要难受，医生总有办法会救他的。"

梅珠没有回答什么，她是只有扑簌簌地流着眼泪。

光阴匆匆地过去，不知不觉地过了七天，秉章的病势已到了危险的关头了。这几天梅珠神魂颠倒，容颜憔悴，天天过着流眼泪的生活。周子坚见秉章病势严重，料想难有起色，生恐一旦病逝，梅珠终究不能上戏，所以乐得放个交情，预先给她请假。因此梅珠日日夜夜地陪伴在秉章床边，衣不解带地服侍他。这天秉章的病情愈看愈不好了，他的脸上浮现了淡红的回光，眼睛完全失了神似的定住了，他只会连连地叹气。梅珠忍不住哭叫道："秉哥，我以为你这病总会好的，谁知你竟这么残忍地……"她说到这里，说不下去，早已呜呜咽咽地哭了。

"梅珠，我对不起你，我害了你！虽然我是死了，但我还有罪恶啊！"秉章气喘吁吁地说，他的眼泪也像雨点似的落下来。梅珠除了哭泣之外，她还说什么好呢？秉章又低低地说道："梅珠，我们想想过去的事情吧！你待我这么有情义，我却冷待你，使你受到凄凉、痛苦，所以今日我死了，这也许是我的报应。不过我死了，你这么年纪轻轻，往后日子怎么过啊？所以我劝你，你应该另外嫁一个人……"

"不，不！我活着是你的人，死了是你的鬼！你说这些话，你太看轻我了。"梅珠连说了两个不字，她更加抽抽噎噎地哭泣起来。

"梅珠，最后，我对你又要说这一句话，你……你是我生命中第一个的知己……"秉章断断续续地说到这里，他眼皮慢慢地垂下来，眼角旁就涌出了晶莹莹的一滴眼泪。他透完了最后的一口气，静悄悄地长眠不醒了。梅珠大叫了两声秉哥，忍不住昏厥在床边了。

秉章死后，一切由彬仁帮忙料理舒齐。梅珠对于他这一番相劝之情，自然地十分感激。这已经是秉章死后的第十天了，梅珠坐在家中正暗自地伤心着，忽然小玲弟来报告道："姑娘，外面有个姓沈的来找你。"

"姓沈的？他是谁呀？"

"我也不认识他，他说有要紧的事情来报告你。"

梅珠听了，很怀疑地走到会客室来，只见一个四十多岁的西服男子，坐在会客室内等着。一见梅珠，便站起身子来，招呼道："王小姐，好多天不见了。"

"你是谁？我并不认识你呀！"梅珠心头别别地一跳，她蹙了眉尖儿，向他凝望了一会儿，表示非常奇怪的神气。

"王小姐，我姓沈，名叫老三，你是贵人多忙，所以记不起来了。那天晚上在静园咖啡馆，你不是和白彬仁在一块儿吗？我们曾经碰到过的，不过当时我们没有打招呼罢了！"沈老三一面自我介绍着，一面含笑地提醒她。

梅珠听了，细细地想了一会儿，方才记起来了，暗想：是的，那夜彬仁说他是个借钱的穷朋友，那么他难道也是问我借钱来的吗？于是说道："那么沈先生找我有什么贵干吗？"

"我特地来报告你一个惊人的消息……"

"什么？惊人的消息？你……你……快说吧！"梅珠芳心像小鹿似的乱撞，她粉脸儿有些灰白的颜色。

"王小姐，我先问你，你还记得十五年前你爸爸惨死的这一回事吗？"沈老三淡淡地一笑，望着她低低地问。

梅珠再也想不到他会提起这一件陈旧的事情来，一时悲愤满面地咬紧了牙齿，说道："我爸爸的惨死，不明不白，我怎么会忘记呢？"

"你不忘记，那很好，我要告诉你谁是杀你爸爸的凶手！"沈老三一本正经的表情，态度是相当的严肃。

"你说，你说，谁是杀我爸爸的仇人？"梅珠迫不及待地追问。

"就是那个忘恩负义的白彬仁！"沈老三话声是特别的沉重。

"啊？！就是他？"梅珠颓然倒向沙发上坐下了。

"是的，就是他，他看中了你的母亲，他下了毒手，叫我们一班弟兄们把你爸爸打伤的！这是十五年前的事了。想不到他这没有心肝的人竟发了财，住了洋房，坐了汽车，逍遥法外，真是太幸运了！现在他又要看中了你，想把你弄上了手。我年轻的时候被人利用，但现在年纪老了，我想明白了，我不忍把这件事情再隐藏在心中了，所以我今天非来告诉你不可！王小姐，你相信我这些话吗？"沈老三很忏悔的神情，低低地说。

"我相信，我相信，这人面兽心肠的奴才！我要报仇！我要向他报仇不可！"梅珠猛可站起身子来，她铁青了粉脸儿，握紧了拳头，怒目切齿地说。

"好！我希望你报仇，王小姐，咱们再见！"沈老三目的已达，他便悄悄地告别走了，走得非常的快，好像怕被梅珠拉住的样子。

梅珠自秉章死后，本来就万念俱灰，此刻又得到了这一个泣血的消息，于是她把生命就置之度外了。黄昏的时候，彬仁匆匆地到来，梅珠起身相迎，含了感激之情，向他低低说道："白大叔，时常叫你来看望我，我很感激你！你请坐吧！"

"梅珠，不要客气，这是我们人类应该互助的事情，不过，你这么年轻的女子，将来怎么地过下去呢？所以我真为你感到忧愁。"彬仁表示非常关切的样子，忧煎地说。

"可不是？我很想找一个归宿，但我是个未亡人，谁还要娶我呢？"梅珠红了脸儿，秋波斜乜了他一眼，垂下了粉脸儿，大有赧赧然的样子。

这话听到彬仁的耳朵里，他真有些梦想不到的惊喜，可是他还怕自己错听了，把耳朵用手指掏了掏，正经地说道："你预备找归宿？这话可是真的吗？"

"当然真的，不找归宿，那么我一个孤零零的弱女子往后又怎么办呢？"梅珠还是十分难为情的样子，羞答答地说。

"那么你的对象是……"彬仁一句一句地问上去。

"我是个未亡人，我还想嫁什么十全十美的人呢？只要有口饭吃，就是年龄大一点儿，我也不成什么问题了。"梅珠秋波逗了他一个媚眼，微微地一笑。

彬仁被她吊得心头忐忑地乱跳，他涨红了脸儿，支支吾吾的。过了一会儿，方才把手指向自己的胸口一点，低低地说道："梅珠，比方那么说句笑话，像我这么年纪，你嫌老吗？"

"四十不到的年纪老什么？彬仁，你……你……"梅珠说到这里，站起身子，走到他的身边，竟在彬仁膝踝上坐了下去，挽住他的脖子，笑盈盈地说道，"你假使不厌我是个妇人，我愿意嫁给你！"

"啊呀！我的好梅珠！老实对你说，我日日夜夜就是想着你啊！"彬仁被梅珠这么地一来，他全身骨头都没有了，心花也朵朵地开了。他猛可抱住了梅珠的脸儿，便在她小嘴儿上紧紧地吻住了。

女色的魔力是多么的伟大啊！彬仁在这一吻之下，他的神志昏迷了，他的灵魂出窍了。于是他的生命，也就在这一吻之下轻易地丢送了。

当夜，梅珠家里出了双重惨案，彬仁在酒醉之后，被梅珠杀了。但梅珠自己也用剪刀刺破了喉管重伤了。这消息传到中华大戏院周子坚的耳朵里，他是惊骇极了，慌忙坐车赶到医院，只见彬仁早已气绝而死，而梅珠也已奄奄一息。病房里除了小玲弟、荣生之外，尚有警局里探目多人。周子坚分开众人，急问小玲弟这是怎么的一回事。小玲弟泪眼盈盈地且哭且诉，说白大叔在黄昏到来之后，姑娘就叫我开上饭去，两人在房中喝酒，也不知怎么一回事，房中竟出乱子了。

周子坚询问不出什么原因，遂急急到梅珠的床边，只见梅珠血流满颈，惨不忍睹，于是叫了她一声道："王小姐，这……是怎么一回事啊？"

"他……是我杀父的仇人！"

"哦?！有这一种缘故?"

"而且……他……要奸污我……"

"什么？这奴才竟如此下流吗？"

"我要报仇……"

"可是，你为什么自杀呢?"

"秉章死了，留下我一个人没有什么滋味，倒不如一块儿死吧……死吧……"

"那么你还有什么话对我说吗?"

"没有别的，请你把我和秉章合葬在一起，我很瞑目了……"

梅珠说完了这两句话，她也闭下眼睛死了。周子坚回头对探目等众人望了一眼，说道："你们把她的话记录下来，这件案子就很明白了。"

众探目听了，点头称是，因为凶手既已死去，遂把原因录下，呈报上去，大家散了。这时病房内很沉寂，只有小玲弟呜呜咽咽的哭声在黑夜里流动。

周子坚心头是滋长了悲哀的思绪，他想着自己把这一对鸳鸯活泼泼地接到上海来唱戏，谁知不到一年，叫自己把他们死沉沉地送进坟墓去。他觉得自己心中至少有些歉仄和不安，因此他的眼泪也纷纷地滚落下来了。

这晚，周子坚踏上归家的途中，抬头见天空上一轮皓魄是分外的光圆。月亮里好像有两个人影，在隐隐约约地动作，同时随了夜风的吹送，似乎也听到秉章、梅珠两人那珠圆玉润、婉转悦耳的对唱歌声，永远永远地在耳际流动。

燕语莺啼

一、劫后春申满目显畸形

九十春光匆匆地过去了，差不多已到了仲夏的季节。这天是上海市最热闹的日子，原来是上海市市政府十周年纪念，所以军政学工商各界，无不兴高采烈，以表庆祝。到了晚上，便在马路上行提灯会，车水马龙，光怪陆离，真是盛极一时，热闹非凡。哪知道第二天晚报上忽然登载着华北战事爆发，卢沟桥中日军激战已达四次的消息。这好像是晴天中一个霹雳，那睡梦中的人们个个为之惊醒。

自从华北战事不宣而战之后，日军的野心早已企图到上海。因此虹口那边的日本司令部内，每天有无数辆卡车搬运子弹，情形甚为忙碌。一时谣言纷纷传说不一。虹口居民因为吃过一·二八的苦头，所以都慌张起来，预备搬家逃难。我国当局自知力量不足，本来还一味地和日本妥协，得能渡过难关，准备充足以后，再与日本见个高低。

然而现在见日本已经迫不及待，步步逼近，当然也不能不予打击者以打击，做自卫的抵抗。故而市府也迁移到枫林桥，我国当局调任张治中将军为前敌总司令，松江一带，已有我军二十余万。一到八月十二那天，京沪线客车早已断绝，形势愈显严重，闸北居民早已十室九空，各店都已打烊。北火车站已有我国保安大队和警察大队驻防。沿路只见你提箱，我背包，扶老携幼，个个都形色慌张，虽然天空中炎日高悬，但谁都显出凄凉的意味。

果然，到了八月十三的早晨，吴淞口外已可以听见清晰的炮声。至十时二十五分，北四川路一带，交通完全断绝，在虹江路上海大戏院门前，中日军已开始接触。在苏州河以南的居民，早已听到猛烈的枪炮之声。下午一点左右，日本飞机出动，轰炸沿铁路之我军阵线。到了二时，南京方面，我国飞机亦大队到来，分两路进攻，一路与日机相抗，一路到黄浦江轰炸日本兵舰。为了轰炸日本之出云主力舰，我国飞行员将机身与炸弹同时冲下，其英勇抗日的精神，使全沪各国领事所惊奇。日机本来目中无人，任意肆虐，经我国空军奋力抵抗，受了致命打击，因此惨无人道，即轰炸我国非军事区域闸北虹口两区，繁华之地便成焦土矣。在区内未逃出之我国同胞，受日军任意杀戮者不知万千。经过三月抗战，日军增援六次，仍不能进逼寸土。预言二十四小时占领上海，真是大言不惭。后因金山卫登陆，我军首尾不能相接，只好忍痛西撤。但尚有八百孤军，盘踞四行仓库，愿与国土共存亡。故沪战一役，一个攻，一个守，虽然我军终于不支而退，但到底是虽败犹荣，而日本终究是虽胜不武。自从我军撤退上海，于是上海又不听见炮火的声音。虽然上海已变成了孤岛，但孤岛上畸形的发展会像战前一般更加的繁荣起来。

　　在八百壮士与日军作誓死战的时候，为了上海居民的安全，经英美领事的相劝，并征求中国最高当局的许可，只好含了悲痛的泪，由英美驻沪军队做友谊之护，从此孤军们便在胶州路公园内过那无聊的生活。其中有一个孤军名叫李克文，他不愿作为类如俘虏式的罪犯，所以他未经英美军护送到租界之前，便即偷偷地脱逃，从此流落在上海，目睹上海以后这一切的怪现状了。

　　李克文是广东中山县人，今年还只有二十四岁，他是黄埔军官学校毕业生。平日志向远大，战事爆发，父母俱遭灾死难。现在他流亡上海，凭着他刻苦耐劳之精神，初以擦皮鞋为生，后以卖报度日。岁月悠悠，就这样苦苦地度过了一年。日军进占租界，伪组织相继而起，其时沪西七十六号最出风头。上海一班爱国志士、热血分子，遭彼等惨杀者不知其数。李克文心中忧愤异常，决心与走狗们作对，他便考入一家舞厅里做侍者去了。因为他知道在这灯红酒绿中最容易发现这一班走狗的足迹。

米高美是上海都市中最富丽堂皇的一个舞宫，里面的设备最为完美，而且舞女也个个长得是婀娜多姿，十分艳丽。这是一个寒冬的夜里，外面天气是非常的酷冷，西北风刮得很紧，好像已经是在飘飞着雪花了。但舞厅里是没有冬的气息，暖烘烘的水汀，香喷喷的粉腿，红润润的樱口，悠扬扬的乐曲，一切还像春天里一般包含了无限的温情。

那边座桌旁坐了一个穿中服的男子，大概有四十多岁的光景。他的人中上留了一小撮的短须，手中拿了一支雪茄烟。在霓虹灯光下，闪烁在他手指上显然是一只挺大的钻戒。对于这一种人，李克文表示很注意，因为在这严重的国难之环境下，他们神气活现地在这灯红酒绿中享受着歌舞升平的奢华生活，这不是发国难财的奸商，便是鱼肉老百姓的三点水。所以李克文站在他的旁边，忍不住向他暗暗地望了两眼。不料他却向克文招了招手。克文是舞厅里一个侍者，他当然不得不走了过去，低低地问道："先生，你有什么吩咐？"

"给我叫朱蓓蓓来坐台子。"

"对不起，我因为是昨天刚进这里来做侍者，不知道朱蓓蓓是哪一个，我去给你叫舞女大班来好不好？"

"不用不用，我指给你看，那边当中第三只椅子上坐的姑娘，不是穿着一件黑底蓝红小花点子的旗袍吗？她就是朱蓓蓓。"

那个男子听克文要去叫舞女大班，觉得这是不需要有这一层麻烦，遂一面告诉他，一面把手向那边指了过去。克文随了他手指点的地方望了过去，果然这第三只椅子上坐着是他说的那么一个姑娘。于是点了点头，便走到那姑娘的旁边去，低低叫道："朱蓓蓓，有客人叫你坐台子。"

"哦，在哪里？是哪一个客人？"

朱蓓蓓回头向他望了一眼，觉得这一个侍者的脸儿好像有点儿陌生，遂向他呆了一呆，接着又微笑着问。克文把手向那边一指，他先走了过来。蓓蓓这就站起身，跟了他走到那男子桌旁来。那男子早已含笑起迎，请她坐下，问她喝什么茶，蓓蓓说淡茶好了，克文便到厨房泡茶去了。朱蓓蓓以为有人叫自己坐台子，那么当然是熟客人，可是料不到却并不相识的。因为是陌生的缘故，那就觉得无话可应酬。但蓓蓓很灵敏地找到了一个机会，是那男子的雪茄烟熄了火，于是她划了一根火柴，给他燃着了。那男子见蓓蓓的交际功夫不差，心中更加欢喜，连忙含了笑容说了一句劳你驾。朱蓓蓓这才开心笑道："没有关系，你这位先生贵姓大名？我还没有请教。"

"我叫胡子高，朱小姐很忙吧？"

"不见得，胡先生，我们还是初见，有什么言语得罪，请你不要见责才好。"

"哪里哪里，朱小姐，我觉得你真是一个时代的女性，叫人又可爱又可敬，和普通一般舞女真是不可同日而语的，你从前一定是个女学生。"

胡子高连说两句哪里，他又竭力地拿一种形容的词句去捧她，接着他取出一只烟盒子来，打开盖子，递过最高贵三炮台的名烟来请蓓蓓抽吸。蓓蓓见他自己吸雪茄，袋内还备了烟卷，遂含笑取了一根来吸，因为他一味地高捧，于是也谦虚着说道："你说得我太好了，我真有些不好意思。胡先生，我真觉得奇怪，因为我并没有和你认识，你怎么会叫我来坐台子？莫非有什么人给你介绍的吗？"

"正是，我完全是慕名而来的，因为我听友人说起，这里有个朱蓓蓓小姐，可说是舞国中的一颗彗星，不但容貌好，性情好，而且才学更好，我今日特地专诚拜谒，果然名不虚传，诚可谓一代佳人也。"

胡子高称赞到后面，好像是五体投地的神气。蓓蓓用她最优美的姿态，吸了烟又喷去了烟。尤其在喷烟的时候，撮起了樱桃般小的红红嘴儿，叫色眯眯的胡子高看在眼睛里真有点儿想入非非起来了。但蓓蓓又逗给他一个媚眼，嫣然地一笑，说道："胡先生，有了你这三个好字，我真会有点儿坐不下去了。一个伴舞的女子，除了稍有几分姿色，对于学问这两个字那就根本谈不到的了。"

"这也不能一概而论，比方说，为了这次战争，闸北虹口两区，受灾遭殃的人民，真不在少数。有的都是很好的人家，可是顷刻之间，马上家破人亡，流离失所，单说这里舞女群中，说不定有几个是为了战争的影响而没有办法来做舞女的。朱小姐，你府上一向住在什么地方的？"

蓓蓓正欲有所回答，克文把一杯淡茶已送了上来。他见两人好像已经很熟悉了的神气，就觉得欢场中的女子，那种应酬功夫真是与众不同的了。蓓蓓握了茶杯暖着手，接着低低地说道："胡先生，你的猜想是很不错，我确实也是受了战争的影响，从前我住在宝山路永吉里的，可是被这次炮火的洗击，我家是早已化为灰尘的了。"

"朱小姐，你不要伤感，这次遭劫的人民也不是你一个人，所以这也不是人力所能挽回的事情。那么你府上的父母兄弟都安全吗？不知现在住在什么地方？"

胡子高见她说到末了，还微微地叹了一口气，大有伤感的样子，于是用了温和的口吻，向她低低地安慰。蓓蓓听他这样问，眼皮也红润了，她摇了摇头，似乎欲下泪的神气说道："我的爸爸和弟弟妹妹都被日本兵残杀了，现在我和一个年老的妈住着一间很简陋的屋子，对不起得很，恕我不能宣布我住的地址。"

"为什么？是不是因为我们初交的关系？"

蓓蓓向他微微地一笑，却并不加以回答。胡子高见不便追问，知道这一半是因为我俩之间还没有交情的缘故，而一半当然是她怕这屋子见不了客人，遂沉吟了一会儿，表示一本正经的样子，说道："朱小姐，我很同情你的身世，所以将来我一定要改造你的环境，但是不知道你愿意我来帮助你吗？只要你喜欢，我一定可以尽最大的力量。"

"承蒙你一见如故，热心仗义，这我还有什么不愿意吗？当然是喜欢也来不及的了。"

胡子高对于蓓蓓这两句回答的话，心里真有说不出的欢喜，遂很得意地站起，挽了蓓蓓的手臂到舞池里去了。李克文眼望着他们去欢舞了，可是心中却在暗想，朱蓓蓓称呼他胡先生，那当然是姓胡的了。这个人似乎使我有注意他以后行动的必要，假使果然是丧失心肝的走狗，那我就绝不肯轻易地放松他的了。不过要探听他的身世，最好是从朱蓓蓓那一方面着手。可惜她是一个红舞女，我是一个起码的侍者，她当然不会肯来理睬我的。克文心中虽然这样想，不过他的希望还是在他心眼儿上存在着。不多一会儿，两人舞毕回座，胡子高又向她问道："朱小姐，你战前到底在什么学校里念书的？"

"在光华大学里念过书，可是没有毕业。"

"啊，嗬，原来你真的还是一个女学生，我失敬失敬得很。那么朱小姐今年青春多少？"

"已经二十五岁了，再过几年，说不定要人老珠黄不值钱了。"

朱蓓蓓会是一个大学生，这不但胡子高有点儿不相信，就是克文在旁边听了，也有点儿将信将疑起来。不过听了她说出年龄来，胡子高和李克文各自心中也许有点儿相信。普通一班舞女，对待舞客报告年纪，今年十八岁，明年也许会只有十七岁，总而言之，舞厅里舞女二十岁不会出关。然而朱蓓蓓就显见得特别，她并不隐瞒地告诉了二十五岁，胡子高听了，向她又细细打量了一会儿，笑道："可是你生得很嫩面，至多也不过二十岁好看。你倒不要说人老珠黄不值钱，照我的眼光猜测着，再过上十年，你也不会苍老到什么地方去。不过照你大学的程度而说，来做一个供人搂抱生涯的舞女，这未免是太可惜了一点儿。所以我的意思，最好给你在什么机关里做一个女秘书，那似乎比较适合你的身份。"

"我虽然也有这一个意思，但没有人介绍，所以这也不是一件容易的事情。胡先生，我还没有请问你是做什么贵业的？照你的气派看来，也许是一个银行家。假使被我猜中了的话，那么我想在银行里做一个秘书的职位，一定是很有希望的了，对不对？"

朱蓓蓓很随口地问起胡子高的贵业来，她说话的表情至少还包含了一点儿使人感到娇媚可爱的成分。李克文听到这里，他也开始特别地注意起来。但胡子高并不肯有明显的表示，他笑了一笑，说道："虽然我不是开银行的，但和银行也许有点儿关系。朱小姐，你既然是一个大学生，我终不肯给你永远地屈居为舞女，所以明天有机会的时候，我一定会给你留心介绍的。"

"胡先生，事情成功了，我一定向你叩头，现在先向你道谢。"

"慢慢儿，支票还没有兑现，你不要谢得那么快，成功不成功这还是一个问题。"

"成功不成功没有问题，我有了这一声谢谢之后，你当然更会把这一件事情放在心上的。"

"朱小姐，你倒是一个很有心计的人，那么我受了你这一声谢，倒不能不格外给你留心了。"

胡子高色眯眯地紧握了她的手，忍不住笑嘻嘻地说。就在这个当儿，舞女大班小陆走过来，很抱歉地向胡子高赔不是，原因是要朱小姐转台子。舞厅里原有这个规矩，胡子高虽然很不愿意，但也没有办法。因为朱蓓蓓已含笑站起，说了一声我回头就过来，她便姗姗地去远了。胡子高暗想：只要功夫深，铁杵磨成针，那么我当然还是多费一点儿时日的好。想定主意，遂对克文招手。克文走过去，子高便付了茶账，又给了外赏，另外取出五十元钱来买舞票一本，叫克文转交给朱蓓蓓，他自己便匆匆地走了。

李克文买了舞票，匆匆走到蓓蓓另一张座桌旁去。只见蓓蓓身旁坐的却是一个身穿西服的年轻小伙子，不过蓓蓓应酬的功夫确实老少无欺，一视同仁地表示十分的亲热。克文把一本舞票放在桌子上低低地说道："朱小姐，这舞票是一个客人给你的。"

"嗯，是哪一个客人？"

朱蓓蓓似乎有点儿明知故问的，一面把舞票拿来看一看，一面向克文望了一眼。克文虽然觉得她这问是多余的事，但也不得不回答道："就是刚才穿中装留短须的那一个男子，是他叫我拿给你的。"

"他买多少舞票？"

克文说着，自管地走开了。这里那个西装小伙子，便伸手把那本舞票拿过来，一面看，一面问。蓓蓓见他看了五十元舞票，好像表示有点儿惊奇，在惊奇之中而且还包含了惭愧的样子。因为那少年平日买的不过三十元，当然此刻在给他知道了有比自己更阔绰的舞客在追求蓓蓓，他少不得会局促不安起来。蓓蓓是个聪明的姑娘，她转了转乌圆的眸珠说道："这个老甲鱼真是曲死，我和他还只有今天第一次见面，他就买这许多舞票，叫他募点难民捐，恐怕打开他的头，他也不肯捐出来吧。上海地方，用在女人家身上的钱，虽几千几万，也不喊可惜冤枉，所以说起来真叫人感到心痛。"

"蓓蓓，你这些话，大概是因为你受过大学的教育程度，所以才有这些奇突的论调。其实没有这些瘟生曲死来送钱给你们，你们平常穿的旗袍、高跟皮鞋从哪里来呢？所以这种老曲死，在你本身而说，应该像韩信点将那么的多多益善。不过照我看来，老甲鱼对你确实不怀好意，所以你倒不能不防。"

那少年听了她这些话，自然有点儿惊奇，遂忍不住笑起来说。但说到后面，至少是关怀着蓓蓓不要上了老甲鱼当的意思。蓓蓓点了点头，向他斜乜了一眼，笑道："小沈，你给我放一百二十四个的心吧！我终不见得像你这种小白脸儿不爱，竟会爱到这种老曲死的身上去。哎哎，小沈，你说你爸爸在上海不是很有点儿地位吗？那么这次维持会中一定也凑上一脚吧？"

"蓓蓓，你不要胡说，这可不是开玩笑的，现在舞厅里蓝布衣党可不少散布着，被他们听见了，把我们真的当作汉奸看待，这……还当了得吗？"

蓓蓓说着话，把纤手搭到小沈的肩胛上去，表示那一种妩媚的样子。小沈被她几乎弄得有些混淘淘，心里是不住地志忑着。可是听到她后面这两句话一时由不得急了起来，向四下望了一眼，急急地辩白。蓓蓓喔唷了一声，逗给他一眼娇嗔笑道："我可不是蓝布衫党，你何必急得这个样子呢？小沈，我听说日本人进了租界之后，

139

沪西就有什么七十六号组织起来，加入到里面工作的都是些年轻小伙子，那么你干吗不去加入呢？"

"蓓蓓，你今天为什么老是挖苦我？我可不是无知无识的青年，我总算也是一个大学里念书的孔门之人，难道我会这样丧失心肝不知廉耻地去加入吗？"

小沈却一本正经的态度，对她竭力地否认。他向两旁又连连地张望，至少还有点儿表示惊慌的意思。蓓蓓忍不住哧哧地一笑，把他膝踝上一拍，说道："看你这人倒生得又高又大，谁知道胆子还不及我家一只耗子呢。要知道这个年头儿做人，最要紧是识时务者为俊杰，现在是什么世界，在什么世界里应该做些应时的事情，我可惜没有人介绍，否则倒也想加入七十六号去做点工作。"

"蓓蓓，我劝你这些事情，还是少谈为妙。你们做舞女的人，谈些舞厅里的趣事解个闷儿，也就是了。"

"小沈，你这话叫人听了有点儿不服气，我们做舞女的难道就不是人吗？"

"不是不是，我倒并没有这个意思，请你不要误会我吧！"

小沈见她薄怒娇嗔的神情，这就连忙说了两个不是。就在这个当儿，舞女大班又来请蓓蓓转台子，蓓蓓向小沈含笑点点头说道："我去一会儿就过来，你来得及等我吗？"

"不，我就要回家了，你等一会儿走，我把舞票买了给你带走。"

"为什么？这样性急？你是不是生了我的气？"

"蓓蓓，你这人真会多心的，我好好儿怎么会生你的气？因为我还有点儿事情，所以本来也要早走一步的，仆欧！"

小沈说到这里，又叫了一声仆欧，侍者走到桌边，他就付了茶资，因为他不甘示弱的缘故，所以也买了五十元舞票，然后站起身子，把皮匣藏入衣袋内，预备要走的样子。蓓蓓握住了他的手，用了一种依依不舍的意态，偎过娇躯去，妩媚地问道："小沈，那么你几时再来白相？"

"等我一件公事办好之后，一定会来望你的，少则三天，多则五天。"

"五天太久长了，最好三天，能够明天再来望我，那当然是我所更欢迎的事。"

"明天来也说不定，其实我这人的行动，连自己也不能预算。好了好了，蓓蓓，人家等得你急了，再会吧！"

小沈被她柔媚的功夫真有点儿迷恋得受不了了，他伸手在蓓蓓身子上揩了一下子油，便笑了一笑，匆匆地奔出舞厅外面去了。蓓蓓望着他后影消失了后方才转身走到那个叫自己转台子的客人那里去了。舞厅打烊是十二点钟，在十一点半的时候，李克文见蓓蓓和一个中年戴金丝边眼镜的舞客一同走到外面去。克文心中暗想，这个蓓蓓所以会这样的红，大概她平日的身体是并不十分清白的吧！因为是寒冬的季节，况且外面落着好大的雪，所以舞厅里舞客大都在十一时三刻全散去了。克文于是披上了那件蓝布的破袍子，戴上了那顶旧呢帽，也匆匆地回家了。

一脚跨出舞厅大门的时候，那一阵尖锐的朔风，吹刮在脸上，身子不免抖了两抖。舞厅外面停了许多人力车，篷上都堆积了厚厚的白雪，从这一点子猜想，显然天空中的雪是落得那么的大。人力车夫似乎也看得出谁有资格坐得起车子，谁没有资格坐车子。他们都不向克文去兜生意。克文微微地叹了一口气，便冒雪向马路上走了。

克文是住在爱文义路圣德坊三十八号个石库门里，虽然这是两幢两下的房子，但克文住的不是客堂楼，也不是厢房，而且连一个亭子间都没有资格住。那么他住的是什么地方呢？原来是一个二层阁。这阁楼的面积大概有六尺转方那么的大，里面不用铺床，只要把身子钻进去一倒下，那就变成了一张很安全的床了。这时候二房东有了一幢两楼两底的房子，胜过养了四五个儿子，因为上海除了中心区之外，虹口闸门北都遭了炮火的毁灭，一班同胞都迁居租界，因此造成寸金之地，那班抽大烟的黑心二房东，也就趁火打劫大发其国难财了。所以克文住的这一座房子里不论客堂、晒台、灶披间，凡是有一方之地可容身的都可以生产租给人家居住，因此统计起来，大概住了三十多份人家，好像变成了一家小客栈。你想，二房东就是丈夫儿子都死光的话，她也绝不会忧愁吃苦这两个字了。

爱文义路是很长的，圣德坊已经是相近在静安寺了，所以那边一条马路是非常的冷静，尤其在深更半夜落大雪的冬天里。所以此刻马路上的行人很少，克文回顾左右，简直除了自己一个人，却找不出第二个人影子来。就在这时，忽然见一辆三轮车从后面驶行过来，那车夫的两手好像有点儿麻木的样子，所以扶着车龙头有点儿弯来弯去，就可知道是哪一份样儿的吃力。克文心中这就有一个感触，坐在车子内的人是多么的舒服，他们怎能知道踏车的人多么的苦恼！不料正在叹息，却在横马路里奔窜出两个大汉来，他们拦阻了三轮车前进，拔出手枪来，意欲行劫的神气。克文是个军人出身的，他一望而知这柄手枪是木头做的，虽然他也同情这是穷人的末路，不过为了地方上的治安，当然不希望有这种无赖来作恶横行。

所以他激动了侠义心肠，便匆匆地奔了上去，大喝道："你们这些不法之徒，胆敢半路拦车抢劫吗？"

"他妈的，你这小子不识时务，胆敢来管大爷的闲事，你难道活得不耐烦了吗？"

两个匪徒明知自己这木头做的手枪是失却了效用，但另一个在怀内，拔出一把雪雪亮的利刃来，向克文威胁。在他的本意，倒也并不希望真的事情闹成了扩大，他只希望克文见了小刀便会不管闲事地逃跑了。可是他们遇见的是个顶头货，克文的脾气就是这个样子，不管闲事倒罢了，要管闲事非管一个到底不可。他在枪林弹雨中肉搏的时候，对于敌寇的刺刀，可说是司空见惯，根本不足为奇。现在对于他们这一柄小刀，如何会放在心上？这就冷不防地就是在他身上兜胸一拳，来一个先落手为强。那匪徒受打，站脚不住，竟仰天跌倒。另一个匪徒想不到他有这一种蛮力，因为手中没有武器，料想不是对手，所以三十六着，走为上着，他打定主意，便向后飞步而逃，克文并不追赶，他伸手把倒在地下的那个一把抓起，好像老鹰拖小鸡般的神气。那匪徒这就合上了双手，苦苦地哀求，克文很怜悯他们的环境，当然也是为了敌寇的侵略，使他们为了不能生活故铤而走险。于是放了他身子，喝声快滚，那匪徒便抱头鼠窜而去。克文望着雪地上掉落下的一把小刀，便伸手拾起，交给车夫说道："你拿去放在家里用吧！可是切不能学他们的样子。"

"不会不会，先生，你不要开玩笑，我们是规规矩矩的赤脚人，家中还有老老少少六七个人要靠我一个人吃饭呢，我能这样的糊涂吗？先生，谢谢你，你真是勇敢！"

车夫一面伸手接了小刀，一面急急地辩白，同时他又满面含了笑容，向他连连地道谢。克文本是抱了见义勇为的原则，所以倒也并不希望车夫中人的叩谢，便欲回身走开。可是这时候车内有个女子的声音很感激地说道："你这位先生真了不得，假使没有你奋勇相救的话，至少我皮匣子内的一切要全部损失。所以我表示十分感激。"

"一个单身女子在这样深的时候马路上行走，本来是太危险了啊！你……你是朱蓓蓓小姐吗？"

克文听车内人向自己道谢，便只好又回过头来回答。可是车内人已把车幔拉下了，露出她整个的面目来。由于克文戴了一顶呢帽，朱蓓蓓固然瞧不清楚他的脸蛋儿，以为自己并不认识他，于是问道："先生，你贵姓？你怎么知道我叫朱蓓蓓呀？"

"那是你朱小姐贵人多忘，我是米高美里做侍者的，今天晚上不是还来叫你去坐一个姓胡客人的台子吗？"

"哦，对了对了，倒并不是我健忘，实在因为我和你在过去并没有见过面的缘故。你不要生气，请告诉我你的贵姓大名，今天承蒙相救，真叫我十分感激。"朱蓓蓓再三地又说了一声感激。

"不要客气，我名叫李克文，其实我还是新进去的侍者，这也怪不了你并不相识。朱小姐，时候不早，我不多耽搁你，你还是早点儿回去吧！"克文要表示自己没有别的作用，所以他回身又要走的样子。

"不，李先生，你府上在哪里？看天空落着好大的雪，你就不妨跳上车子来，算我把车子送你回家，而实际还是请你给我做一个临时保镖，免得一路过去再发生这种意外的不幸。"

朱蓓蓓一面笑盈盈地说，一面把身子略为坐过一旁，三轮车本来可以容纳两个人，而且自己这圣德坊确实就在前面不远，于是说了一声谢谢，他便真的把身子跳上三轮车来了。

二、为抱不平意外惊艳遇

李克文跳上车厢坐下之后，他又摸出一方手帕来，在自己身上拭揩着雪花。朱蓓蓓见他那种神情，好像显出十二分忠实的样子，于是秋波斜乜了他一眼，忍不住微微地一笑，说道："照理是应该我谢你，现在你反而来谢我，这倒叫我有点儿不好意思起来了。"

"你谢我的事实已经成为过去了，照眼前你叫我同车而坐，这当然是我应该要谢你的时候了。"

李克文回答的话，倒也相当的风趣。朱蓓蓓点了点头，微笑了一会儿，却说了不过两字。李克文似乎有点儿奇怪，遂问她不过什么，朱蓓蓓才转了转乌圆的眸珠，笑道："虽然是我叫你同车而坐，但其目的，还是为了要你给我做一个保镖。所以你享受的权利，实在还是你所尽的义务比较责任重大。"

"不过半路遇盗劫，这也是偶然能碰得到的事情。假使五步一盗，十步一匪的话，这还成什么世界？不是变成为强盗世界了吗？"

"可是劫后的上海，满目显着畸形，虽然还不至于到强盗世界，但天高皇帝远，遍地所见的也尽都是畜生的了。所以照此下去，上海的万恶，将成为不堪设想了。"

朱蓓蓓好像是有感而发的，她忍不住深深地叹了一口气。克文听了一个舞女有这一种语调，当然是感到惊异。不过想到她是一个大学生的时候，那也就不足为奇的了，遂也说道："这也是难免的事，我想终有一天，会把这种群丑消灭尽绝的。"

"李先生，你府上在什么地方？"

朱蓓蓓因为自己的家快到眼前了，所以回头望了他一眼，低低地问。克文向外张望了一眼，便伸手向圣德里指了一指，说道："我就在这个里内，朱小姐府上在什么地方？假使你一个人在路上胆子小的话，那可以送到你府上后再回家的。"

"什么？你也住在这个圣德里内吗？这就真巧了，你住的几号门牌？"

这似乎出于朱蓓蓓的意料之外，她用了惊奇的口吻，向他急急地问。李克文凭了她这两句话，也可以知道她是住在这个里内的，那确实是一件巧事，于是笑道："我在三十八号内，朱小姐，你呢？"

"啊，李先生，你莫非跟我在开玩笑吗？"

"这是什么话？我说的一句是一句，从来不说谎。"

"哪有这样的凑巧？我也住在三十八号内的。不过你住的是哪一间？而且又多少日子了？因为我住了这半年来，可从来没有见过你的面啊！"

"这也难怪了，因为我还只有前星期住进来的。"

两人说到这里，三轮车已在里门口停下。朱蓓蓓付了车资，遂和克文一同进内。三十八号的大门还是开着，其实是没有关的时候，因为住户多，一个进，一个出，要关大门，除非用一个专管大门的司阍，但这到底不是什么高楼大厦，谁肯花费这一笔开销呢？所以还是一天到晚开着，好在自己房门关得紧，也就没有什么东西可以被人家偷去的了。在跨进大门的时候，朱蓓蓓又向克文问道："李先生，你住在哪一间？怎么不回答我？"

"我……我……住在二层阁，说出来真有点儿不好意思。"

"这也没有什么不好意思，上海本是寸金之地，自从战争发生之后，各地难民纷纷都到上海，视上海为乐土，你想怎不要有人满为患的现象呢？所以有一间二层阁可以住，这还是福气，你去看看南市的难民区，风风雪雪还不是都在露天生活吗？”

“可不是，照大概情形说起来，我还实在是很幸福的了。”

李克文听她说得很大方，遂点了点头回答。两人走上扶梯，二层阁就在扶梯中间的旁边。克文停住了，向她说声明天会。但朱蓓蓓并不离开他，和他一同站住了一会儿，说道：“你就只有一个人住在这里吗？”

“是的，就只有一个人。”

克文一面说，一面已关了门，走进阁楼的时候，需要把身子俯下了一点儿，因为站在里面若把身子立直了，头会揭穿天花板顶的。虽然是个二层阁，但电灯却照常设备，因为二房东对于这些是非常注意，假使点了油灯烛火，当然有十二分的危险。假使一失了火，在她好比是死了会赚钱的儿子一样，所以这一笔电费，她是绝对不作打算，好像羊毛出在羊身上，一切负担当然还是压在三房客的头上。克文在开亮了电灯之后，自己坐在地板的床上，见朱蓓蓓还是没有走开，他的心头剧跳了一阵，红了两颊，显现了一丝说不出所以然的苦笑，说道：“朱小姐，本来应该请你进来坐一会儿，可是我觉得真有些说不出口，对不起，我是只好失礼了。”

“李先生，你何必说这些话？明儿见！”

朱蓓蓓一面说，一面点了点头，她方才回身到楼上去。不知为什么缘故，她情不自禁地深深地叹了一口气。朱蓓蓓住的是一间客堂楼，她开门进内，脱了大衣，放进衣橱里面，然后向床上一倒，微仰了脖子，由不得呆呆地沉思了一会儿。这个李克文虽然是穷途潦倒，落拓得这个样子，但看他的丰采却不脱是个英俊的少年。那么他也许是个不得志的英雄，倒不要小觑他是一个舞厅里做侍者的

147

人呢。想到这里，她便开始对李克文有一个印象，觉得以后倒要问问他的身世不可了。也许我有地方需要他的帮助，那么我们就有合作的可能了。朱蓓蓓想了一会儿，方才脱衣就寝。

第二天早晨，朱蓓蓓匆匆起身，时已九点敲过。想起克文住在这一间暗无天日的斗室中，这是多么的苦恼，所以便走到二层阁来叫李克文，谁知克文已经是不在室内了。心中暗想，这样早他到什么地方去了呢？于是只好又回到客堂楼来，一面对了梳妆台镜子梳妆，一面代替他可怜了一回。昨天夜里落了一夜的雪，今天却出起淡淡的太阳来。朱蓓蓓觉得房内很沉闷，遂推开一扇窗门。当她偶然伸头至窗外张望的时候，忽然见大门外走进一个男子，手里拿了一张报纸。朱蓓蓓情不自禁叫了一声李先生，克文听见楼上有人呼他，遂抬头朝上望了一眼，朱蓓蓓在他抬头的当儿，还发现他另一只手里拿了一副大饼油条。克文似乎有点儿局促，也只好招呼了一声"朱小姐你早！"朱蓓蓓于是说道："李先生，你在买报纸看吗？快拿上来，给我看看今天的新闻，不知有什么消息吗？"

李克文觉得朱小姐转机很灵敏，她用了这一种措辞，叫我到她的卧房里去闲谈，这当然是显得十分的大方。就是在我自己方面，也不会感到十二分的局促。于是点了点头，遂匆匆地走到楼上去。他竭力想把手中这一副大饼油条吃到肚子下去，可是任他的口这么大，这短短楼下到楼上这一点儿路程，到底也吃不下去。所以他故意在自己阁楼里坐了一会儿，直等大饼油条咽下肚子后，方才伸了伸头颈，抿了抿嘴巴，匆匆地走到客堂楼去。门是半掩着，李克文为了避免自己不要太鲁莽起见，遂在门上叩了几下，只听得蓓蓓在里面低低地叫道："李先生，你进来吧！"

"朱小姐，今天报上对于战事消息非常的沉寂，倒是上海的物价又在飞涨不停，单说大饼油条已经涨到四角钱一副了。你想，这样生活程度高涨下去，穷人还能活得了吗？"

李克文走进房中，一面把报纸放在桌子上，一面忍不住发着牢骚地说。蓓蓓把报纸拿来，含笑地先请他在沙发上坐下。她在热水瓶里倒了一杯水，交到克文手里。克文连忙欠了身子接过，道了一声谢谢。蓓蓓方才回身到桌旁坐下，展开报纸，静静地看阅了。

在朱蓓蓓看报纸的时候，李克文不免向四周细细地打量了一会儿。只见壁上糊着很鲜丽的花纸，房中的家具虽然是半新旧的，但是被花纸的四壁一反映，好像也十分华丽的样子。靠梳妆台上面有一张朱小姐的半身小照，拍得姿势很好看，叫人看了有点儿爱不忍释的意思。一时想到自己住的那一个二层阁，心中一阵子羞惭，两颊热辣辣地发烧起来。忽然他听到一阵"噗噗"的声音，似乎在烧开水滚开的样子，他连忙循声而望，原来在房门口的门框子旁，有一个电灯"扑落"上面插了一根电线，放在地上是一只电炉，上面有一只小锅子，锅子盖儿向上一掀一掀，显然里面的蒸汽是竭力向上膨胀的缘故。这就向朱蓓蓓说道："朱小姐，你电炉上在烧什么东西？恐怕已经煮好了吧！"

"哦，你瞧我这人真糊涂，几乎忘记了。"

朱蓓蓓这才醒觉过来似的，连忙放下报纸，蹲身到电炉旁，把小锅子端起，在两只玻璃杯子里倒了两杯咖啡，又在洋铁罐子里盛了一盘饼干，放在桌子上。向克文瞟了一眼，请他吃早点。克文在这情形之下，真有点儿不好意思。但既到了这里，就不必谦虚地客气，只好移身坐到桌旁来，和她一同喝咖啡了。两人静静地吃着早点，克文忽然想到了似的，便低低问道："朱小姐，你的令堂呢？怎么没有见她？"

"啊，谁的令堂？我可是没有母亲的，在这里和你一样，我是孤零零只有一个人住着呀！"

朱蓓蓓红润润的嘴唇正凑在玻璃杯子旁喝咖啡，听他这么一问，不由啊了一声，似乎有点儿莫名其妙地向他问着，一面又把自己身世向他告诉。李克文听她此刻又说没有母亲了，一时觉得这位姑娘真有点儿神秘，遂向她也愕住了一会子。朱蓓蓓见他并不作答，反而默然的神气，遂又笑问道："李先生，你怎么知道我有一个母亲的？"

"咦，昨天夜里在舞厅的时候，你和一个姓胡的客人，不是这样地说吗？因为那时候我偶然站在旁边，所以也听见了。"

"哦，原来如此，对了对了，我曾经这么地说道。但你不知道，我和舞客们说的话，十句倒有十一句是作不得准的。因为在这一个场所里，根本是充满了虚伪的气氛，假使你要跟谁表示忠实的话，那你除非是傻子。"

朱蓓蓓在哦了一声之后，她忍不住抿着嘴儿笑起来。李克文这才明白朱小姐是个很有社会阅历的女子，的确，一个男子，花费了金钱到舞厅里来寻片刻之欢，哪里谈得到真爱两个字呢？这也无非是金钱和色的交易所罢了。于是低低地问道："那么朱小姐所说遭了敌人的残害而家破人亡，这一句话是否也确实的呢？我听你的口音，好像并不是江浙两省的人。"

"虽然并不是遭敌人残害而家破人亡，不过我的父母真的都已过世了。你听我的口音像什么地方人呢？"

李克文这些话使朱蓓蓓心中也感到惊异，想不到自己和胡子高说的话，竟会受了他这么的注意。她点了点头，一面告诉，一面却向他反问。李克文向她端详了一会儿，笑道："据我对于你外形看起来，大概是广东广西这两省地方的人，对不对？"

"嗯，你的眼力倒不错，这倒奇怪了，难道我们广东人脸上有着字注明了不成？"

"真的，不是说句笑话，你虽然说得一口好流利的上海话，但是你的脸儿和语气都脱不了广东腔，比方说我，看我外形像北方人，但我的语气终也不免带了广派的成分。"

"李先生，这样说来，我们竟是同乡了。同乡人在客地相逢，好像会见了自己人一样的亲热，所以我们似乎也有这一个感觉吧！"

朱蓓蓓笑了一笑，她对克文不自然地会发生一种好感起来。克文心中由不得跳动了几下，因为一个红舞女会对这样穷苦不堪的自己发生感情作用，这多少使人会感觉得惊异的，遂微微地笑道："朱小姐，我想你对人家所说十句话倒有十一句都不能作准，那么我猜你一定不姓朱，而且也不叫朱蓓蓓，你一定还有你真实的姓名对不对？"

"父母的姓字不能更改，我确实姓朱，但我本家的名字却叫燕，为了生活，上舞厅去伴舞，那当然不能把我父母取的名字去到这种失人格的地方去丢脸。"

"伴舞是一种职业，虽然并不十分高尚，但自食其力，只要不受外界的引诱，能保持自己的清白，我以为这比衣冠禽兽去做汉奸终要光明磊落得多了。"

李克文听她有点儿感叹的意思，遂很愤激地劝慰她。朱燕点了点头，她似乎也需要多知道关于克文一点儿身世的样子，便低低地说道："李先生，你在战前是否一向住在上海的？那么你难道就只有一个人吗？我想你也绝不是一个没有学问的人，为什么不请亲戚朋友介绍一个好点的职位，而竟然干这种给人家认为下等的事情呢？这岂不是可惜吗？"

"这个问题就难说，因为我在上海根本没有一个亲戚朋友的。至于我的身世，和小姐倒是个同病相怜，所以流落在这畸形的上海，饱尝艰难苦楚，这也是难免的了。"

李克文不能把自己心中的志向对她尽情倾吐，所以皱了下眉毛，表示六亲无靠，这也是出于不得已的办法。朱燕沉吟了一会儿，低低地又问道："你从前什么学校里读书的？"

"在广东粤南中学里读书的。"

"那么你今年几岁了？为什么要流落到上海来呢？"

"我二十四岁了，因为……因为……这当然是为了环境恶劣的缘故。"

"比我小一年，那我倒有资格可以做你的姊姊。李先生，我觉得你对我说的话，也有许多地方是并不十分忠实可靠的，所以我以为这是你不应该的地方。"

"啊，朱小姐，你以为哪几句我是对你有不忠实的地方？"

"这个我们姑且不必再说，现在我问你，你到上海的时候，战争可有爆发？你有没有什么职业？假使有职业的话，我就不相信连一个亲戚朋友都会没有。"

"朱小姐，你不要生气，其实我心中原有不得已的隐情。好在你也是一个大学生，大概终有一番爱国之热心，所以我老实地告诉你，我是苦守四行孤军之一，因为不愿屈服在这恶势力下作为类似俘虏的罪犯，所以我便脱逃出来，流落在这都市里了。"

李克文被她一阵子严肃的态度追问下去，他当然是为之语塞起来，这也是女人魔力大的缘故，所以他情不自禁地把实话对她说了出来。朱燕听了，这才忍不住笑出声音来了，说道："原来你还是一个民族英雄，那倒是叫我失敬得很。李先生，我知道了你的过去之后，我心中更加对你表示无限的同情，我觉得你的生活是太苦闷一点儿了。所以我愿意和你结为姊弟，说不定我们将来还有合作的地方，不知道你的心中也表示赞成吗？"

"结为姊弟？这话可是真的吗？"克文感到意外惊喜而又表示不

大相信的意思。

"不错，我们结为姊弟，因为你比我小一岁，我当然是你的姊姊，不知你心中可欢喜？"朱燕含笑又说。

"只怕不能高攀，因为像你这么一个豪华的姊姊，怎么能够有我这样一个贫穷的弟弟？这不是太不相配了吗？"

"你这话太落伍了，我以为相配不相配绝不是在贫富问题上面说的。因为你是一个民族英雄，我有你这么一个弟弟，我的脸上实在太光荣了，所以请你还是答应我的要求。"

"既然承蒙不弃，我就想你叫一声姊姊！"

李克文见她说话的态度很诚恳，一时被情感也激动得忍熬不住了，于是站起身子，很恭敬地走到她的面前鞠了一个躬。朱燕连忙也站起身子还礼不迭地叫了一声弟弟，同时又笑道："弟弟，今天我真高兴，那么你就在姊姊这里吃午饭，以后你没有事，只管到姊姊房中来做工作好了，比方看书写字，在这暗沉的二层阁里，那不是太不方便了。好在这里有桌子有椅子，你高兴写字就写字，你高兴看书就看书，可以一点儿也不用拘束的。"

"姊姊待我这样情深义厚，真不知叫我怎样报答你才好呢。"

"已经做了姊弟了，还用得什么报答这两个字吗？那你就未免有点儿孩子话。"

朱燕秋波盈盈地斜乜了他一眼，这语气是包含了一点儿嗔意的成分，但是并没有一点儿可憎的表情，因为她粉脸儿上还含了一丝倾人的娇笑。李克文笑了一笑，他低了头，便退到椅子上去坐下了。

从此以后，他们两人便成了姊弟一样的亲热。朱燕因为见他衣服都破旧了，所以给他剪了一件呢绒的袍子，又给他做了一身西装。常言道，佛要金装，人要衣装，李克文在穿上新衣服之后，不论是中服或是西服，都可以显出风流潇洒的态度。因此朱燕的心中，久

153

而久之也不免动了爱素作用。李克文因为靠着一个女子，来生活自己，所以反而表示十二分的惭愧。

光阴匆匆，已经是初春的天气了。这天下午，克文坐在朱燕的卧房里静悄悄地看书，朱燕轻轻地走上去，在他肩上轻轻地一拍，微笑着叫道："弟弟，你近来可以看出胡子高这个人来了吗？他到底是做什么勾当的？"

"我在第一次见到他的时候，我就觉得这人终有点儿靠不住。现在不用说的，他当然是个杀人犯的帮凶、敌人的走狗了。姊姊，我的意思，他待你虽然好，你在他身上虽然得了许多金钱，不过你应该为了大众的幸福，我们希望把他生命有个结束的日子，但姊姊不知道亦以为善否？"

李克文把书本放下了，他向朱燕大胆地说出了这两句话。因为在几个月的相聚之下，克文也看明白朱燕不是一个普通的舞女可同日而语的。朱燕点了点头，笑道："可是谈何容易，胡子高现在的势力可不小，你凭一时之勇去和他拼，只怕等于以卵击石，所以我们不能性急，重要徐徐图之。弟弟，不是我做姊姊的夸口，这一只狗的性命早晚终是逃不了在我的手掌之中呢。不过那时候，当然还需要弟弟你给我来做一个助手。"

"这还用说吗？只要姊姊吩咐一句话，虽赴汤蹈火，小弟亦万死不辞。"

李克文听她这样说，益信她是一个了不起的女性，所以很忠勇的神气，奋发壮烈地回答。朱燕把他手紧紧地一握，心中表示非常的欢喜，接着又低低地说道："弟弟，这几天已经是初春的季节了，我想你在这二层阁里实在住得太不舒服了，假使再热一点儿的话，恐怕就要热出病来了。所以我的意思，你还是和我一个卧房里来睡吧！我此刻给你去买一张小铁床来，你看好不好？"

“好是再好也没有了，不过我怕被外人知道了，会妨害你的名誉吧！”

朱燕那种坦白的态度，反而使李克文心中感到局促不安起来。他有些微红了脸儿，低低地考虑着。朱燕摇了摇头，说“不会的，只要我们光明正大，怕谁赖敢放一声屁？”克文听了，于是不再作声，朱燕披上一件夹呢大衣，遂匆匆走出去了。克文待她走后，心里由不得暗暗地沉思了一会儿，觉得朱燕竟对我这么的关怀亲热，这到底是自己生命中一件意想不到的艳遇。她叫我睡到这里，目的当然是为了我的好，但我们究竟不是亲姊弟，一个孤男一个寡女，睡在一个卧房里，这……难免有演出尴尬的事情来，那可怎么的办呢？克文因为是心地忠厚的缘故，他不但并不表示十二分的欢喜，谁知反而有了一重心事般的，充满了无限不安的成分。

但不到一个钟点，朱燕却买了铁床匆匆地回来。克文只好帮助她在靠窗旁铺下，又去把自己被褥拿来铺好。二层阁里本来没有什么东西，所以当天就把这间二层阁向房东退租。二房东是求之不得，因为她又好向人家租好价钿了。在一阵子忙碌之后，时已入夜，朱燕、克文吃毕晚饭，方才一同坐车到米高美舞厅去。

朱燕在舞厅里可说是一个红得发紫的舞星，所以她一到舞厅，便马上有人叫她坐台子。朱燕走到桌旁一看，原来就是这个胡子高。子高今天穿了笔挺的西服，看起来年纪好像会减轻了一点儿。朱燕这就笑盈盈地先说道：“胡先生，好久不见了，你近来贵忙呀？”

“朱小姐，我上星期还这里来过呢，怎么就说好久不见了？”

胡子高听朱燕这样记挂他，心里不住地荡漾，这就情不自禁地去握了她的手，笑嘻嘻地回答。朱燕把纤手拢了一下披在脑后的长发，噘了噘嘴，说道：“常言道，一日不见，如隔三秋，何况是一星期不见，那不是好像隔了三七二十一秋了吗？这还不能叫我挂断肠了吗？胡先生，你越老越漂亮了，去年冬天不过穿的是中服，现在穿了西服，更有一种英气勃勃的风姿，叫人见了可爱。只不过你人中上两根八字须，为什么不把它一刀剪去了呀？"

"朱小姐，承蒙你这样想念我，又承蒙你这样地赞美我，说我人越老越漂亮，我的心里，除了深深地表示感激之外，我又觉得非常的惭愧。不过我要告诉你一件好消息，你以后可以不必再操这种供人搂抱的生活了，你可以有很好的工作了。不知道你心里感到欢喜吗？"

朱燕这一番话，把胡子高两根骨头都说得轻松起来了，他一颗心好像有人在抓一般地奇痒难挡，耸了两耸肩膀，很兴奋地告诉。朱燕听了，故作惊喜的样子，便说道："胡先生，你这话可不是骗我吧？快点儿告诉我，你介绍我到什么地方去做事情？每月收入好不好？还有担任点什么工作？你应该在事前完全地告诉我，免得我弄得临时局促，因为在考试之前，我也得预备预备，你说是不是？"

"哈哈，朱小姐，你又说呆话了，我给你要么不介绍，假使介绍的话，哪里用得到什么考试吗？我有资格给你做介绍，不不，其实我完全有主权可以录取你，只要你心里表示喜欢，我就可以请你到办公室任职。"

胡子高哈哈地笑了一阵，回答她的语气表示这十分得意的样儿。朱燕虽然含了妩媚的微笑，但她却又逗给了子高一瞥娇嗔，急急地问道："胡先生，你偏有这许多话的，那么你也应该先告诉我，这到底是一家公司呢，还是一家工厂？我究竟有没有资格去担任工作？那你不是要给我说一个仔细吗？"

"也不是公司，也不是工厂，说起来范围来，比公司、工厂更要大的多。而权威呢，真可以超过了上海一切的公务机关。我若介绍你到里面工作，当然是一个秘书长之职，经理以下，你可以称为第二把椅子，至于待遇方面，比你在舞厅里至少要高十倍一样，朱小姐，那么你到底愿意不愿意去任职呢？"

"说来说去，可是你还没有把最主要的一点告诉出来。我问你，这到底是个什么机关呢？"

胡子高被她追问得没有办法，支吾了一会儿后，方才附了朱燕的耳朵低低地说了一遍。朱燕点头笑了一笑说道："那么胡先生一定是这会里的主席了，对不对？"

"区区也是承蒙他们看得起，所以情面难却，不能推辞。但是我的才学十分浅薄，当然需要一个有才学又能干的人来做秘书长之职，我想来想去，觉得你是一个大学生，而且又擅长交际功夫，将来有什么会议需要出席的时候，你可以给我在旁边做一个耳目，所以我十分仰仗你。你若肯答应助我一臂之力，将来我做了大总统，你就是权高一切的总统夫人了。"

朱燕听他说出这个话来，一时在粉颊上微微地盖了一层红晕，雪白的牙齿微咬着她殷红的嘴唇皮子，凝眸含颦地沉吟了一会儿，好像有一个深深考虑的样子。胡子高这就急急地追问道："朱小姐，你怎么啦？好歹也给我一个回复呀！"

"这事情太大了，一时叫我难以回复，所以至少限我三天考虑。并非不愿意干这一个光荣的事，却是为了怕够不到这个资格。"

胡子高连说不会的，就在这时，舞女大班来请朱蓓蓓转台子，子高便对蓓蓓说，那么准定三天后来听回音，他买了舞票匆匆地走了。朱燕暗自地冷笑了一会儿，方才转身跟了舞女大班走到那边一张座桌旁去了。

三、将计就计荣任秘书长

朱燕笑盈盈地走到那个座桌旁去，只见坐在沙发椅上的不是别人，是多日未见的小沈。小沈这时也早已含笑起来迎，两人表示十二分亲热地握了一阵子手。朱燕逗了他一瞥怨恨的娇嗔，显然有些埋怨的成分，说道："小沈，你也太没有情义了，我朝也想你，晚也想你，几乎为你要想成相思病了，你难道忍心这许多日子不来看望我一次？哦，我明白了，一定你和人家结了婚，所以在蜜月旅行吗？是不是还只有刚回来？尊夫人身体好吗？为什么不带她出来玩玩呢？"

"啊呀，蓓蓓，你怎么自说自话的，好像在做梦似的，我哪里结什么婚，除非在热昏呢。唉，你不知道，我为了公务，这几天真忙得气都透不过来，所以我没有来望你，其实我心中又何尝不时时地在想念你呢。蓓蓓，你的脸儿倒好像胖了，因为了胖的缘故，所以愈显得白嫩可爱了。"

小沈听她先一本正经地说，一时啊了一声，倒忍不住笑了起来。遂一面否认着，一面拉了她的手，却在沙发椅上坐下，望了她的粉颊儿，又笑嘻嘻地打趣。朱燕噘了噘嘴儿，说道："人家为你想也想苦了，近来饭也少吃了一碗，哪里还会胖起来吗？"

"蓓蓓，这确实是我太不应该了，还得请你原谅。并非我忘记了你，实在是为了工作忙的缘故。"

"我真奇怪，你老是说工作忙，到底在干点什么工作呢？咦，这硬硬的是什么东西呀？"

朱燕觉得小沈的话中至少也有点儿可疑的地方，遂偎了身子过去，她想在柔媚的手腕下去探听他的实情。可是在偎到他身上的时候，好像有根硬硬的东西碰在自己的腰间，这就心中不禁别别地一跳，连忙伸手去抓住了问。但小沈很快地把手推开了，低低地说道："你不要乱摸，当心一点儿，这是手枪的柄。"

"小沈，你现在真了不得，自备手枪也挂在腰间了。"

"这算不得什么稀奇，外面来跑跑，若没有一支手枪，那似乎不够台型。"

"也许是在跟人家公馆里做保镖的手枪，那也扎不到什么台型了。"

小沈听朱蓓蓓的话，大有讽刺的意思，心中一急，便在袋内摸出派司来，翻开给她看了一看，说道："你难道也以为我在给人家做保镖的手枪吗？你看看这张派司，你就知道我在干什么工作了。"

"七十六号第一中队队长……哦，原来你已做了官了，小沈，我倒要恭喜你了。"

朱燕在眼帘下显现了这一行字，她忍不住低低地念了出来，若有所思的神气，不禁哦了一声，笑盈盈地同他道贺。小沈很得意地把派司又藏入袋内，说道："蓓蓓，我的权威很大，手下有五百多个人可以管理，你想，我现在还有空闲的工夫了吗？"

"真的，你做了官，当然是很忙的了。小沈，我问你，你们里面最高的领袖叫什么名字？"

"叫胡子高，他是主席的地位，因为他本来在日本做过许多事情，所以这次日本人对他特别的信仰。"

"你见过他的面吗？不知是个怎么样的人？"

"不瞒你说，我和他的地位当然又相差得很远，所以我还没有和他直接谈过话。"

小沈在朱燕面前是不敢过分地夸张，所以向她老实地告诉。朱燕笑了一笑，她拿了茶杯，凑在口边微微地喝茶，却没有说什么。小沈这时又说道："蓓蓓，我好像听见你也对我说过，似乎也愿意到七十六号里去做点工作吗？那边女子倒也不少，假使你真愿意的话，我等将来有机会的时候，一定可以给你介绍进去的。"

"谢谢你，小沈，并不是我向你夸一声口，假使我要去工作的话，你见我还得行三跪九叩之礼。"

"这是为什么？"

"当然，我职位一定比你高得多啦！"

朱燕又像认真又像开玩笑地说，小沈冷笑了一声，当然是表示不相信的意思。朱燕却把纤手搭到他的肩胛上去，故意又装出妩媚的笑脸儿，低低地说道："小沈，为什么绷住了面孔？人家和你开玩笑，你心中就生了气吗？"

"哪里哪里，蓓蓓你不要说叫我向你行三跪九叩之礼，就是叫我趴在地上给你当马骑，我心里也十二分的乐意呢！蓓蓓，我好久藏在肚子里的几句话，此刻很想和你说说，不知你心中会不会见怪我没有礼貌吗？"

小沈趁此机会，他含了满面的笑容，紧紧地握住了她的手，十二分诚恳地问。朱燕虽然知道他要所说的话终是免不了这一回事，但她故意装作不了解的神气，低低地问道："小沈，你要对我说什么话？你就只管说吧……"

"蓓蓓，我和你认识的日子虽不长，但也快近了一年了。我心中对你的爱，可说已经到了沸点以上。在过去我还是求学时代，爸爸虽然有钱，但我经济能力还是一点儿没有。现在我是有工作做了，终算也会赚钱了，所以我今天向你大胆地求婚，假使你愿意嫁给我的话，只要你说得出什么条件的话，我总可以想法子来给你办到的。"

"真的吗？那么你现在每个月有多少薪水可以拿？因为现在生活程度只有向上涨，从前拿三十五十元舞票倒还有几双丝袜皮鞋好买，但现在买二百三百元舞票，却买不到一双皮鞋呢！所以你薪水赚得少的话，还是慢慢儿地结婚好，因为俗语说得好，开一头门，多一头风，组织一个家庭，可真不容易一件事情呢！"

"说起我们薪水，真是坐坐车钱也不够。这个年头儿，有一支枪，比较好得多，谁不在浑水里捞鱼？他妈的，若不动动脑筋赚一点儿外快，还想在这社会上活命吗？"

凭小沈这两句话，就可以知道他平日的行为，是横行不法到怎么一分的程度了。于是点了点头，向他微微地一笑说道："小沈，在从前好像你的思想还没有像现在这样的前进，想不到这三四个月来，你就进步得这样快！所以我的心中真感到说不出的敬佩。"

"这我以为完全是受了环境关系的影响，其实一个人应该要做得圆滑，所谓随机应变，那么到处就不会吃苦头的了。"

小沈听蓓蓓一味地向自己赞美，因为自己也是一个知识分子，所以被她反而赞美得两颊热辣辣地红晕起来。但是他到底还竭力镇静了态度，毫不介意的神气，在发挥他的高论。朱燕笑道："所以我说你是一个俊杰，将来你的前途一定是光明伟大的，我真觉得羡慕！"

"蓓蓓，我们这些空话且不要说了，现在你应该向我回答，是不是喜欢和我有结婚的一天？你要钻戒、金条，我都可以设法照办。蓓蓓，你到底答应不答应？"

"小沈，我以为两性的恋爱，倒并不是在于钻戒、金条方面的，只要可以生活过去，我倒并不讲究这些虚荣的东西，所以我要答应你的话，我倒不希望你设法办这两样没有实用的东西。不过婚姻问题，不管在你一方面，或是在我一方面，这都是一件极郑重的事情，所以绝不能在一时之间就可以回答你，我以为双方都需要有个郑重的考虑不可！"

朱燕恐怕他为了钻戒、金条，在外面又要伤害这些无辜受累的同胞，所以她急急地向他拒绝这两样东西，表示自己答应不答应，倒并不在乎这两件东西的问题上。小沈听了，心里愈加喜欢起来，便拉了她的手，偎紧了她的娇躯，急急地问道："那么你要考虑多少时候才能给我一个圆满的回答？"

"至少是一个星期以后。"

"为什么要这许多日子？我以为那也不需要有什么考虑的，像我这么漂亮的人物，难道还配不上做你的丈夫吗？况且尤其在目前，你若嫁给了我，至少在到一个地方都可以使你有出风头的机会。"

小沈听她要一星期以后，认为她至少有点儿敷衍性质，所以立刻板起了面孔，很有点儿不快活的样子回答。朱燕知道他有了一支枪，所以在使他发威的性子了，于是微微地笑道："凭你这张小白脸儿，爱一个女人算得什么稀奇。所以你不要误会，并不是我嫌你没有资格来配上我，实在是因为你现在做了官，我怕没有资格来做官太太。比方说，市府要人开宴会了，我和你一同去参加了，假使有人认识我而传扬开去，说小沈的太太从前在米高美做舞女的，我问你心中坍台不坍台？所以我是为了你的前途，才有这么一个考虑的。"

"这是你考虑得多余的事，常言道，英雄不怕出身低，谁会敢讥笑你呢？比方说，现在几个大人物，谁知道他们从前是做贼做强盗出身的？彼一时，此一时，时势造英雄，那怕什么呢？"

小沈听她这样说，方才含了微笑，心中表示明白她的意思了，于是摇了摇头，不以为然地说。朱燕听了故作沉吟了一会儿，方才又温情的意态，秋波斜乜了他一眼，低低地说道："那么我也得问问我的母亲。因为母亲到苏州去了没有回来，大概再过四天，就可以回上海了，那么你且过了四天，来听我的回音好不好？"

　　"也好，我就等你四天吧！蓓蓓你的府上到底住在什么地方？为什么不肯向我宣布？否则，过了四天，我直接到你府上来听回音不好吗？假使你母亲有什么意见的话，我就随时可以向她解决了。再说，她老人家见了我这一个年轻的女婿，说不定心中也早已欢喜了。蓓蓓，你说是不是？"

　　小沈虽然并不表示十分的满意，但是他也没有办法，只有委屈地答应了。忽然他又有了一个感觉似的，向朱燕很兴奋地说，他脸上是含了春风得意的微笑。朱燕却有点儿为难的样子，摇头说道："并不是不肯告诉你，因为是一个三层阁，实在有点儿见不得客人，所以你千万还请原谅才好。"

　　"三层阁有什么关系？上海不是寸金之地吗？况且我和你的交谊彼此已经谈到婚姻问题上去了，难道你还把我当作外头人看待吗？"

　　"并不是这个意思，就因为家里太不成样子，所以我是不常住在家里的。你若匆匆到来，我不在家里，这倒反而不美。你假使不愿意来舞厅里找我，那么另外约一个地方谈谈，倒也不成问题。新新茶室还是大东茶室，随你的便。"

　　"我的意思，还是大东旅社，因为三楼三百十八号原是我们账房间，你就到那边来找我好不好？今天是星期二，过四天是星期六，下午三点钟，你可不能失约。"

　　"也好，准定这样子，说不定我陪了母亲一同来。"

　　"那倒大可以不必，因为老人家在路上来去也有许多不便。"

朱燕听他这样说，心中就很明白他的用意所在，一时也故意地答应还是一个人来。小沈听了，十分欢喜，他便买了五百元舞票，匆匆地走了。这天夜里，舞厅散了客人，朱燕和克文两人坐车回家。克文因为今夜要和朱燕睡在一个卧房里，心里似乎感到很局促，因此坐在沙发上只管呆呆地出神。这时朱燕已经换了一件软缎的睡衣，吸着一支烟卷，好像也在想心事的样子。经过好一会儿的静默，方才低低地叫道："克文，你知道这个姓胡的到底是做什么工作的？"

　　"我不知道，看他的道路终非善类，恐怕和日本人有勾结的行为吧！"

　　克文这才抬头望了她一眼，两手搓了一搓，低低地回答。朱燕冷笑了一声，但却又微微地叹了一口气，说道："原来他就是七十六号的主脑人物呢！说起来真可笑，他今天来对我商量，要我加入里面去做秘书长，我想这倒也是一个机会，不过我表面上还是很委决不下的样子，要他三天以后来听我的回音。"

　　"啊，真的吗？姊姊，那么你还是快些答应他吧！因为你正可以利用自己的美色去吸引他们的消息，这是一个很难得的机会呀！而且你应该把我也介绍到里面去工作，那时候我们就可以为民除害了。"

　　克文听了似乎感到意外的惊喜的样子，遂站起身子很急促地怂恿她说。朱燕点了点头，她在卧房里踱了一个圈子，说道："这老甲鱼的意思，我也早已明白，他当然对我存了不良之心。不过我也并不怕他，我决定答应他做秘书长，我可以干一件惊天动地的事情。弟弟，至于你去加入任职，我以为大可不必。好在我假使做了秘书长，你当然可以在办公室里直进直出，那倒没有什么大问题的。"

　　"那么……我难道仍旧在舞厅里做侍者吗？"

　　克文见她不肯给自己介绍，一时微皱了眉毛儿，表示很忧烦的神气，低低地问。朱燕含笑走到他的身旁，拍了拍他的肩胛，说道："你急什么？我去做了秘书长，当然不会叫你再去做侍者了。照我的猜测，我恐怕任了秘书长之后，为了工作上便利起见，这老甲鱼一定有叫我住到他公馆里去的要求，虽然他的醉翁之意不在酒，不过我也绝不会因怕他而拒绝。所以我若住到他的公馆里去，这里你一个人就可以舒舒服服地住下来。我已给你生活安排好了，你还是仍旧给我到学校里去读书，好在目前的学校，因为受战争影响，都迁居到都会来，所以高大的学府就变成鸽笼子一样了。为了教室不够分配，所以学生都读半天的课程。那时候你空下来就到我这里来走走，说不定我有许多的工作会叫你做的。"

"仍旧叫我去读书？那么我……这一切的经济负担……怎么办呢？"

"那还用说得，一切都由我给你负担……"

"但我心里终觉得有点儿说不过去……"

"这是什么话？你不要以为你空闲着不做事，好像是倚赖了人家，其实你的工作有很多很多都在后面，我是少不了你来帮忙的。"

朱燕见他满脸显出羞惭的神情，这就向他温和地安慰。克文低了头，于是不再作声了。朱燕见他大有不快乐的样子，遂伸手在他下巴上一抬，秋波斜乜了他一眼，嫣然地笑了一笑，说道："弟弟，为什么你要这样不高兴的神气？"

"倒并不是因为不高兴，我想姊姊若住到他的公馆里去，只怕你会受了他的亏，所以我心里代你感到忧愁。而且……而且……"

"而且什么？你说吧！"

朱燕见他支支吾吾地说不下去，两颊好像显着有点儿红云的样子，一时忍不住感到有趣，遂和他并肩坐下来，向他追问。克文望了她的粉脸儿，不由愕住了一会儿。朱燕咦了一声，奇怪地又说道：

"为什么又不说话了？我真不懂你这是什么意思。"

"姊姊，我觉得和你在一起住惯了，假使一旦分离了的话，我的心里好像会空洞洞的感到难受，虽然你叫我时常到你的地方去，不过我终觉得有点儿说不出的不自然。"

凭了克文这几句话，朱燕心中就明白他对我未免有了情感作用。虽然自然是个负有使命来到上海的人，对待任何人的热情都是一片虚伪，不过自从和克文认识到如今，她的芳心里也不免动起真爱情来了。所以此刻听他这样说，她也颇觉凄凉的意味，轻轻地叹了一口气，说道："这是因为你情感胜过于理智的缘故，所以心中才会感到空洞洞的难受。不过现在是到了什么世界？中国已经到了多少危险的时候？我们青年男女除了以身许国而效死之外，如何还有谈情说爱的空闲工夫呢？所以我希望你不要情感太浓厚，你要想想当初在四行仓库誓死血战的情形，那么你现在应该继续你未完成的志愿，给国家多尽一分力量！"

"是的，姊姊，我觉得你太伟大了。说你是个舞女中的佼佼者，那我真为你抱屈。人生最难得者唯知己而已，想我穷途落魄潦倒海上，今得姊姊垂青，热心提携，造就我未来的前程，博爱之精神可嘉，伟大之同情可敬，我也说不上什么报答你的话，我唯有以死报国杀尽群丑，聊报姊姊知遇之恩。"

克文从她这几句话中猜想，也可见她的心中对我也有爱素作用，只不过为了替国家效劳，而不忍心再涉及儿女之私罢了。这使克文心中真感到有点儿惊异，像朱燕这样伟大的女性真是不可多得的了。因此他把过去杀敌的勇气又振作起来，握了朱燕的纤手，情不自禁地说出了这几句话。朱燕听了忍不住扬着眉毛儿，微微一笑，说道："弟弟，你难道真的还把我当作一个舞女看待吗？"

"不不，我怎么敢？姊姊，你是一个女中豪杰、巾帼丈夫，哪一个人及得你的伟大？"

"弟弟，我就告诉你吧！这是我的身份证，你看了之后，你就明白我是个怎样的人物了。"

朱燕这时候她再也忍熬不住了，她在抽屉内取出她的身份证和徽章来交给克文看。克文在看过她的身份证之后，方才知道朱燕是中央政府特派到了上海的女间谍。她是情报部副主任，职位还相当的高。一时恍然大悟，不由肃然起敬，猛可立正，向她深深一鞠躬，说道："姊姊，恕小弟有眼不识泰山，真是惭愧之至，一切还请姊姊原谅才好。"

"弟弟，你干吗这样客气？老实对你说，我因为看你是个很有血气的青年，所以我对你真的当作弟弟一般地爱护和关怀，所以你倒不要以为我有什么别的作用才是。"

克文被朱燕又这样地一声明，他的心好像被什么东西猛撞了一下，因此由惭愧而更感到羞涩起来，离开她的身子，向窗口旁走了两步，却呆呆地出神。朱燕见了他的背影，倒又笑了起来，说道："弟弟，你不要发呆了，还是早点儿睡吧！明天早晨起来，到学校里去报一个名，还是继续你的学业吧！你预备考什么学校呢？我还不知道你到底是什么程度呀？"

"我从前在高中毕业后，就在黄埔军官学校里毕业，我想去考大学一年级，大概是不成什么问题的吧！"

克文这才又回过身子来，一本正经地回答。朱燕点了点头，两人方才各自脱衣就寝。次日起来，克文到学校里去报名，因为春季早已开学，他便插班到一年级，其实那时候几个有名的大学，早已离开上海，西移内地，留在上海的都是所谓野鸡大学，他们只要有学费可以收入，就是只有小学的程度，也可以马马虎虎给你到大学里去混混的了。

匆匆地过了三天，这天夜里，朱燕在别个舞客那里坐台子，胡子高果然兴冲冲地来了。他在拣了一个座桌坐下之后，便叫侍者泡了茶，并叫朱蓓蓓转台子。侍者答应，去和舞女大班说了。不多一会儿，朱蓓蓓便满面含笑地走了过来，胡子高早已含笑起来迎，请她坐下，先给她泡了茶，然后取烟相敬，并且给她划火柴。从这一点儿情形看起来，胡子高倒好像是一个舞男了。过了一会儿，胡子高方才低低地问道："朱小姐，已经过去三天了，不知你可曾考虑定当了没有？"

"哦，你说的是这一件事情吗？我和母亲已经商量过了，她老人家的意思，叫我不妨试一试看，假使不堪胜任的话，那么再辞职也不迟。"

"对了对了，你母亲这个意思再对也没有了，那么既然决定了之后，你明天就可以到我们办公室来视事了。今天我支票带在身上，你需要用途的话，我可以先给你一万元车费，薪水等你自办公日起，我也马上可以呈请发给你。"

胡子高连说了两个"对了"，他在袋内摸出一本支票簿来，接着又这么地说。朱燕沉吟了一会儿，点了点头，秋波斜瞟了他一眼，说道："也好，你给我开五千元两张好了，因为我要付账去。"

"可以可以，朱小姐，从此以后，你就是我的秘书长了，我心里真觉得非常的高兴。"

胡子高开好了支票后，交给朱燕的时候，他又笑嘻嘻地说，表示这一份样儿喜悦的神气。朱燕把支票藏入皮包，向他也微微地一笑，故作不明白地问道："胡主席，那么我要问你，你们办公室在哪里？早晨几点钟办公？下午几点钟休息？你不是应该给我说个详细吗？还有中饭怎么办，是否供给的呢？"

"朱小姐，我觉得你还是不要这样称呼我比较好，因为我和你的交谊与别的同僚显然有点儿分别，被你这么地一叫喊，我们倒显得太生分了。"

"你这话似乎不大合理，因为我们已经做了官，当然应该有官场的气派，比方说，从前皇帝家中，他对子女们尚且自称父皇，可是这是和平民百姓完全不同的。你现在是堂堂主席，我若不这样地尊称你，被一班下属们听见了，这对于你的声誉很不好。所以我们交谊管交谊，公事管公事，这是应该有所分别的。"

"朱小姐说的当然极有道理，而且见识超人，所以我心里觉得非常的佩服。现在我还有一个请求，不知道你是否能够答应？"

"是什么事情？一个主席对下属说请求两字似乎太客气了，所以我觉得有点儿受不住。"

"我想秘书好像是一个当局人的灵魂，尤其在政治机关里，更不能有一刻的分离，所以我的意思，预备买好一幢小洋房，这里面是我和你的私人办公室，假使有什么事情，我们就可以随时加以讨论。就是每日到办公室视事，我也可以用汽车把你接送，至于吃饭问题，那你根本不用担心了，终不至于一个堂堂秘书长连吃饭的问题都不给你解决的。"

胡子高有了这一个秘书长之后，连说话都受了束缚，处处地方都被朱燕加以指摘。好在胡子高是个老面皮，他却装作不听见的样子，自管说出他心中这一番话来。朱燕心中这就暗想，果然不出我之所料，于是笑了一笑，点头说好。胡子高见她答应，乐得耸了耸肩膀，说道："那么明天早晨，我用汽车到府上来接你好不好？还有你的名字问题，似乎另外需要取一个。"

"不必了，我直接到七十六号来吧！名字就取单一个燕子的燕字，你瞧怎么样？"

"也好，下午我陪你到我预备好的小洋房里去看看，我给你卧房、书房都已陈设好了呢！"

"谢谢你，胡主席，你为我想得这样周到，我心里真感激你！"

"你是我秘书长了，我应该有个舒舒服服的地方安顿你，朱小姐，我们跳一次舞好吗？"

朱燕含笑站起来，两人便携手到舞池里去了。这晚胡子高兴趣很浓，和朱燕直跳到舞厅散后，方才匆匆分别而去。朱燕回到家里，克文还等着没有睡，一见朱燕回来，便急急地问道："姊姊，姓胡的来过了没有？他和你怎么地说呢？"

"弟弟，你听了我的告诉，那你就知道我的料事如神。"

朱燕一面脱了大衣，一面笑盈盈地把今夜在舞厅里和胡子高说的话，向克文告诉了一遍。克文听了，有点儿依依不舍的神情，低低地说道："那么姊姊明天夜里不预备住在这里的了？"

"他说明天下午给我去看这一座小洋房，假使卧房真的都舒齐了，说不定我就住在那里了。为什么你心中又难受起来了？"

克文摇摇头却没有作答。朱燕回过身子，去把手搭在他的肩胛上，忍不住对他憨然地笑了一会儿。克文觉得她吹气如兰，令人有点儿心醉，几次三番想偎上去和她接吻，可是却始终鼓不起这个勇气。朱燕似乎明白他心中的意思，她那颗芳心在摇荡着，那条手臂由他肩胛而挽到他脖子上去。克文被她这么一来，便忍不住地把她抱住，紧紧地接了一个长吻。良久，朱燕推开了他，站起身子，笑道："傻孩子，这是姊姊在临别一夜给你的一点儿安慰，不要难过了，还是快些睡吧！"

"姊姊，我祝福你永远的美丽。"

克文说着，便忍不住苦痛，急急地睡了。朱燕笑了一笑，方才也脱衣安寝。第二天早晨，朱燕和克文匆匆起身，用过早点，朱燕忽然从皮匣内取出一纸五千元支票交给克文，说给他零用。克文很不好意思地说道："学费、书籍已花费你不少，而且还住了你的房子，一切都是你的开销，我还要什么零用呢？"

"你这话简直叫我听了生气，我问你，你是不是我的弟弟？"

"是的。"

"既然是的，我做姊姊的给你弟弟零用，那也是分内之事，为什么你要这样的不安？拿去！"

朱燕这"拿去"两个字的口吻，显然是十分生气的样子。克文这才默默地不再说话，伸手把支票接过了。两人一同走出大门，一个上七十六号去，一个到学校里去读书。克文的学校是在大陆商场楼上，他在电梯门口忽然拾到了一只钱袋，这好像是女子用的东西，一时倒由不得怔怔地愣住了。

四、疑信参半猜煞女娇娘

李克文意想不到地拾到了一只钱袋，看了这式样就可以知道是女子用的东西，他心中暗想，这钱袋的主人不知是个怎么样的人物？就在这个时候，忽见电梯降下，铁栅门一开，里面首先走出一个女子来，好像很慌急的神气，在底下四处乱找。克文见她年龄大概在二十岁左右，服饰十分摩登。虽然她低了头，看不清楚她是个怎么样的脸儿，不过她的皮肤是很白嫩，腰肢儿也显得十分的窈窕。克文知道这个姑娘一定是失主无疑，遂向她叫了一声"喂"，接着说道："这位小姐，你在找什么东西呀？"

"哦，我在找一只钱袋，苹果绿色绣红花的，先生不知可曾见过吗？"那姑娘回过身子来，向克文望了一眼，低低地问。

克文把钱袋本来藏在背后，因为听她说得一点儿不错，知道不会冒认的，遂把手伸了回来，交还给她，说道："大概就是这只钱袋了，我在电梯门口拾到的。"

"对不起，先生你真好，我心里感激得很！"

那姑娘见他这样诚实，心里十二分欢喜，而且更有一种敬佩的意思，秋波脉脉含情地逗了他一瞥感激的目光，低低地说。一面打开钱袋，好像在检视的样子。克文为了避免嫌疑起见，遂又说道："小姐，你仔细检点一下，大概不会短少什么东西的。"

"不，先生，你不要误会我的意思，我怕你会疑心我冒认的，所以我在找一张名片给你，而且我是在华民大学里读书……"克文这两句话把那姑娘说得有点儿急了起来，连忙摇了一摇头，把手中一张名片递了过来，可是她的粉脸儿上已盖了一层桃红的色彩。

克文接过一看，见名片上是胡莺两字，下面写的江苏吴县，显然这位小姐还是苏州人，遂微笑道："原来胡小姐也在华民大学读书，那就凑巧得很！"

"这样说来，我们还是同学。请教贵姓大名？"

"敝姓李，名叫克文。"

两人说着话，电梯又降下来，于是一同走进电梯，便升到三楼去了。在三楼甬道上的窗口旁，都站满了青年男女，有的拿了书本在翻阅，有的三五成群地聚在一处谈笑着，这甬道便成了学府的校园了。克文和胡莺步出电梯，就见两个女学生上来拉了胡莺嘻嘻哈哈地笑着奔去了。胡莺回头向克文望了一眼，似乎打一个招呼的意思。克文把头一点，便也走到教室里去了。

克文坐在教室内，因为自己是个进校还只三天的新学生，所以同学们都不大熟悉，他也不便和人家搭讪，自管拿了一本应用地理来看。但他心中却在暗暗地细想，朱燕原来是个女间谍，怪不得她平日的思想谈吐都有超人的特点。我和她大概前世有缘分，所以她会待我这样的好。虽然我俩之间确实已经有了爱情作用，不过为了国家大事，我们到底没有堕在恋爱圈子内。但昨夜这一吻，显然在彼此已经有一个深刻的印象了。匆匆地想了一会儿，摇铃的声音已响了起来。同学们都从外面进来归座，这时见胡莺和几个女同学也匆匆地进来。她似乎发觉克文坐着的地方，却逗过来一个妩媚的娇笑。克文被她一笑，脸上反而红晕起来，因此低下头，故作不理会的样子去看书本了。

克文读的是上半天，下午没有课程，所以一放学，同学们都挟了书本匆匆地乘电梯下楼，克文因为电梯太小，人多，他不愿跟人家争前恐后去抢着乘，还是由扶梯上慢慢走下去好，所以他就向扶梯下走了。就在这时，后面有人低低地叫道："李先生，你回家了吗？"

"哦，胡小姐，我回家了。"

克文回头去望，原来却是胡莺，虽然觉得就这一句话是问得多余的事，不过他也会情不自禁地回答。胡莺加快了几步，已和他并步一同走了。两人又默然一会儿，胡莺心中暗想，这真奇怪，我从来没有见过这样老实的男子，一时便愈加要和他说话了，笑道："李先生，你好像是插班进来的，因为以前我没有见过你。"

"是的，我进校还只有三天。"克文点了点头，轻轻地说。

从三层楼走到楼下这长长一段路，他们就只有说了这两句一问一答。在走出大陆商场的时候，胡莺又向他含笑问道："李先生，你府上在什么地方？"

"在爱文义路圣德坊，我预备到抛球场乘电车了，胡小姐呢？"

胡莺在人行道旁边停了，含笑把手向街沿旁那辆自备三轮车指了指。克文知道她是一个贵族小姐，遂向她点头说了一声再见，便匆匆地走了。胡莺连忙把他叫住了，克文又回过身子来，望了她出神，好像有点儿不知其所以的神气。胡莺娇媚地笑道："李先生，你看这三轮车不是可以坐两个人吗？我送你回家，好不好？"

"恐怕不方便吧！"

"有什么不方便？因为我舍间在海格路口，那不是顺路的吗？李先生，不要客气，请坐吧！"

胡莺说完了这两句话，还把手摆了一摆。克文于是不再和她客气，遂和她一同跳上三轮车，车夫便向西驶行了。胡莺因为他不说话，一路上似乎显得很冷静，于是含笑又搭讪道："李先生府上老太爷老太太都很健强吧！不知道李先生有几位兄弟姊妹？"

"也许出乎意料之外，我在上海一个家里人都没有，只有我一个人。"

"那么都在乡下是不是？"

"不，都已经死了。"

"哦，这样说来，你的身世是怪可怜的，所以你的性情很沉默，这大概也是为了环境关系吧！"胡莺听他说这一句话的时候，至少是包含了一点儿凄凉的成分，一时用了感叹的口吻，显然表示十二分的同情。

克文觉得这位姑娘很会说话，便反而觉得无话可对，望了她一眼，只报之以微笑。三轮车到了圣德坊门口，克文叫车夫停下。胡莺在他跳下车子的时候，便问他说道："李先生，你在这里内第几家门牌？"

"三十八号，胡小姐，谢谢你，我们明天会！"

克文一面告诉，一面点头道了谢，便匆匆地步入弄内去了。胡莺一路坐车回家，一路想着李克文这一个人倒是好大的架子，见了我们年轻的姑娘，却一点儿没奉承的表示。但自己就是因为他的老实，感到他有一种与众不同的可爱。一路胡思乱想的，三轮车终于驶到海格路的胡公馆门口了。

胡公馆是一幢小型西班牙式的洋房，胡莺在按了电铃之后，就有一个十六七岁的小丫头前来开门，见了小姐便含笑说声"小姐你回来啦！"胡莺点点头，匆匆走到上房里。只见母亲坐在桌子旁抹骨牌打五关消遣，于是叫了一声妈。胡太太说道："孩子，你放学了吗？好叫张妈开饭了。"

胡太太一面说，一面把骨牌收拾到盒子里。胡莺把书本放到里面那一间自己的卧房里，待她回身走出来，见张妈已开上了饭菜。

小丫头荷花盛上两碗饭，于是母女两人坐下默默地吃饭。胡莺忽然想着了似的，向胡太太望了一眼，低低地问道："妈，爸爸有好几天不回家了，我看他这人近来就有点儿靠不住，妈得好好儿向他劝解劝解才好。否则他是糊里糊涂的，三妻四妾都会弄上了手的。"

"孩子，你也不要提起这个老糊涂了，看他活了这一把年纪，好像是活在狗身上。唉！前天我得到了一些风声，听说你爸爸和日本人勾结在一道，组织什么机关，专门暗杀爱国的志士。你想他这行为不是变死吗？日本人打我们中国，哪一个同胞心中不痛恨入骨？谁知道他还认贼作父，甘心出卖灵魂，残害有血气的好男儿，这不是被后世人要唾骂了吗？"

"妈，你这话是谁告诉你？我只晓得爸爸是开设了几家棉纱字号，原来他竟做了叛国之徒了吗？这还当了得?！他不但把祖宗的脸皮丢完，就是我做女儿的终身恐怕也要被他害得永远不见天日了！"

胡莺为了今年来百物飞涨，一次弄得民不聊生，一班小职员无不焦头烂额，不能维持生计。推其缘故，都是奸商作祟，投机操纵，囤积粮食，情愿百姓饿死，而不肯把满仓库的粮食平价出卖。胡莺认为父亲已经有了这种丧失心肝的行为，她已经表示十二分的不满意，可是万不料此刻又会听到母亲说出这一番话来，她那一颗芳心，这就更加惊骇得别别地乱跳起来。涨红了两颊，在说完了这两句话之后，她是表示无限的痛心。胡太太又微微地叹了一口气，说道："这是你大表哥前几天来对我说的，因为他本是在你爸爸开设的纱布字号里做会计主任，对于你爸爸的行动当然比较熟悉点。"

"妈，我想爸爸照此下去，恐怕是自取灭亡，眼前的作威作福，是绝不会久长的，将来死无葬身之地，倒是在意料之中的事情。我是他的女儿，有许多话当然不方便说，所以我认为爸爸的前途成败，妈实在有相当的责任。"

胡莺没有办法，只好用激将之法，希望母亲在爸身上多尽一点儿劝告的责任。胡太太用了感慨的口吻低低地说道："我也何尝不想劝告他，无奈他不回家中来，叫我到哪里去寻找他呢？"

　　"唉，我就想不到爸爸会走这一条路。"

　　胡莺的芳心是含了一点儿悲哀的成分，因此这一餐饭她就没有好好儿地吃，匆匆地回到自己卧房里去了。倒卧在床上，呆呆地想了一会儿，因为心中太烦恼了，好像卧房里的空气，会十二分的沉闷，于是她又想到了李克文，因为知道他是一个人住在上海，何不找他去谈谈。想定主意，便略加修饰，和胡太太只说去看望一个同学，匆匆坐车到圣德坊三十八号来。谁知到楼下一问，二房东回答，说姓李的从前是住在二层阁的，现在已搬场了，所以这里没有这一个人。胡莺碰了一鼻子灰，走出来，芳心中除了懊恼之外，又感觉十二分的奇怪，暗自想道：难道李克文骗我吗？也许他不是住在三十八号里的，不过他为什么要骗我呢？我想也许是自己听错的，但明明白白他告诉的是三十八号，我难道竟会糊涂得这个样子吗？那么他也许真的是住在二层阁上，恐怕他叫二房东故意回绝我的，这当然是因为怕我讥笑他贫穷的缘故。想到这里，她又回身到三十八号里去看个仔细，但不知在怎么一个感觉之后，她叹了一口气，终于走出里门外去了。其实二房东因为出租的人家实在多了，所以她有点儿记不清楚，只知道二层阁新搬入的是一家姓王的，因此把胡莺回绝了。

　　胡莺走后不到五分钟，李克文也从楼上匆匆地下来，他是预备去看望朱燕的。但到了七十六号去一问，里面说主席和秘书长在训过了一次话之后，他们已到外面吃午饭去，此刻不在办公室里了。克文听了，颇觉闷闷，也只好到公园里去闲散了。

　　第二天早晨起来，克文照例是先买报纸看，只见有一则很痛心的新闻，是前任救亡协会的孙会长遭人暗杀毙命，地点在他公馆的门口。盖孙氏在沪战爆发，即组织救亡协会，从事于战地服务，为祖国奔波效劳，不遗余力，国军西移，孙氏因年老力衰，不及随军西撤，闻日军进占租界，再三奉邀出任视事，甚至种种威胁，孙氏不为所动，缘是遭小人之妒，而竟有暗杀动机云。克文见了这段消息，大为忧愤，觉得上海真是万恶之地，号称文化荟萃之区，而竟有此等丧心病狂之徒，出卖灵魂，残害志士，实属可杀，因此他锄奸之心愈加坚决了。

在学校里和胡莺见面，彼此含笑点了点头。胡莺虽然有许多话要问克文，但不多一会儿，上课的铃声响了，因此就没有一个适当的机会，直到中午散了学，胡莺又跟着克文一同走下扶梯来，低低地笑道："李先生，你似乎太不忠实了一点儿。"

"为什么？胡小姐，你这话真叫我有点儿不明白。"

"你还要假痴假呆地装糊涂，你干吗骗我？"

"啊，我什么事情欺骗了你？我真有点儿莫名其妙呀！"

克文见她噘了噘小嘴儿，秋波逗给自己一个娇嗔，这娇嗔是益显现了妩媚的风韵，因为她粉颊儿上还是含了微微的甜笑，一时倒吃惊地叫了一声啊，表示摸不着头脑的样子，向她一本正经地问。胡莺这才老实地告诉他说道："你不是说住在圣德坊三十八号吗？可是到了里面，却问不着你的人。所以我心里是这么地想，大概像我这种人不够资格做你的同学，所以你会不愿意我到你的府上去。"

"胡小姐，你这是哪里话？叫我听了，不是有点儿难为情吗？我有些不懂，莫非你昨天到我家来过了吗？可是两点钟光景，我却是曾经到外面去过一次的。"

胡莺这话当然是包含了一点儿俏皮的成分，使克文听了，两颊会浮现一层红晕，遂笑了一笑，向她低低地告诉。胡莺奇怪道："李先生，你根本不住在三十八号里的，否则，房东太太也绝不会说这儿没有姓李的房客了。你怎么偏偏地还要假装一本正经的样子呢？"

"啊呀！这你就未免太冤枉人了，也许是你找错了门牌，我住在什么地方又不是犯法的，干吗要瞒骗你？所以这完全是你一种误会。"

"可是事实上我绝不会这么的糊涂，三十八号这四个字，我难道还会认不清楚吗？"

"呀，这就难了，我以为事实胜于雄辩，别的话我们且不必说，此刻你就跟我一同回家去，看是不是从三十八号里进去的？"

克文被她缠不过，这就急得没有了法子，遂向她微笑着说。胡莺听了，这似乎求之不得的事情，遂掀着酒窝儿，点头说了一声好的。于是两人跳上三轮车，便匆匆地驶到圣德坊去了。车子到了弄口停下，胡莺关照车夫，叫他自管回家，说午饭不回来吃了。克文听她这样向车夫说，一时他的心儿倒又忐忑地跳起来，暗想：她难道预备在我家里吃午饭了吗？这可坏了，我家里是冷饭开水泡，一只咸鸭蛋当小菜。现在加入了她这一个陌生的贵客，而且还是一个异性的姑娘家，那……那可怎的好呢？克文心中事这样的着急，不过表面上是绝对不显形于色的，和她走到三十八号的大门口，还抬头向门牌号码望了望，笑道："胡小姐，你看清楚了没有？这不是三十八号吗？"

"是的，那么我要到你府上坐一会儿，你终不可以拒绝我吧！"

"这是哪里的话？我为什么要拒绝你？其实我对于你这么一位贵客，真是欢迎还来不及的。那么胡小姐请吧！"

克文觉得这位姑娘有趣，他忍不住笑嘻嘻地说。胡莺对于他这一句欢迎的话，她芳心里有阵子甜蜜的感觉，秋波水盈盈地斜乜了他一眼，娇媚笑道："不要客气，还是你主人领路的好，因为我还不知道你住的哪一间。"

克文觉得她这话倒也不错，遂含笑领她走到楼上，拿司必灵钥匙开了客堂楼房门，然后微弯了腰，把手一摆，表示请她进内的意思。胡莺站在房门口，先瞥眼瞧到房中的陈设，尚称富丽美观。这就心中暗想，昨天那个二房东也许是听错了吧。克文第一步工作就是把窗帘拉开，这就使光线更明亮了一点儿。他回身对胡莺笑道："胡小姐，请坐吧！可不是？我这人素来不会说谎的。"

"这是你家二房东太混账了一点儿，也许是出租人家太多的缘故，所以弄不清楚了。"

胡莺听他这样说，也只好表示软化的神气，埋怨到二房东的头上。克文笑了一笑，便在热水瓶里先倒了一杯茶。胡莺在他倒茶的时候，偶然抬头望到壁上有一张半身女子的照片，笑靥媚人，十分可爱，一时倒又暗暗地奇怪，难道李克文已经是和人家结过婚的人了吗？否则，在自己卧房里，怎么挂了这么一张大的相片呢？不是妻子，也除非是最亲爱的情人了。想到情人两个字，不知为什么，她的芳心里立刻会有一种酸素作用，似乎十分的难堪，因此她的脸色是变得并不十分好看。克文把茶杯送到她面前的时候，她还没有理会到，直待克文呼了两声"胡小姐喝茶"的时候，她才惊醒过来似的，连忙伸手接了茶杯，说了一声"你不要客气"。克文含笑问道：

"胡小姐，你在看什么？竟出了神似的。"

"我在看这张照片，拍得姿势太好了，而且容貌也很美丽，不知是李先生的什么人？"

"是我的姊姊。"

"咦，你不是说姊妹兄弟都死了吗？我可有些不相信。"

胡莺咦了一声，她摇了摇头，并不相信地反问。克文暗想，这姑娘的记性倒不错，遂笑了一笑，说道："这不是我嫡亲的姊姊……"

"哦，那就是无怪了。不知她常常来吗？最好有给我介绍介绍的机会，不知她的人也和照片中一样的美丽可爱吗？"

克文听她说话的表情好像有一种妒忌的成分，一时倒不免暗暗好笑。想不到这位姑娘对我倒是一往情深，其实我和你是萍水相逢，我的生活上接触的人何必要你这样的关怀呢？不过他表面上还故意微微地笑了一笑，向她粉脸儿打量着，说道："虽然她和照相上是并不有什么丝毫的差别，但和你胡小姐比较起来，这似乎要输你几分了。"

"对不起，我不够资格给你这样高捧，捧得太高了，跌下来就可受不了。"

胡莺噘了噘小嘴，她好像有点儿抢白的语气。克文听了，一时倒不觉愕然，暗想：她竟和我有吵嘴的神气了，但这倒是显现了她天性的流露，很可以看出她对自己已有爱素的成分。他庆幸自己的艳福，不过他还记念着朱燕的恩典，所以他竭力避免彼此爱情的发展，故作望望桌子上的时钟，说道："时候不早了，胡小姐恐怕饿了吧？我们还是到外面小馆子里去吃点饭好不好？"

"你每天吃饭也上馆子吗？这样开销未免太大了，而且生活上也显得太枯燥一点儿。"

"不，平常日子我是家里吃的。"

"谁给你烧菜煮饭呢？"

"我叫隔壁厢房里有个老妈子每天烧一锅子饭，这就够我一个人的吃了。至于小菜问题说起来不好意思，我就买一点儿干的现成东西，随便吃点儿就算了。"

"那么我们今天也随便吃了点儿算了，为什么偏要上馆子呢？"

"你是难得请进来的，第一次就这样马马虎虎地对待客人，这在我似乎太不恭敬。"

"啊，嗬，我们是一个学校读书的同窗好友，难道你还把我当作上客看待吗？假使我认为彼此很陌生的话，那我也绝对不会在吃饭的时候走到你的府上来。"

克文听胡莺的话，显然她对自己表示非常知己的意思，一时倒弄得左右为难，搓了搓手，沉吟了一会儿，忍不住笑起来说道："并不是我要和你客气，因为开水泡饭，像你这么一位小姐，根本就咽不下去肚子里去。况且……况且小菜方面也没有什么预备，你怎么能吃得下？"

"李先生，你这话就不应该，我心里实在有点儿生气。"胡莺逗给他一个娇嗔，鼓着小嘴儿，真的表示了生气的样子。

克文这就呆住了，望了她一眼说道："胡小姐，我不懂，你为什么要生气？这是什么意思？"

"我这人的脾气就是这么样子，谁说我吃不惯苦，那就是对我莫大的侮辱。因为同样一个人类，谁应该吃苦，谁不应该吃苦，这个年头儿国破家残，多少同胞都在水深火热之中受着敌人铁蹄的蹂躏，不要说开水泡饭没福尝到，恐怕连玉蜀黍的粉都吃不到呢！所以你不要以为我是一个有钱人家小姐，好像每天非吃海参鱼翅不可，其实你这思想是绝对的错误，我今天偏要在这里吃两碗开水泡饭，你终不能够叫我不许吃吧！"

"只要你咽得下，不怪我怠慢了你，我就老实不和你客气了。"

克文听她滔滔地说了这么一大套正义的话，一时对她也有了几分敬意，觉得她也不是一个纯粹只知享乐的贵族小姐，于是笑了一笑，一面说，一面把热水瓶拿来，倒在饭锅子里，又怕不大热，遂放在电炉上把泡饭滚了一滚，然后盛了两碗。又在菜橱内取出两只咸蛋、一碗红豉腐，放在桌子上，自己看看，也实在觉得太不像样子，于是回身对胡莺说声"你坐一会儿"，他便转身要到房外去的样子。胡莺呆呆地看着他做着这种女子做的事情，她心里着实替他可怜了一阵子。此刻见他要走出房外去，便连忙伸手把他拉住了，低低地问道："你还预备到外面做些什么事情去？"

"我看这两样下粥的小菜，实在太不像话了，所以我到广东馆子去买点儿烧鸭烧肉来。"

"不，咸蛋我很爱吃，一样要到外面去买，我当初又何必阻挡你呢？李先生，你不要忧愁我吃不下饭，你看着我今天可以吃两碗。"

克文听她说完了话，连自己也哧哧地笑起来了。于是也只得罢了，和她一同在桌旁坐下。两人静静地吃泡饭，克文望着她，忍不住又好笑起来。胡莺问道："李先生，你笑什么？"

"我笑你在这里吃这一餐粗淡的午饭，也许在你生命中还只有破题儿第一遭吧！"

"不，记得我在战地服务的时候，曾经有一次肚子饿，可是找不到食物充饥，后来我拾到一张已发了霉花的大饼，当作奶油面包还吃得更有味道。"

"哦，你也做过救护工作吗？"

"为什么没有？沪战开始后，孙大为先生首先组织救亡协会，里面分了好几组，我和一班女同学就都去加入救护工作。后来国军撤退上海，我们为了家庭的缘故，所以没有随军西移。唉，我对于四行仓库的八百孤军表示最为敬佩，可是……现在被软禁在胶州路公园内的爱国壮士民族英雄，恐怕一般人也早已遗忘了吧！"

胡莺滔滔地说着，表示自己也并非是个平庸的女性。当她说到末了的时候，心中有层无限的悲愤，她忍不住深长地叹了一口气。克文听她提起了八百孤军，一时十分感触，忽然他记得了今天报上的新闻，遂恨恨地说道："你看过了今天报纸没有，孙大为先生被人暗杀了。"

"啊?! 我倒没有知道，你快把报纸拿给我看看!"

胡莺在加入救亡协会的时候，因为曾经和孙大为有几次谈话，所以在她脑海里确实已有一个慈祥和蔼的印象了。此刻一听这个消息，当然是大为吃惊，遂急急地向克文要报纸看。克文把早晨买来的报纸交给她，胡莺在看过了一遍之后，便情不自禁地切齿痛恨骂道："我真不相信这些汉奸们到底有没有心肝的? 也不知道他们是否是炎黄的子孙? 抑是出卖祖国而已投入了日本的国籍? 要不然，连三岁孩子也会喊着打倒日本人的口号，难道他们就不是十个月生养下来的禽兽? 唉，我真是越说越气了，可怜孙老先生他到底是为祖国而流了光荣的鲜血了。"

胡莺说到这里，猛可想起了自己的父亲，她芳心里只觉得一阵子剧痛，好像有刀在割一般。她恨自己不幸生长在这一个家庭里，一时她忍不住流起眼泪来了。克文见她是流泪了，心中倒认为她是一个至性的人，遂对她开始也有了一点儿敬爱的意思，连忙起身拿了一条毛巾，交给她拭泪，低低地安慰她说道："胡小姐，你不要伤心，不知廉耻的禽兽虽然多，但一班把生死置之度外的热血男儿也不在少数。所以终有一天，会把这些群丑一扫而光的。你是一个有血性的姑娘，所以我希望你虽然是流落在这孤岛般的上海，不过你千万还需要有个报国的志愿，那么复兴中国，并不是我们夸大了说一句话，当然，这伟大的责任，是还在我们青年人的身上。"

"是的，李先生你这话是很不错，所以我很愿意常常跟在你的身旁，请你多给我一点儿勇气，不知道你会不会把我感觉到讨厌吗?"

胡莺拭了眼泪，秋波盈盈地逗了他一瞥媚眼，她用了一种极温和的口吻，向他有些表示请求的意思。克文微微地一笑，说道："我们在一个学校里读书，本来可以每天见面。其实一个人在世界上，朋友是多多益善，只要你认为我这个朋友大概不至于会把你引坏，那么我如何会来讨厌你呢？"

"你是一个最忠实的青年，我觉得和你多在一块儿说话，一定可以增进知识，加强思想，绝对是有益无害的。"

"胡小姐，你真是说得我太好了，倒叫我听了反而感觉得很不好意思。"克文听她这样的赞美，虽然有点儿愧不敢当，但他心中是万分的得意，忍不住笑起来说。胡莺瞟了他一眼，摇了摇头，说道："我倒没有一点儿过分地赞美你，你瞧学校里的同学也不是你一个人，为什么我不说别人的好，而偏说你的好，也可见你确实有一点儿令人感到敬爱的地方。"

"真的吗？也许你是为了一点儿情感作用的缘故……"

胡莺说到后面有点儿羞涩的意态，粉脸儿这就像玫瑰花朵儿般地娇红起来。克文有点儿惊喜的样子，但是他说到后面这一句的时候，却又显得十分的平淡。胡莺以一个名门闺秀的身份，对克文表示这一种亲热的态度，谁知道克文还显得若即若离的神情，这使她芳心之中自然感到有些难受，遂微微地叹了一口气，却把粉脸儿低垂下来。

两人匆匆地吃完了饭，克文忙着倒面水，请胡莺自己洗脸，说化妆品都在梳妆台上，他自己却去收拾碗筷等东西。胡莺在洗脸的时候，她的心中又不免暗暗地想起来，这里莫非已经是他们同居的地方了吗？否则，一个男子住的卧房，怎么连胭脂花粉那些女人的东西都齐备了呢？这就未免有点儿可疑，难道克文是个无赖的少年吗？那我倒要留心一点儿才好。不过看他的行为，不但大方，而且也很老实，一点儿都没有那种浮滑的气息，这似乎叫人有点儿不了解了。胡莺洗完了脸，回头望了克文一眼，见他还在收拾碗筷，于是眼珠一转，这就有了主意，便低低地问道："李先生，我觉得你一个男人家来干这些女人的事，未免也太苦了一点儿，难道你这位姊姊就不时常到你府上来帮一点儿忙吗？"

"我姊姊她现在有职业了，所以忙得很！"

"哦，不知在什么地方做事情？"

"在一家……公司里做秘书，因为她也是个大学生呢！"

克文说到一家时，支吾了一会儿，方才圆了一个谎回答。胡莺觉得他说的终不免有些神秘的意思，所以心中十分纳闷，遂又追问道："我还没有请教你这位姊姊姓什么？叫什么？她府上在什么地方呢？不知可曾嫁人吗？"

胡莺在无意之中问出可曾嫁人的一句话，她心中十分欢喜，暗暗称赞自己的聪明，因为换句话说，就是问克文可曾和她结婚的意思，那么在他的回答中自然有个明显的表现了。克文为了避免自己说谎起见，他觉得即使说实话，那也没有大不了的事情，于是说道："我这个姊姊姓朱，名叫燕，其实这里本来就是她的家，我……还是从外埠来的。所以当初和她暂住一处，你不见房中放了两张铺吗？现在姊姊有了职业，而且供给膳宿，所以她这里就让给我一个人住了。"

"那么你从什么地方来呢？"

胡莺听他越说越神秘起来，回头见房中果然有两张床。但一男一女，既非同胞姊弟，若睡在一个卧房之中，那还有什么好事情吗？所以她疑神疑鬼的又猜测不定，而却对他低低问了一句。克文被她问得没有办法，因为不善撒谎的缘故，所以半晌却回答不出来。胡莺见他若有隐情的模样，这就连连地问下去。克文在这情形之下，遂把自己身世向她约略告诉一遍。胡莺听他是八百孤军之一，一时大为惊异，将信将疑，但表面上愈加敬佩他的样子，向他说了很多同情的话。这时已经两点相近，胡莺方才握手分别。

胡莺一路回家，一路想着克文这个人原来还是民族英雄，他说曾经在黄埔军官学校毕业过的，这话不知是真是假呢？胡莺想着回到家里，不料母亲却在垂泪伤心，胡莺吃了一惊，忙问何故，胡太太说："你大表哥早晨又来过了，他说你爸爸和一个女秘书住在霞飞路田米路口三百十一号的一座小洋房里，我看他从此是再也不会想家的了，叫我如何不要生气呢？"胡莺听了，心中大为气愤，劝母亲不要难过，说"女儿给你找爸爸去评道理。"于是她就坐了三轮车，叫车夫阿毛赶快踏到霞飞路田米路口三百十一号门口，然后揿了电铃。司阍巡捕不准她冒昧入内，问她看什么人。胡莺见他神气活现，心中一气，伸手就量了他一记耳光，怒气冲冲骂着"走狗，你真是瞎了眼睛，我连自己家中都不能来吗？"大家正在吵闹的时候里面走出一个女子来，胡莺抬头望去，觉得这个女子非常面熟，好像在什么地方看见过了。忽然她想到了克文家中挂着的那张小照，一时倒忍不住奇怪地怔怔地愣住了。

五、鸡犬登场　丑态百出

朱燕在七十六号和胡子高相见之后，子高是显出十二分欢喜的样子，和她紧紧地握了一阵子手。一面指着那边靠右的写字台，说："这是你的坐案，不是给你都预备舒齐了吗？"朱燕含笑说声谢谢，表示十二分的感激。胡子高向她又说："今天我要召集部下属员，开一个训话会，特地把你给他们认识认识，这在你不是很光荣和很有面子的吗？"朱燕连声说好极了。这时就有一个随从模样的人进来，向胡子高行礼，说道："报告主席，全体已在会场里排齐了队伍，不知道主席和秘书长可以前去训话了吗？"

"嗯，知道了，我们马上就来。"

胡子高沉着脸，显现了那种神圣不可侵犯的严肃态度，嗯了一声回答。侍从迎了一声是，两脚脚跟一并，早又立正行礼退出去了。这里胡子高立刻变换了一副笑脸儿，把手一摆，说了一声，请，朱燕便一点头，挺着胸部向会场里走了。

会场里黑黢黢的全都是人头，那个小沈自然也是挤在中间的一分子。他心中暗暗地在想，也不过是一个女秘书，又不是什么大不了的人物，主席偏要这样小题大做，这真是岂有此理，一窍不通。他妈的，这女秘书也不知是个怎样的尤物，所以主席会把她迷恋得像皇太后一般地看待了。小沈心中正在恨恨地暗想，万不料跟着主席走到主席台上去的那个女秘书，竟是自己下午预备去和她解决婚

188

姻问题的朱蓓蓓。他心中这一惊奇，忍不住啊呀的一声要叫起来。不过他还以为自己眼花看错了人，所以抬上手在眼皮上来回揉擦了一下，定睛仔细望去，那还不是朱蓓蓓，是谁呢？一时气得愤怒的思绪镇静下来，心中暗暗地想了一会儿，原来这贱货早就和主席认识的，所以那天对我说的话，都是那么的俏皮，大概她算定了今天要来做秘书长，所以故意约我下午到大东旅社去谈婚约。他妈的！这贱货不是明明地在捉弄我吗？小沈越想越气，这时却听主席在报告道："诸位同志们，今天我们团体里很荣幸地参加了一位朱燕小姐，她是清光大学毕业生，而且曾经留学在日本早稻田大学，现在学成回国，我们请她来担任本团的秘书长，以后本团的前途一定是更加的灿烂，更加的光明。她虽然是个年轻的姑娘，但是学识丰富，经验充足，中西文学更是广博，所以诸位同志以后要听从朱秘书长的命令，在朱秘书长领导之下，共同步上光明的大道，因为朱秘书长就是敝人的代表，朱秘书长所发的言论也就是和我说的一样。现在请朱秘书长致训词。"

　　胡子高莫名其妙地向大家胡乱地把朱燕捧到三十三天里去，但下面一群莫名其妙的人真的也会噼噼啪啪地拍了一阵子手。只有小沈心中十分不服气，暗想，这小子说了一百二十个朱秘书长，什么大学留学，也无非是米高美舞厅里一个舞女罢了。但这时朱燕却大大方方地走到主席台前来，含笑向众人弯了弯腰，用了清朗的口音，对大家说道："诸位弟兄们，敝人很惭愧，居然来担任这个重要的职位，这实在是有点儿自不量力，只不过禁不住胡主席再四地奉邀，因此也就情面难却，只好勉力为之。在这里我要对诸位弟兄们说几句话，就是我们身为中华民国的百姓，那么我们应该为中华民国而效劳，良心要对得住国家，对得住自己祖先，这样我们才不愧为中华民国好百姓……"

朱燕觉得自己站在这个立场上要说几句话实在很不容易，所以她还是以国家为原则，说了几句爱护国家的话。众人在下面听了，早又拍了一阵子手。大会在这样局面之下，便草草地结束了。胡子高见时候快近中午，遂请朱燕到外面去用午膳。害得小沈气得一个半死，下午这个约会，他当然也不会再去上她的当了。

胡子高和朱燕坐了汽车到国际饭店孔雀厅，侍者招待入座，胡子高问朱燕吃中菜还是吃西餐，因为只有两个人，还是吃西菜比较清洁，于是叫了两客最名贵的西餐。胡子高今天心中是特别兴奋，所以他喝了几杯白兰地。朱燕是擅长交际的，烟酒都会，所以在一旁也陪喝几杯。可是胡子高倒已经微有醉意，见了朱燕白里透红的粉脸儿，他一颗色心是不住地在动荡，言语之中多少包含了无限敬爱的意思。朱燕是个多么聪敏的姑娘，她若即若离的样子，叫胡子高心里感到奇痒之外，却又一无所得。吃完了这一餐饭，胡子高方才陪了朱燕坐汽车到霞飞路三百十一号那幢小洋房里去了。

汽车到了洋房门口，刚停下的时候，只见一个司阍巡捕走上来，拉开了汽车的车门，站在一旁，恭恭敬敬地等候他们下车，然后迎接两人入内。胡子高到了客厅，里面有个听差模样的人，含笑迎出来，口喊主席回来了，待他们两人到客厅坐下，先泡了两杯清香的代代花茶。朱燕见厅内陈设完全欧化，装潢得富丽堂皇，十分美观。两人在用过香茗之后，胡子高起身，含笑向朱燕说了一声"我们到楼上去看看吧"，朱燕含笑说好，遂跟他上楼。在扶梯口有个小丫头迎候着，口叫主席回来了。胡子高点了点头，一面向朱燕说道："朱小姐，这是丫头小丽，原预备服侍你的。小丽，这是朱秘书长，以后千万要好好地服侍，不可怠慢，知道吗？快上前见礼。"

小丽是个很玲珑的婢女，她笑盈盈地向朱燕鞠了一个躬，低低地叫喊，一面接入一个房间，是陈设了书卷的气味，显然是书房的样子。胡子高向四周望了一眼，含笑向朱燕问道："朱小姐，你看这间书房还算清雅吗？"

"嗯，还算好，还算好。"

朱燕嗯了一声，表示很随便地回答。胡子高费尽心血脑汁地代朱燕特地陈设房间，自以为非常得意，可是只有博得朱燕两声还算好，他也只有苦笑而已，于是又引她步入卧房。朱燕一脚跨进房中，就闻到一阵细细的幽香，再看房中陈设，真是清幽已极，仿佛身入仙境，觉得十分满意。方才点了点头，情不自禁地说道："这一间卧房确实很不错，胡主席，你亲自给我费心的吗？可是辛苦了您！"

"是的是的，朱小姐，只要你心中感到满意，我是已经够欢喜的了，辛苦一点儿算得了什么。"

胡子高听了这一声不错，好像是千金难买的可贵，他立刻乐得耸了两耸肩膀，用了一种小人拍马的工夫，笑嘻嘻地回答。朱燕却并不作声，只把秋波水盈盈地逗给他一个妩媚的娇笑，却步到阳台外去观看院子里景色了。春天的季节，绿叶是十分的茂盛，院子里还植了些红红的花卉，朱燕凭了绿漆的铁栏杆，由不得呆呆地想了一会儿心事。阳光暖和和地照着身上，因为是喝过了一点儿酒的缘故，她心里微微地像水波似的荡漾。就在这个时候，胡子高已站在她的身后，把手在她肩胛上轻轻地按了下去。朱燕回过身子，胡子高连忙缩回了手，笑道："朱小姐，你在看什么？"

"不看什么，我觉得这里四周的景物很够清雅两个字，那么胡主席住在什么地方？"

"哦，我就是住在你隔壁的那两间，要不要我陪你一同去看看？"

朱燕点点头说好，两人遂走到隔壁两间，那边也是书房和卧室，装置也是十二分的考究。胡子高请她坐下，递给她一支烟卷，亲自给她打着了火机。朱燕把右脚搁在左膝上，摇摆了一下，那吸烟的姿态相当的美妙。忽然她想到了什么似的，哎了一声，问道："胡主席，我好像还没有问过你家的家世，那么你尊夫人也住到这里来吗？"

"不，她……她还没有一定，因为她本来有很好住的地方，搬来搬去，其实也是多一种麻烦。"

"那么你有几位令郎令爱？他们是否和你尊夫人住在一处？"

"我只有一个女儿，名叫胡莺，可是却没有一个儿子。"

"既然她们一共只有母女两个人，我以为叫她们不妨也住到这里来，这对于你的起居饮食，似乎可以便利得多。"

"朱小姐，你不知道，我对于这一个内人，感情素来不睦，所以住在一起，难免就要时常吵闹。况且她也没有生一个儿子，所以我对她表示非常失望。"

"也许你命中没有儿子，我以为这责任倒不能完全推诿在你夫人的身上。"

朱燕见他说话的表情，至少有点儿憎恨的意思，遂微微地一笑，用了俏皮的口吻，代胡太太低低地辩护。胡子高的脸儿不期然地有点儿发红，支吾了一会儿，说道："这也难说，因为我曾经算过命，说我命中本来有三个儿子，大概是内人偷懒的缘故，所以，所以……我想再娶一个新夫人。"

"新夫人？那么你把这位旧夫人预备怎么样呢？你难道不知道重婚是有罪的吗？"

朱燕听他说话慢慢地接近起来，这就沉了脸，先拿法律两个字去提醒他。胡子高点了点头，他吸了一口烟卷，然后又望了她脸儿，笑道："这个我也懂得一点儿，不过照我的地位、我的势力，似乎可以不受法律的限制。所以我要怎么样，外界当然不敢有一点儿指摘可言。"

192

"但是你认为心目中的对象她是否肯随随便便答应你这样做呢？我认为这倒是一个值得研究的问题。"

胡子高听她这么说，一时便有点儿明白过来，显然她在告诉我，她是不肯委屈做我的小妾，一时望着她倒有点儿愕然，显出为难的样子。原来胡子高生成是一个怕老婆，他见了胡太太，好像是小鬼见了阎王一般，只要胡太太呵了一声，他也立刻会心惊肉跳表示丧胆的神气。在他以为朱燕是个舞女，只要给她物质上感到满意，她自然可以投在自己的怀抱了。谁知她还不肯做小，因此他把一股子火热的心倒又不禁慢慢地冷了下来。就在这个时候，小丽在身后叫道："主席，咖啡茶放在秘书长室内，还是过去喝，还是去拿到这里来？"

"我们过去喝吧！"

朱燕不待胡子高回答，她先低低地说。小丽应了一声，便向房外退出。这里朱燕回到自己的卧房，胡子高悄悄地跟在后面。只见一张小圆桌上放了一盘西点蛋糕、两杯咖啡，还有一小盅牛奶。胡子高遂请朱燕坐下，他握了牛奶杯，在她咖啡里先倒了一半，然后给她放了四块方糖。朱燕拿了银匙，在咖啡杯里掏了掏，凑在嘴上慢慢地呷着。胡子高此刻看到她的姿态，真是美到了极点，于是垂涎欲滴的神气，笑道："朱小姐，我活了四十五年来，见过的女人，好好坏坏的倒也不能说少，但是我觉得你的美丽，真是一般世人所不及的！"

"这也许是你过于夸奖的缘故，因为我自己觉得也无非是个普通的女子罢了。"

胡子高听了，忽然地站起身子来，向朱燕身旁走了两步，竟然在她面前直挺挺地跪了下来。朱燕对了他这举动虽然是出乎意料之外的，不过也并不表示怎么惊奇，她依然大大方方地坐在椅子上，笑着说道："胡主席，我可不懂你这是一回什么事情？"

"朱小姐，我实在再不能忍耐了，我为你费尽了多少心血脑汁，使你的地位抬得这么高，使你的享受进展到这么的舒服，我为来为去，是为你心中快乐，同时更希望你成功到一位国母的样子，因为你学贯中西，将来我开会出席都需要你在旁边给我参加意见，所以你根本是我的灵魂，我是少不了你。现在我不管主席的身份，我情愿跪在我灵魂的面前，向你虔虔诚诚地求婚。你是慈航普度，你是无量寿佛，你一定能可怜我，你一定能同情我，哦！我的朱小姐，我亲爱的灵魂，你就答应嫁给我吧！"

朱燕见他直挺挺地跪在面前，滔滔不绝地说出了这一番话，这情景倒好像是教堂里的信徒，向主耶稣在做祷告的样子。她心里感到有趣，忍不住笑出声音来，同时她还代替子高说了一句"阿门！"胡子高听她这样说，倒弄得莫名其妙地愣怔怔地问道："朱小姐，你这是什么意思？难道你已经是答应我的表示了吗？"

"答应你什么？我真有点儿丈二和尚摸不着头脑，因为我见你这一番言语和情景完全是向主耶稣做祷告的样子，不过你漏落了一句阿门的话，所以我代你补充一句的意思。"

胡子高听她这么回答，一时弄得面红耳赤，真有点儿啼笑皆非起来。唉了一声，慢慢地把脚膝跪着挨近过去，低低地说道："朱小姐，你弄错了，我哪里是在做什么祷告，我是向你求婚呀！"

"向我求婚？这是打哪说起？你……不是已经是有了妻子女儿的人了吗？"

"虽然我已经有了妻子，但我一点儿都不满意，我……已经是个身为主席的人了，我怎么还能够忍耐着不再娶一个有学识有才干的太太呢？所以我为了前途的光明，我不能不向你求婚，假使你不能答应我的话，我可以和妻子先去离婚……"

胡子高没有办法，最后只好逼着说出这一句末了的话。朱燕在这情形之下，遂转了转乌圆眸珠，计上心来，笑道："假使你真的肯和她发起离婚，那么我当然可以答应你。否则，我是绝对不能给任何人做小的。"

"我一定去离婚，我一定去离婚。"

朱燕见他特别兴奋的样子，遂伸手把他扶起来。胡子高心中是甜蜜蜜的，他趁势在朱燕手背上吻了一下。但朱燕却量了他一下子耳光，一面偎过身子去，笑盈盈地说道："打是情来骂是爱，你这只狗现在可欢喜了吧！"

"是的，我心里太欢喜了，你打了我这一记耳光，不知怎么的我全身骨头会轻松了许多。"

胡子高被她打了这一记耳光，起初倒是一惊，按住了面孔，有点儿发怔的神气。及至听她说出了这两句话，他立刻又欢喜起来。真的打是情来骂是爱，现在她打了也打过了，骂也骂过了，可见她完全有爱我的意思了。所以他耸着肩膀，乐得发狂的样子。就在这个时候，小丽在门外笃笃地敲了两声，胡子高这就立刻又显出严肃的态度，大声喝问道："是谁？进来。"

"报告主席，外面有个日本人来找您。"

"哦哦，我马上就来，你快倒茶敬烟去招待他呀！"

胡子高一听这个消息，马上显出慌张的形色，一面向小丽叮嘱，一面待小丽走后，又对朱燕低低地说道："朱秘书长，你陪我一同出去接见他吧！不知道怎么的，我见了日本人，听了他们的说话，我胸中就会有点儿吓唑唑的。"

"你何必这样胆子小？日本人又不是生了三头六臂，为什么要害怕呢？我和你一同出去吧。"

朱燕听他这样说，觉得他可怜又可笑，遂瞟了他一眼回答，多少包含了一点儿轻视的成分。胡子高巴不得她有这一句话，方才大了胆子，和朱燕一同走到楼下会客室。先给他们介绍了一下，原来这日本人叫野本三郎，是宪兵队的队长，他责问胡子高对于部下人员好像在工作上并无多大的成绩，所以上峰十分不满意。本来野本三郎的语气是还要凶恶一点儿，幸亏朱燕也会几句日本话，用了委婉的措辞，把野本三郎又欢喜起来，于是关照胡子高，在三天之内，必定要有一点儿成绩，否则将有处罚。吓得胡子高连声答应，额角上的汗点子会像蒸汽水般地冒上来，待把野本三郎送出门口，方才惊魂稍定，向朱燕笑道："我真想不到朱小姐还会来几句日本话，总算我的眼力不错，一定要请你做了我的秘书长，果然你真能干。假使没有你来对付这个恶鬼的话，恐怕我要急得屁都急出来了。"

"唉，枉为你是一个堂堂的主席，亏你说出这个话来，真是丢脸！"

"不要紧，在日本人面前丢脸算不得什么稀奇。"

"那么在我的面前呢？你是一个七尺之躯，我却是一个女人家呢！"

"在你的面前那当然是更加不要紧了，我的燕，你本来就是我的灵魂呀！"

朱燕见他嬉皮笑脸的神气，这就狠狠地逗给他一个白眼。胡子高却肉麻当有趣的，还十二分的得意，但他想到了野本三郎的话，于是又打了一个电话到七十六号，吩咐总队长关于努力工作的事情。总队长连声答应，所以在第二天早晨报纸上，便有了孙大为惨遭暗杀的消息，据说就是沈一定干成功的。沈一定就是小沈，当下胡子高在野本三郎那里便有了交账，对于沈一定的勇敢，却大为嘉奖，特地请了沈一定到他三百十一号里来吃饭。沈一定见主席颇有得宠之意，自然十分欢喜，可是到了三百十一号的主席公馆，万不料朱蓓蓓也会在那边。沈一定这就有些窘住了，但也只好硬着头皮，向他们立正行礼，先叫了一声主席，又向朱蓓蓓叫了一声秘书长。朱燕却大模大样地坐在那里，只对他微微地一笑，说道："小沈，你办事情真是能干，我们主席非常喜欢，所以特地请你吃饭。"

"岂敢岂敢，承蒙秘书长夸奖，小子实在惭愧之至。"

沈一定在胡子高的面前，也只好做不认识的样子，垂首侍立，十分恭敬的神气回答。胡子高哈哈地笑了一阵，望着他脸儿，点头说道："小沈，朱秘书长很看重你，这是你的幸运，倘使你以后更加的努力，那么你就有升任大队长的希望。"

"这是主席的恩典，小子感铭肺腑，一定舍身相报。"

沈一定又低低地道谢。这时小丽进来报告，说是主席的电话。胡子高于是便走到电话间里去了。沈一定见胡子高走开，便对朱燕叫了一声蓓蓓，笑嘻嘻地说道："你太不应该了，为什么这样地捉弄我呢？害得我……"

"什么？小沈，你也放一点儿规矩出来，彼一时此一时，你要明白，我现在可是你的上司，你敢对我再说这一种话吗？"

朱燕不等他再说下去，便绷住了粉脸儿，显出冷若冰霜的态度，向他薄怒娇嗔地叱喝。急得沈一定向后倒退了一步，低下了头，连声说"是，是"。朱燕忍不住得意地一笑，对他又说道："小沈，你现在可信得过我的话了吗？你是堂堂中队长，可是你见了我，敢不行礼吗？"

"秘书长你不要生气，我本来愿意跪在地上给你叩头的！"

沈一定说到这里，他不怕倒霉坍台地就跪了下来，而且还一步一步地跪近过去，一手按到朱燕的膝上，用了可怜的口吻，说道："秘书长，在过去我确实太混账，不该在你面前耀武扬威，我确实是该死极了。不过我对你并没有一点儿恶意的存心，因为你一切太使我感到可爱了，所以在我也无非是诚诚心心向你求婚的意思。现在你是比我高升了，我当然没有资格再可以来配得上你，不过我希望你不要把我记恨在心，倘然你肯可怜我的话，我就是为你死了，我也情愿的。"

"你真是一个傻孩子，快起来吧！我要给你知道，螳螂虽狠，后面还有麻雀，而麻雀后面却还有猎夫呢，所以一个人终不能太以骄傲，你以为你做了一个中队长，好像你的势力就可以来左右我的一切了，可是你怎么知道我比你要权威得多哪！"

朱燕一面扶起他来，一面用了教训的口吻，向他低低地说。沈一定看她神情，对自己好像也没有什么恶感的意思，心里这就又存了一种希望，他挨近朱燕的身子，低低地说道："秘书长，我对你绝没有什么异心，所以你有用得到我的地方，我终可以给你效忠。只要你不讨厌我，我对你真是感激涕零了。"

"啊，小沈，你和朱秘书长在谈些什么话呀？"

就在这个时候，胡子高匆匆地听了电话出来，他似乎发觉沈一定对朱燕有点儿鬼鬼祟祟很亲密的样子，于是他的心中就不免妒忌起来。暗想，小沈是一个小白脸儿，莫非他趁此在向朱燕勾引了吗？一时十分愤恨，便绷住了脸，向小沈很严肃地追问。沈一定见了胡子高在门口出现，显出这么凶险的样子，因为是虚心的缘故，所以急得两颊发红，几乎呆呆地说不上话来。朱燕于是微笑道："胡主席，我在向他问当时工作的经过，他说还有许多名单在他手里，预备挨日地干下去。我想他真能干，因为他做事有功绩，你在日本人面前不是可以有交代了吗？"

"小沈，不过你千万小心一点儿才好，我觉得你少年英俊，一表非凡，所以我很欢喜你，只要你努力工作，我一定会给你许多的好处。"

胡子高为了日本人那张脸实在怕人，所以听了朱燕的话，觉得小沈倒是自己一个很得力的人，假使把他做掉了话，自己在日本人面前就难免要吃亏了，因此他立刻又显出微笑来，向沈一定好好地安慰。沈一定这才放下心来，遂忙说道："为主席而效劳，这是我们应该尽的义务，哪里谈得到好处两个字呢？"

"小沈这话很有道理，主席倒要另眼相待，将来也是你一个心腹之人。"

朱燕在旁边又故意一本正经地怂恿。胡子高点点头，就在这时，厨下已开上饭来。胡子高请沈一定坐下，小沈不敢就座，问还有客人没有，胡子高说没有别的客人，只是我们三人吃一餐便饭而已。于是大家入席，听差的斟上三杯啤酒，大家便且饮且谈起来。

胡子高饮酒吃菜的时候，他心中不免暗暗地盘算了一阵子，觉得小沈这个人对自己虽然有利，但不过也有一点儿害处，因为他是一个小白脸儿，比我当然是漂亮得多，看今天的情形，就是小沈不敢有追求朱燕的表示，然朱燕对他的举动，好像有点儿亲热的样子。那么久而久之，他们两人一定发生肉体上的关系。那么我辛辛苦苦地提拔朱燕，而叫这小子坐享其成，那不是叫我更痛心了吗。倘然把他除掉，自己团内就缺少了好人才，那么我的地位就有动摇的危险。左思右想地沉吟了一会儿，方才想出一个两全其美的办法来，遂望着小沈问道："小沈，你今年几岁了？家里父母都在吗？"

"小子虚岁二十三岁，爸爸是新陆银行协理，我妈也很健在。"

"那么你可曾娶了妻子没有？"

"还没有，我觉在这个年头儿，正应该造事业的时候，所以娶妻子似乎还太早一点儿。"

朱燕在旁边听他这样回答，倒由不得瞟了他一个媚眼，忍不住抿着嘴儿嫣然地笑了。小沈被她一笑，猛可想到对她求婚的一回事，于是两颊忍不住又红了起来。胡子高当然是不会知道他们两人肚子里的事情，他自管地在想一种计划，遂微笑道："小沈，我觉得你是一个有作为的青年，所以我对你表示非常的敬爱。现在我有一件事情要跟你商量，不知道你的心中是否表示欢喜？"

"主席有什么吩咐？只要小子能够做得到，一定是很欢喜。"

"我有一个小女，名叫胡莺，今年二十一岁，还在大学里念书。她的容貌，倒也生得不俗，意欲配你为妻，不知你的意下如何？"

沈一定万不料他会说出这一种话来，一时倒弄得左右为难起来。因为胡子高是个堂堂主席，他的女儿肯嫁给我做妻子，那我还不是像招了驸马一样的光荣吗，照理是应该感到分外的欣喜。不过朱蓓蓓今天对我的态度看来，在我似乎还没有十分的失望，因为答应了胡子高，在朱蓓蓓一方面自然只好放弃，那是一件多么可惜的事情。况且他女儿的容貌是否美丽，这还是一个问题，所以他呆住了并不作答。胡子高见了他这种情形，倒生气了，遂很严肃地问道："小沈，你为什么不回答？好歹似乎应该有个表示。吓，我知道了，大概我还够不到资格来配上你这一个高亲吧！所以叫你有点儿左右为难起来了。"

"啊，嗬，主席大人，你怎么说出这些话来了，那叫我不是有点儿坐不住了吗？"

小沈一见他面孔怒气冲冲的样子，他这就吓得一头冷汗，连忙站起身子，表示连坐都不敢的模样，他竟叫起主席大人来了。凭了这一句大人的话，就知道他已经有允诺的意思。胡子高方才缓和了一点儿口吻，向他继续地问下去说道："那么你快回答我，到底喜欢不喜欢？"

"承蒙抬爱，感到骨髓，老丈人在上，小婿就在此拜见了。"

小沈在他至少包含了一点儿威胁的口吻之下，遂离开桌旁，一面回答，一面向子高跪下来拜。胡子高这才乐得什么似的，哈哈地笑了一阵。一面扶起来，一面又转念说道："小沈，快起来，快起来，那么你也该向秘书长行一个大礼，因为她和你岳父情同手足，照理也是你的长辈，快与我叩下头去。"

小沈对于这命令式的吩咐也没有办法，只好向朱燕叩下头去，但朱燕动也不动地只喊免礼，而并不扶他。小沈连忙自己爬起来，心中这就暗想，当然啰，朱蓓蓓听我认他做了岳父，这也难怪她心中要生气的了。所以坐在桌边，偷眼向朱燕望了几眼，大有坐立不安的神气。朱燕知道胡子高这一种建议，完全是为了防备我和小沈发生爱情，而使他感到失望的缘故。一时倒感觉有趣，却忍不住暗暗地好笑。这一餐饭吃毕，胡子高表示最兴奋。沈一定却担了十分心事，他怕胡子高的女儿，会像一个母夜叉般的丑恶。只有朱燕坐在沙发上，呆呆地在计划她心里的一切。听差的把碗筷收拾下去，又倒上三杯香茗。三人正在闲坐的时候，忽听外面有人在吵闹的声音。朱燕站起身子，向外望去，见是一个年轻的姑娘和管门的在吵闹，于是便匆匆地走上来问仔细了。

六、父女反目作势装腔

　　胡莺见了朱燕，再也想不到她便是克文的所谓姊姊这个女子，一时倒弄得莫名其妙。暗想，难道她就是爸爸的外室了吗？正在这时，司阍巡捕向朱燕哭丧着脸告诉胡莺无礼行凶打人，非把她治罪不可。朱燕听了，遂向胡莺望了一眼，低低地问道："请问姑娘贵姓大名，到这里找什么人来的？"

　　"笑话了，这是我爸爸的公馆，我自己家中难道不好来的吗？"

　　胡莺冷笑了一声，表示怒气未息的样子，愤愤地回答。朱燕这才哦了一声，连忙抢步上前，和她握了一阵子手，笑起来道："对了，刚才还听你令尊提起了你，你莫非就是胡莺小姐？"

　　"不敢不敢，这位小姐贵姓大名？还没有请教。"

　　"我吗，姓朱名燕，就是七十六号的秘书长。这奴才真是该死极了，还说把小姐押到巡捕房里去治罪，你莫非是瞎了眼乌珠了吗？"

　　朱燕一面笑嘻嘻地回答，一面又回过头去对司阍大骂了一顿，急得司阍脸无人色，向胡莺叫了一声主席小姐，一面跪了下来，一面连连地求饶。胡莺却理也不理他，自管向朱燕打量了一下，暗想，果然就是这个女子。遂含了讽刺的成分俏皮地笑道："原来还是堂堂的秘书长，那我倒是失敬得很，请问我爸爸在里面吗？"

　　"在里面，在里面，胡小姐，我们进里面坐吧！"

　　朱燕被她讥笑了一句，但却并不感到怒意，反而含笑和她一同

202

到里面去走。司阍见她们走远，方才敢站起身子，两手拍了拍膝踝上的灰尘，也只好连声地自叫晦气。朱燕和胡莺到了会客室，胡子高一见女儿，便十分喜欢地笑道："莺儿，你今天来得真是好极了，我来给你介绍，这位是沈一定先生，年少英俊，学贯中西，真是一个好人才。"

"哦，沈先生。"

"胡小姐，请坐请坐。"

胡莺在父亲的面前，一时把来时的怒火倒又平息下来。虽然很不愿意，但她是个性情温柔的姑娘，知书达理，不肯得罪他人，遂向小沈低低地招呼了一声。一定见胡莺比朱燕更年轻，虽然容貌的美丽各有风韵，但到底也是个一绝色人才，所以把刚才担的心事完全放下，含了满脸笑容，请她坐下。胡莺一面点头，一面坐下，向子高说道："爸爸，你知道我今天的来意吗?"

"当然知道一点儿，不过我为了公务太忙的缘故，所以实在也有不得已的苦衷，现在你且不必说什么，我一切都已明白，回头和你回家去谈谈。如今先要告诉你一件事情，就是我已经把你许配人了。"

胡子高明白是她母亲叫她来兴师问罪的，他怕在朱燕和小沈的面前，女儿会说出使自己感到难堪的话来，所以一面阻止了她，一面又向她含笑告诉。胡莺一听父亲这么说，那真是做梦也意想不到的事情，因为室内还有两个陌生的人，虽然她是一个大学生，但两颊也不免浮现了桃花的色彩，表示很不高兴的神气，逗给子高一个娇嗔，说道："爸爸，你在说的什么话? 我真有点儿弄不明白起来了。"

"这也没有什么弄不懂的，我确实已经给你找好了如意郎君，老实对你说，就是这一个沈先生，你看他不是一个英俊的少年吗? 我觉得你们是很相配的一对玉人。现在文明世界，根本没有关系，今天给你们可以开始先交一个朋友，将来你们一定很中意的。"

胡莺万不料父亲给自己所说的对象，竟就是这个姓沈的少年，一时芳心像小鹿般地乱撞，秋波望了他一眼，谁知沈一定也望着自己微微地发笑，因此脸儿好像喝醉了酒似的通红起来了。胡子高在旁边见女儿这样羞涩的态度，还以为她是喜欢的意思，遂又笑着说道："莺儿，你见这位沈先生的容貌不错吧？而且才学也好，做人又能干，不知道你心中觉得怎么样？"

"爸爸，你弄错了，我今天来的目的，并不是为了我自己来找夫婿的，我是完全为了你的前途问题，并我们整个家庭幸福而来的。所以我有许多许多的话要跟你说，请你老人家莫见怪我女儿得罪了你……"

胡莺用了一本正经的口吻，对她父亲说到这里，不免顿了一顿。但胡子高不待她再说下去，便先接口说道："莺儿，你大可以不必说下去，我什么全都很明白。朱秘书长，你陪我女儿到楼上去坐吧！"

"胡小姐，你不要这样气恼的神气，还是跟我到楼上去坐一会儿吧！"

朱燕拉了胡莺的手，匆匆地走到楼上去。胡莺心中暗想：我在父亲面前到底有许多的话说不出口，因为我究竟是他生养出来的。现在朱燕拉我到楼上去，那倒很好，我把这一肚子气便可以出到她的头上去了。所以匆匆地到了朱燕的卧房，她便冷笑了一声，说道："朱小姐，你拉我到楼上来不知有什么贵干呢？"

"我觉得胡小姐的人很好，所以我需要你给我做一个朋友。"

"哼，你是一个堂堂的秘书长，只怕我够不到这个资格吧！"

"哪里哪里，我以为你是一个主席的女公子，也许我还有一点儿高攀。"

胡莺虽然是极尽讽刺地向她讥笑，但朱燕倒也并不老实，她微微地一笑，回答的话在表面上好像是万分的谦虚，而实际上却是给她一个报复。胡莺是个聪明的姑娘，她当然也体会得到，所以两颊便飞过了一朵桃花，不过她的态度还是相当的严肃，冷笑道："承蒙不弃，那很好，我们坐下来，大家就不妨谈谈。"

　　朱燕也不知她要谈些什么话，遂和她在沙发上一同坐了下来。胡莺用了一种沉痛的表情，皱了皱她两条细长的眉毛儿，接着说下去道："朱小姐，我听说你是一个大学生，不但才学好，而且思想更好，所以我非常地敬佩。不过，我却为你有些惋惜，因为你在外界的名誉不好听极了。既然承蒙你和我交了朋友，那我似乎应该需要有所忠告你，那么我才不负了友谊的义务。"

　　"领情，领情，胡小姐，但我自己却一点儿不知道呢！"

　　朱燕因为要试试胡莺的思想和口才，所以她故意装作无头绪的样子，低低地回答。胡莺却一本正经的态度，咳嗽了一声，说道："其实我不说出来，你自己也应该有所知道。现在我们中国是已经到了哪一种危险的阶段？我以为每一个国家的人民，必定是爱他们的国家，这和每一个人都爱自己的家一样，当然，那是天性的流露，也是极普遍平常的现象。否则，除非这一个人的构造和平常人有点儿不同。我先和你谈谈中日百年来的情形吧。照理，你是一个学校里的人，你大概也很明了过去的国耻，都是日本人来给我们染上的，袁世凯为了想要称帝，而忍心接受了类如亡国一样的二十一条件，留下了世世代代的唾骂，然而日本侵略中国的野心在二十八年之前已有组织的计划了。及后，日本又趁中国在刚完成其统一之际，而趁火打劫地发动了九一八之事变，欲强占东北之中国最殷富之土地，可怜那时候被张少帅的不抵抗三字主义下而就这样轻易地牺牲了。就是因为日本不费一兵一卒，而夺去了这样好的土地，这似乎在养成日本往后更大野心的企图，缘是得寸进尺，一步逼近一步，终至于一二八、七七、八一三接连不断地展开了，现在远东方面整个的战争，单凭这几次战事的发生，我们同胞遭他们的屠杀残害的也不知万千。现在上海虽然沦陷，但中国政府尚在誓死抗战，凡是中国人民，应该如何为祖国而效劳？去做一点儿有益于国家的工作才好。尤其是像你们一班知识分子，更是国家需要的人才。然而你们好像已入了日本籍，甘心认贼作父，国家被辱，家乡被毁，骨肉被杀，均置之度外而不顾，反去为贼效劳，组织伪政府伪团体，而实行伤害自己人的残酷行动，我试问，你是否是灵感的人类？是否是炎黄的子孙？比方说朱小姐吧，我听外界人的言论，你不但是出卖了灵魂，而且是出卖了肉体，因为外界传说，你名义上是胡子高的秘书长，而实际上已成了胡子高的小老婆了。这我虽不能确定这传说是否是事实，然而俗语说得好，'无风不起波浪'，虽然查无实据，但亦事出有因，绝非捕风捉影。所以我今日到此目的，完全是为你们前途光明而来的。所谓一刻千金，任君选择，你若再执迷不悟，将来死无葬身定可预卜。朱小姐，希望你离开了胡子高，并且更希望你劝醒了胡子高，那么你固然是清白可洗，而且也很对得住你的良心、你的祖国了。朱小姐，我话是这么地说了出来，但听不听还在你自己决定，不过总而言之，我对你是一片好心，绝没有一点儿恶意。"

朱燕想不到胡莺会絮絮地说出了这一大篇的话来，她几乎不相信胡莺会是胡子高的女儿，所以她是感觉十分敬佩，而且更感到她的可爱。因为胡莺经过这一番说话之后，口也有点儿干了，朱燕站起身子，反而亲自给她倒了一杯茶，交到她的手里，微笑道："胡小姐，大概你很口渴了吧！说了这么多的话，快喝一口茶吧！"

"我纵然是口舌焦疲，那倒没有什么问题，我只希望我这一番话能够不空说，能够给我有点儿收获，那我当然是很欢喜的了。"

胡莺对于朱燕并不愤怒，反而倒茶给自己喝的举动上看来，她心中也有一点儿惊异，暗自想，倒是一个万物之灵的人类，她当然多少有些感动吧！朱燕笑了一笑，点头说道："胡小姐，你说的话当然大有道理，我觉得很佩服。然而你是胡子高的女儿，你既然有这么好的口才，你为什么不先去劝醒了你的父亲呢？我这里觉得很有点儿不了解。"

"这个……"

胡莺被她问得倒是愣住了，内心一阵子羞愧，全身的细胞顿时膨胀起来，两颊会感到热辣辣的不舒服，在说了"这个"两字之后，她乌圆眸珠一转，便又接下去说道："你应该知道我爸爸并不是一个受过高等教育的商人，平日为了投机操纵，利欲熏心，已经是个十足道地的市侩，他懂得了什么思想行动，他只知道有人捧他，他便认为是出风头了。所以我觉得他十分可怜，因为他是一个傀儡，只要你们帮助他的人少出一点儿气力，或者都抛弃了各自散去，我相信他一定也会自动地下台的。"

"不过……你要晓得上海已经是沦陷了，沦陷之后，中国政府已不能再来统治上海了，假使我们不出来维持的话，上海好好的土地岂不是要糜烂了吗？所以为了上海四百万同胞的生计问题着想，我以为你们也应该谅解我们的苦衷。"

朱燕还是这么故意地挑逗她说，果然，胡莺心中大为愤怒，猛可地站起身子来，秋波逗给她一个白眼，恨恨地说道："你这话简直是荒谬之至！假使果然照你所说的那么来维持上海四百万同胞的生计，这倒还情有可原。现在你们这个组织，分明是残害同胞，摧毁爱国志士，你们简直是丧失心肝的畜生，你难道没有看清楚报上孙大为先生被暗杀的新闻？这不是你们团体所干还有谁呢？朱燕，你这个女人简直是女界中的败类。假使你再不改过自新，那么你将来的结局，一定会像这只杯子一样……"

胡莺说到这里，芳心中是痛恨到了极点，她把手中拿着的一只杯子，猛可地掷向地上，只听乒乓的一声，那茶杯早已敲得粉碎了。就在这时，胡子高和沈一定匆匆地奔上楼来，只见胡莺满面娇怒，大发脾气。但朱燕却态度如常，还在微微地发笑。子高这就急急地问道："莺儿，莺儿，这到底是怎么的一回事情呀？你在朱秘书长的面前，切不可这样地放肆！你是我的女儿，你岂能够这样无礼貌吗？"

"哼，什么礼貌不礼貌，你们班根本是没有礼义……"

"莺儿，你敢给我再胡闹，你给我滚出去！"

胡子高恼羞成怒地绷住了面孔，大声地叱喝她。胡莺究竟是一个女孩儿家，她脆弱的芳心怎么能受得住这样的刺激，这就倒在沙发上，便委屈得呜呜咽咽地哭泣起来。沈一定这时便忙劝解道："岳父大人，你千万不要发怒，阿莺是个年轻的姑娘，一切都不知道，所以你终要原谅她才好。"

"哼，一个小女孩子家，胆敢爬到父亲的头顶上来，这还当了得吗？大人的事情，小孩子管得着吗？你现在只要用功读书，给你嫁一个好夫婿，快快乐乐地给你享福，你还用来放什么狗臭屁呢。"

"享福？哼，谁要这断命的福，我情愿到外面去饿死也不愿偷生在这一个不清白的家里，免得将来留给人家万世的唾骂。"

胡莺倒还有一股子的勇气，她停止了呜咽，猛可地站起身子来，含泪愤愤地说，一面却向房外直奔了。胡子高气得发抖，一面顿脚，一面大叫："反了反了，来人，快把这小贱人抓到司令部里去枪毙，我宁可没有这一个不孝的女儿。"房外侍候的听差早已奔入房内，拦住了胡莺的去路。胡莺想不到父亲有这么狠的手段，这就冷笑道：

"你就杀了我也好，省得我活在世上多一重烦恼，因为我不情愿见一个不清白的父亲。"

"啊，莺儿，你还敢谩骂我，你难道真的不怕死吗?"

"死，死吧死吧，死得清白，死得有价值，死怕什么，比你们苟活着的人终要光荣得多了。"

胡莺并不表示一点儿害怕的意思，她态度还是相当的倔强。其实胡子高原是吓吓女儿的意思，他如何肯把胡莺去枪毙。第一，他只有这一个命根儿，第二，胡莺若枪毙了，自己也休想活命，因为胡太太面前是难交账的。虽然他几次三番鼓足勇气预备去把胡太太打一顿，但一见了她的面，好像耗子见了猫，会吓得瑟瑟地发抖，这大概命里注定是被胡太太克住的了。但胡莺这样的倔强，这叫自己真有点儿下不了面子，因此倒弄得呆呆地愕住了。沈一定这就在旁边大讨其好，向胡子高跪倒地上，苦苦代为求情地说道："岳父大人，你且息怒，常言道'大人不记小人过'，况且她是你亲生的女儿，所以你老人家绝不能太以认真的，看在小婿的面上，你就饶了她吧！假使你不肯饶我，我情愿和她被你一同去枪毙，生则患难夫妻，死则同命鸳鸯，这样我也甘心情愿的了。"

沈一定是个聪明刁滑的人，他当然知道胡子高也绝不会残杀自己的女儿，所以他故意这么地说，在他无非是可以叫胡莺知道他是一个多情的少年。朱燕也许是懂得他的心理，却望了他们微微地傻笑。胡子高是正在没有收场，此刻听了小沈这么说，于是趁此说道："若不是看在你的面上，我一定不肯饶她，哼，我也没有看见过做女儿的，竟来教训我做父亲的来了。真是岂有此理！"

胡子高一面说，一面愤愤地坐到沙发上去，在茶几上取了一支雪茄，含在嘴上。朱燕故意显出亲热的神气，含笑走了上去，给他划了火柴。胡子高一面道谢，一面向她含笑点头。这时胡莺却冷笑了一声，回身又匆匆地走了。胡子高连忙向小沈叮嘱，叫他快点儿跟了出去，说劝劝她不要使性子，免得吃亏。沈一定巴不得他有这一句话，遂匆匆地跟她下楼，一面伸手把她拉住，一面温和地叫道："阿莺，你这样怒气冲冲的预备走到什么地方去呀？"

"奇怪，你这样称呼我到底是什么意思？你凭什么资格可以来呼我阿莺呢？"

胡莺回身见了沈一定，她便挣脱了他的手，绷住了粉颊儿，显出冷若冰霜的样子，对他严肃地追问。沈一定万不料她会有这一种态度来对付自己，这就呆住了一会儿，方才堆下笑容来，说道："阿莺，你这话不是问得奇怪吗？因为你父亲已经把你许配给我做妻子，那么我站在未婚夫的地位说，不是应该这样的称呼吗？哦哦，不对不对，称呼阿莺是做长辈的口吻，那么我就叫你一声莺妹，你现在听了，终可以喜欢了吧！"

"我劝你不要胡思乱想地自说自话，就是我父亲在口头上答应了你，但事实上还未举行一个仪式，那么彼此还是毫无关系，你怎么就可以把未婚夫三字而自居？难道你不怕难为情吗？再说民法上规定，婚姻须有当事人之允许，方能成立。那么你知道我是否喜欢嫁给你呢？我想这大概还是一个问题吧。"

胡莺见他这种浮滑的态度，心中引起了无限的恶感，所以对他老实不客气地拒绝。沈一定听她这样说，真是非常的失望，遂哭里带笑地说道："莺妹，你这是什么话呢？我也没有什么地方得罪了你，你为什么对我的印象竟然是这么恶劣呢？刚才你爸爸要把你枪毙了，这是多么危险的一刹那之间，我心中一急，便不管三七二十一地跪倒地上，代你苦苦地哀求。你爸爸为了我的情面，终算饶你一死，照理，你应该是要感激我的救命之恩，谁知你不肯承认我是你的未婚夫，我觉得你这一种行为也未免是太无情分了吧！"

"笑话，我也没有叫你代我求饶过，这本来是你自己多事。"

胡莺一面说，一面急匆匆地向门外走了。沈一定倒也并不因此而感到恼怒，他认为女子的心大都是软弱的多，只要功夫深，有忍耐和涵养，那就不怕胡莺不对自己感到好感起来。于是跟在胡莺的后面，好像瘪三盯在后面讨钱的样子，只管说好话。胡莺虽然一面匆匆地向前走，但她的心中却在暗暗地盘算，看沈一定的外形倒也是一个很英俊的少年，但不知他内心究竟是否怎么样。假使可以使他从黑暗圈子里跳了出来，那么就可以减少一个认贼作父的走狗，同时一方面可以增加一个为国效劳的志士，那我不是也可说尽了人民一份责任了吗。胡莺在这样沉思之下，她的态度慢慢地缓和起来，回头和小沈望了一眼，低低地说道："沈先生，请你慢慢儿地再叫这样肉麻的称呼，因为现在我们到底还只有一层初步友谊关系，难道你不晓得现在这个时代的婚姻，父母之命，媒妁之言，是并不发生什么效力了吗？假使你认为我这个人使你很感到钦佩的话，那么我们就不妨先来交一个朋友，因为我还没有认清楚你这个人究竟是好是坏。假使你不嫌时间上太迟慢的话，你就时常和我一同谈谈。否则，很对不起，还是请你另找好对象吧。"

"这样也好，我当然很赞成你的意思，胡小姐，那么我们今天不妨一同到舞厅里去坐一会儿好吗？"

沈一定想到了欲速则不达的一句话，他也只好暂时呼她为胡小姐，一面又低低地向她恳求。在他心中的意思，预备慢慢叫她对自己表示亲热起来。胡莺因为心中已有了一个计划，遂点头说好。两人坐车到了舞厅，拣了座桌坐下，泡了茶。沈一定开始又说道："胡小姐，你会跳舞吗？我想现在学校里出来的女学生，十分之九大概都会跳舞的。"

"这也不一定，我虽然是个女学生，但我却是不会跳舞的。"

"那么，你也许就是十分之九余下来的一个吧！"

　　沈一定微微地一笑，他俏皮地回答。胡莺向他逗了一瞥沉寂的目光，然后冷笑着说道："自从国军西移之后，留在形成孤岛似的上海的一班青年男女，到底还是一种极庸俗之辈。假使稍为有一点儿勇气和血气的话，当然早已离开这万恶的上海了。虽然也有为了环境关系而不能如愿以偿，所谓力不从心的也很多很多，不过既然沦落在这失陷区内，凡中国人民应该埋首苦干，做一点儿对得住祖国对得住自己良心的事情，这才不愧是堂堂的炎黄子孙。可是试看上海自沦陷之后，一班丧心病狂之徒，不是投机操纵，便是囤积居奇，一切淫秽事业，大为发展，什么向导社、妓院、舞厅，仿佛雨后春笋，荒唐纵淫之情景，在整个的上海可说无间晨昏，丑态毕露，奇形怪状，层出不穷，正是灯红酒绿，火树银花，商女不知亡国恨，只知道歌舞升平。而且更有一种无耻之徒，忘记了他本身是一个中国人，反而认贼作父，向敌人献媚，杀害自己的同胞，你想，这一种奴隶是否还是一个有心肝血肉的人了吗？所以我见了上海的繁华，固然难过，见了上海的畸形怪态，我更觉心痛。沈先生，你也是一个知识分子，更所谓中国优良的公民，再说得明白一点儿，你是中国主人翁之一，你见了上海这么的万恶，难道你心中就无动于衷吗？"

　　胡莺一口气地说到这里，才觉得心头感到痛快了一点儿。但沈一定的脸儿，好像红得喷过了猪血一般发了紫酱颜色，连他额角头上都热烘烘地冒上汗点来。不过他还勉强镇静了态度，点了点头说道："胡小姐，你这话虽然很不错，但是……这一个时代，纵然有爱国的心，恐怕也没有使你发展的能力。比方说，你这些话是在我面前说说还不要紧，假使换了别人的话，那你的命就很感到危险了。所以我要劝劝你，你以后说话千万要小心一点儿，常言道'病从口

212

人，祸从口出'，尤其在这一个环境之下，更应该多吃饭，少开口，免得招来无妄之灾，这是多么的愚笨啊。"

"沈先生，那么你该可说是一个聪明人了，对不对？"

胡莺听他说出这一番话来，她气得全身有些发抖，遂冷笑了一声，她回答的话，显然有点儿讽刺的成分。沈一定有点儿支吾的样子，摇了摇头，说道："我也不是什么聪明人，其实我是服从你父亲的命令。因为你父亲是我的上司，他叫我这么干，我们当然是尽忠给他去效劳的。"

"这样说来，你倒还是一个大忠臣，将来死了之后，还可以列入忠臣庙内去的了。"

沈一定是个聪明人，他听胡莺这样讥讽他，叫他真有点儿受不下去。因此望着她粉脸儿，由不得深深地叹了一口气，苦笑道："胡小姐，我是为了你的父亲，所以你应该谅解我的苦衷。"

"可是我并不记你的情，老实地对你说，你和我的思想行动完全是各走极端的，所以你要和我结成一对夫妻，恐怕这是一种梦想，因为照现实而说，是绝没有成功的希望。沈先生，我走了，你还是另找你的志同道合好妻子去吧！"

胡莺说到这里，便站起身子来，预备要走了的样子。沈一定连忙把她拉住了，用了急促的口吻，说道："胡小姐，你不要生气，我们有话好好地再可以商量的。为了你，为了我们的婚姻，我可以改变我的宗旨，我可以改变我的行动，只要你说一句话，我马上可以听你的命令。"

"那么你要依我两个条件，第一，你从今天起便退出七十六号。第二，你给我做一点儿为祖国效劳的工作。这样我的心中才感到欢喜，我一定可以和你结婚。"

胡莺被他拉着又坐了下来，方才向他提出了这两个条件回答。

沈一定抓了抓头皮，表示为难的样子，沉吟了一会儿，方才低低地说道："你的条件是很容易，我一定可以完全照办。不过所困难的问题，倒不是在我的身上，却是在你父亲的身上，因为我要退出团体，必定要向他辞职，不过你父亲是不是肯答应我退出呢？所以我自己也觉得很难有把握。"

"我以为只要你肯答应我退出这个团体，对于我父亲的答应不答应问题，这是绝对没有关系的，因为你的人是活的，你有两只会走路的脚，你难道不能离开上海去远走高飞吗？"

"可是你叫我走到什么地方去呢？"

"咦，你难道忘记了我第二个条件了吗？我不是要你去干一点儿为祖国效劳的工作吗。"

"话虽这么说，不过事实上是谈何容易。你要知道我从来也没有出过远门，再说到外面去，至少要多备一点儿旅费。所以我也要请求你，假使你能够和我一同走的话，我一定鼓足了勇气，来冒险一下子，否则，我实在感到有点儿害怕。"

沈一定当然也有一层考虑，他所以答应胡莺的条件，当然是有一种目的，这目的就是他要看中胡莺的身体，现在他想我仍旧一个人走到外面去，那我何必要多此一举呢？所以他转念想出这一个办法来，向她低低地要求。胡莺暗想，这小子倒也好狡猾的，遂沉思了半响，方才说道："你是一个堂堂七尺之躯，那又有什么可怕呢？"

"其实我也并不是为了感到可怕，实在是因为舍不得离开你。假使你不跟我一同到外埠去，我又何必一定要离开上海呢？胡小姐，我问你，你到底有没有真心爱我的意思呢？"

"你要顺从我的意思，我当然会爱你。"

"那么我不能和你在一起，你纵然是爱我到一百二十分，这也是枉然的了。所以我喜欢坦白地说，你明明是给我在上圈套。"

沈一定在说这两句话的时候，他脸上显出非常不高兴的样子。胡莺笑了一笑，逗给他一个白眼，娇嗔地说道："既然你不信任我，可见你也并没有真心爱我。我觉得你我之间是隔绝了一条辽阔的鸿沟，所以还是早点儿分手，各走一路的好，再见。"

"不，不，胡小姐，你不要这么地冤枉我，假使我没有真心爱你的话，我绝没有好死的。"

沈一定见胡莺愤愤地又要走了，他倒又软化下来，立刻把她拉住了，一本正经地向她罚誓赌咒。胡莺还是怒气未消的样子，恨恨地说道："谁要你说死说活的，你把爱的真意误解了，要知道爱是伟大的，你能够爱我，你一定更会爱到群众的身上去。所以你假使有博爱的精神，你就不应该恋恋在我一个女孩子的身上，要知道现在的中国，是多么的危险，全国同胞都在水深火热中过着活地狱的生活，像你们这班青年，不给祖国出力，反而认仇人作亲人，这……你们还能算是一个中国的人民吗？"

"好了好了，你不要说下去了，我一定会听从你的话，我非要好好地做一个人不可。"

胡莺见他好像有点儿感动的样子，遂很欣慰地方才又坐了下来。两人听了一会儿音乐，沈一定说决心向胡子高去辞职，胡莺又和他说了许多勉励的话，遂匆匆地作别，各自回去。

七、智除恶奴巧使美人计

朱燕见胡莺怒气满面匆匆地走出去了，她便望着胡子高憨然地傻笑。胡子高有点儿莫名其妙的样子，怔怔地问她为什么发笑。朱燕秋波斜乜了他一眼，用了俏皮的口吻，说道："你还要来问我呢，难道连你自己女儿发了这么大的脾气愤愤地出去了，你还不知道吗？我看你终要担一点儿心事吧。你女儿一定回家要去告诉母亲，那时候河东狮吼，恐怕你会急得两脚瑟瑟地发抖呢。"

"哎，你这是什么话？难道你讥笑我是一个怕老婆吗？老实地说，就是在从前让她几分，也完全看在她是一个有胃痛病的人，所以看她可怜，马马虎虎让她占一点儿便宜。但现在就和从前不同的了，我是一个主席的地位了，难道再去怕这一个无知无识的女人家吗？那你也太把我看得没有用了。"

胡子高听朱燕这样地说，他窘得有点儿惭愧，两颊涨得像血喷猪头一般的通红，向她急急地辩白。但朱燕听了，益发笑弯了腰肢。胡子高这就更加丈二和尚摸不着头脑了，向她问道："奇怪，奇怪，你还有什么可笑的呢？"

"我笑你不打自招，本来我倒也不知道你是有点儿怕老婆的，但是在你这两句话中已很显明地可以看出来你在从前确实是有一点儿惧内的了。那还不叫我感到好笑吗？不过惧内并不是一件坍台的事，就是因为你能够惧内，所以你才会做到今日主席的地位呢，我说你是应该谢谢你的尊夫人。"

朱燕是说得那么的俏皮，胡子高当然更感到局促不安，但心中暗想，真的，莺儿若去告诉了她母亲，这个泼辣货一定会赶上门来大吵大闹的，万一有什么举动，叫我如何下得了面子呢？因此呆若木鸡地坐着出神，一语不发，显然有点儿忧形于色的神气。朱燕忍不住又说道："所以你要和尊夫人去离婚，这恐怕是一件空谈的事情，胡主席，我劝你还是不要胡思乱想，安安分分地有了这一位贤德夫人，也就罢了。"

"哎，哎，哎，朱小姐，你预备走到什么地方去呢？"

胡子高见她说完了话，匆匆要向外走的样子，显然有些愤怒。于是急得抢步上前，把她身子拉住了，低低地问。朱燕见他那种表情，至少带了一点儿可怜的成分，心中虽然感到好笑，但表面上还薄怒娇嗔的模样，冷冷地说道："你管我走到哪里？把你脑子给我弄得清爽一点儿，我是你团体里的秘书长，我可不是你身旁专有的附属品，难道连我出入走一步的行动都要束缚自由吗？这可不是笑话？"

"朱小姐，你……你……不要弄错了，我并不是向你束缚自由，因为我有许多的话向你要解释，你千万不要发怒，我是堂堂的主席，假使我要怕这老贱人的话，我便是孙子王八蛋养出来的。"

"你怕也好，不怕也好，反正和我是没有什么相干的。"

朱燕是故意急急他的行动，所以恨恨地把他手挣脱了，她便急急地走下楼去了。胡子高追上两步，连叫了两声朱小姐，他便颓然倒在沙发上，忍不住深长地叹了一口气。朱燕到了马路上，跳上车子，便坐到家里去看望克文。这时克文却不在家里，朱燕扑了一个空，自然十分惆怅，遂又慢慢地踱到马路上来，因为还只有三点左右，她便踱进丽都舞厅里去坐了一会儿。万不料靠右边那边座桌上坐了两个西服男子，一个是克文，一个却不知是谁。朱燕很欢喜地走上去招呼了。李克文连忙站起介绍道："姊姊，正巧得很，我给你介绍，这位是姚仁光先生，这位是……"

"不用介绍了，是我们团内大名鼎鼎的秘书长朱燕女士，小子仁光是第一大队第三中队的队附，因为平日没有晋见的机会，今日得遇尊驾，不胜荣幸之至。"

姚仁光不待克文的介绍，就向朱燕含笑报告，一面立正行礼。三人于是一同坐下，朱燕心中有点儿奇怪，遂望了克文一眼，低低地问道："克文弟，你和姚先生怎么会认识的呢？"

"我和姚仁光是十年前的同学，今天在马路上遇见了，所以大家在这里叙叙阔别之情，当初我也还不知道姚兄是七十六号里的人物，现在你们遇见了，我才知道你们还是同志，那真是凑巧得很。"

"克文兄，你不要见怪，因为我们隔别很久了，彼此的环境不大详细，所以我自然不便明白说，现在你姊姊就是我们朱秘书长，那么我们都是志同道合，大家说明白了也不要紧的了。"

朱燕听了，方才恍然大悟，遂向仁光探听团内的情形，并同志们最近的行动。姚仁光因为朱燕是秘书长，她和胡主席近在咫尺，假使拍拍她的马屁，说不定她在主席面前会提拔自己，那时候自己的地位不是又可以升高了吗。在这样转念之下，他便一五一十地把实情告诉她。原来姚仁光今天晚上九时半有使命在身上，他是到新陆报馆门口去暗杀主笔赵子文的。朱燕听了，暗暗吃惊，因为赵子文和中央很有关系，他若一死，当然又是国家的大损失。所以表面上叮嘱仁光小心行事，她芳心里却在暗暗地计划她应做的工作。李克文听了，心中也暗暗地着急，他想不到自己亲爱的同学，竟会做了这一种丧心病狂的工作。他几次三番地要直接地劝谏他不能这样干，可是为了朱燕的关系，他觉得很难自圆其说。就在这时候，朱

218

燕叫侍者喊舞女坐台子，不多一会儿，来一个舞女名叫王莉莉，朱燕对仁光笑着说："你和王小姐去跳舞吧。今天你要立功劳去了，我特地请请你。"姚仁光听秘书长这样说，真有点儿受宠若惊，当时便含笑站起来，和王莉莉一同到舞池里跳舞去了。克文才对朱燕低低地说道："姊姊，你看这小子竟会变得这样的糊涂，那可怎么办呢？"

"我问你，你和他同学知己不知己？"

"从前原很要好，后来天各一方，我们在无形之中也就渐渐地疏远了。"

"既然这么地说，那么我们就老实不客气地先落手为强。"

"姊姊，你这话就奇怪了，难道为了我是知己的，你就不落手了吗？这是你太以感情作用了，难道你不晓得大义灭亲这四个字吗？"

"是的，为了整个国家问题，我们当然是好不容情的了。"

"那么姊姊预备如何地下手呢？"

李克文向朱燕继续地问下去。朱燕附了他的耳朵，低低地说了一阵。克文连声称妙，说准定这样办。不多一会儿，仁光和莉莉携手归座，大家又谈笑了一阵，时已五点相近，茶室舞客将散了。朱燕遂买了舞票，仁光抢着付了茶资，把钞票一定要还给朱燕，说这一点点数目何必客气，将来要仰仗秘书长帮忙的地方真多着呢。朱燕笑道："那么我今天晚上请你吃饭，我想去开一个房间，等九点钟的时候，你可以动身去行事，大事成功，便回到旅馆来休息，这样不是很好吗？"

"但破费了秘书长，那叫我心中可是有点儿过意不去。"

姚仁光搓了搓手，表示很不好意思地回答。克文拍拍他的肩胛，微笑道："老姚，你是我的老同学，她是我的表姊，而且你们又是同志，彼此都是自己人，你还闹这些客套做什么？来，来，来，我们还是快点儿出去吧！"

姚仁光被他拖出了舞厅门口，一时也只好答应下来。三人在商量之下，便开了东亚旅社四百十八号房间。朱燕问侍者要了菜单，点了六菜一汤，并叫他拿上一瓶白兰地。这里三人又闲谈了一会儿，侍者把酒菜端上，三人坐了鼎字形便慢慢地吃喝起来。吃了一会儿，克文忽然站起身子，叫了一声"啊呀"，又连说"该死，该死"。朱燕瞅了他一眼，连忙问他说道："为什么，好好儿的又大惊小怪起来？"

　　"我记得了，五点到六点和一个朋友约在大三元谈话，竟失了约了，你想该死不该死？"

　　"此刻五点半，也许人家还等在大三元也说不定，好在大三元就在对面，你要不要去看望一次？"

　　"也好，那么我去一去就回来，老姚，你只管喝酒，我失陪了。"

　　"没有要紧事情，马上回来，或者叫你朋友一同到这里来吃饭也好啊。"

　　姚仁光对他笑嘻嘻地叮嘱着，克文答应了一声，他便急匆匆地走出房外去了。这里朱燕握了杯子，向仁光连连劝酒。仁光见朱燕对自己好像有种亲热的表示，他心中特别的兴奋，所以也向朱燕连连地奉承。朱燕在喝了一杯白兰地下去之后，她的两颊更红晕得玫瑰花一般的美丽了，秋波水盈盈地不时地逗着娇媚的目光，这目光是包含了一种勾人魂魄的成分。姚仁光被她的媚眼完全地吸引了，他的心是震荡得厉害，因此他的神情有点儿模糊的样子。朱燕把纤手摸到他的手上去，低低地含笑问道："姚先生，你今年几岁了？不知道娶过妻子没有？"

　　"我……已经二十五岁了，但……很惭愧的，我却还没有娶过妻子。"

　　姚仁光被她纤手一摸之后，好像有股子热辣辣的电流，灌注到自己的血液里，使血液在里面掀起了一点儿波动，因此流动得格外的快速。他连说话都有点儿颤抖的成分，因为朱燕的引诱力使他的心已经完全迷醉起来了。朱燕听了，便又娇媚地笑道："啊呀，这也没有什么惭愧的，姚先生，我想你的眼界一定很高，所以没有人够得上资格做你妻子是不是？"

"哪里哪里，实在因为像我这种老粗，是没有条件可以博得美人的欢心罢了。"

朱燕见他两眼色眯眯地望着自己，显出十二分谦虚的神气回答，于是摇了摇头，表示不以为然的神气，笑道："我以为一个男子的美，绝不是皮肤白皙，面目姣好，人儿温文，谈吐幽雅，具有这些为上乘。因为男子当然要有一种英雄气概，只要身材魁梧，性情爽快，谈吐有毅力，办事有精神，这比前者当然更要可爱得多了。所以像姚先生这般身强力壮的体格倒是我理想中……"

朱燕说到这里，却没有再说下去，向他娇媚地一笑，大有羞涩的样子。但姚仁光听到耳朵里，他全身的骨头都一根一根轻松起来，一时惊喜欲狂的神气，忍不住脱口说道："朱小姐，你这话可是真的吗……"

"你不必问了，不知怎么的，我在舞厅里一见到了你，我的心中就不由自主地会动起情来了。"

朱燕装作赧赧然的样子，不肯给他再问下去，但她自己却笑盈盈地说了这两句话，表示完全已经爱上了他的意思。一面握了酒瓶，给他杯子里满斟了一杯，说道："姚先生，我要敬你三杯酒，不知你肯接受我吗？"

"当然当然，啊呀，该死该死，朱小姐，我太放肆，我太放肆，照道理，我是应该说不敢不敢。"

姚仁光虽然已经有点儿醉意，但是为了不敢拒绝她的美意，所以只好很乐而接受了。但他立刻又想到应该要客气一点儿，所以重叠地说了这两句话，从他这说话的语气中猜想，也可知他确实已经有了醉意的成分。朱燕却摇头笑道："姚先生，我很赞成你的爽快，所以我一点儿也不觉得你的放肆。虽然在团内我是秘书长，你是我的下属，但到了外面，我们都是朋友，所以你千万不要受拘束。来来来，你给我喝了这三杯酒，我明天和你马上可以宣布订婚了，不知你也高兴有我这么一个伴侣吗？"

"朱小姐，我⋯⋯拿什么来报答你对我这一片热爱呢？我就是把心挖出来献给你，我也甘心情愿的了。"

朱燕后面这一句话把仁光一颗心儿刺激得大乐而特乐起来，他已忘记了九点半的时候还有重大的使命，他忘记了这三杯白兰地是容易醉人的。一面说，一面已举起杯子来，一口一杯，三杯白兰地当作三杯开水一样地喝了下去。白兰地比普通的酒更要凶得多，何况他喝的又是急酒，所以在他喝下这三杯白兰地之后，不到五分钟，他的脑海里就天翻地覆地头晕起来，两眼也昏花了，他几乎摇摇欲坠倒下去。他竭力支撑了身子，说道："不好了，朱小姐，我的酒可有些醉了，九点半还有公务在身上，那可怎么办呢？"

"此刻还只有七点十分，你还是躺到床上去休息一会儿吧。等九点钟的时候，我可以把你叫醒的，假使你醉不能去的话，那么迟一天也不要紧，反正有我会给你向主席说情，他一定也不会来见怪你的。姚先生，我来扶你到床上睡吧。"

朱燕一面说，一面站起身子来，亲自去扶他的身子。仁光本来确实是担了一点儿心事，此刻听了她的安慰，遂点了点头，醉眼模糊地望着朱燕粉脸儿，他此刻倒忍不住动起心来了，便扑在朱燕的身上，笑嘻嘻地说道："朱小姐，你陪我一同睡一会儿好吗？"

"你欢喜我陪着睡，我当然可以答应你。姚先生，我真是太爱你了。"

朱燕口里虽然这么地说，但她两手却把他身子猛力一推。仁光是喝醉了酒的人，怎么还能够禁得住这猛力的推动？因此两脚软绵绵的早已直跌倒地去。在跌下去的时候，已经头晕眼花，心中一阵子翻漾，这就哇的一声，呕吐起来。经此一吐，他的神志便糊涂过去了。朱燕捏住了鼻子，蹲下身子去，假意儿低低地叫了两声姚先生，但是仁光连应都没有应一声，朱燕正暗暗欢喜的当儿，只见克文悄悄地推门进来，一见仁光倒在地下，心里倒吃了一惊，遂急急问道："姊姊，怎么了？你已经做了吗？"

朱燕把手指放在口里，嘘了一声，叫他不要声张的意思。然后附了他耳朵，低低地说了一阵。克文在西服袋内取出一柄雪亮的刺刀来，笑了一笑，遂用出他从前杀敌时候一般的勇气，在仁光的脑后就狠命地一刀杀了下去。这一刀杀了下去，姚仁光连喊都没有喊一声，只有鲜血向上四溅，这样就把姚仁光的性命结束了。其实姚仁光连死了还是莫名其妙，所以这种人"醉生梦死"四个字去形容他是很恰当的了。

两人既把姚仁光结果了性命，遂用纸儿写了"祸国殃民，人人得而诛之"几个字样，贴在他的面部之上，方才掩上房门，便悄悄地扬长走了。朱燕和克文这晚又在金谷饭店吃了晚餐，吃饭的时候，朱燕向克文低低地问道："你在学校里这几天功课还算忙吗？怎么你不到办公室来看望我？"

"我昨天下午不是来望过你吗？他们说你已经走了，今天下午也想来望你，不料半路上就碰到了这个送死鬼。假使没有遇见了你，我还不知道他是干这种丧心病狂的工作呢。"

"以后你可以不用到七十六号来望我，还是到霞飞路田米路三百十一号来望我，下午我大概在那边的时候多。克文，这两天零用钱

223

还有吗？"

"什么零用？还有。一共也只有分别了两天，我五千元那张支票收也没有去收过呢。"

"不知怎么，虽然隔别了两天，但我的心中，好像已隔别许多日子似的。"

朱燕忍不住笑盈盈地回答，她的神态是显得那么温柔可爱。听到克文的耳朵里，觉得在她这两句话中多少包含了一点儿情感作用，于是体会到朱燕也许也有点儿爱我的成分，一时把胡莺对自己这一分儿的热情，他又淡然了许多。因为自己穷途落魄，全靠朱燕热情相助，所以才有今天这么的日子。假使我去爱上了别人的话，那我不是变成一个负恩忘义的人了吗？不过朱燕老是用了亲姊姊一般的纯洁之情来爱护我，我若存了非分妄想，这在我又觉得对不住人家。克文在这么左右为难之下，他也只好预备独身到老，报答朱燕的知己之恩了。其实朱燕的心中确实也有点儿爱上克文的意思，不过自己是个身负重责的人，在这样国破家亡的年头儿，如何还有心思再谈儿女之爱情呢？况且克文的年纪比自己轻，她也不愿让一个有作为的青年堕入恋爱圈子里，所以她把火样的热情始终是压制在她的心头底里，并不轻易地爆发出来。两人在这样情形之下，也就没有什么可说。吃完了这一餐饭，两人遂匆匆地作别，各自回去。

第二天早晨，报纸上有一则惊人的新闻，是东亚旅社发生暗杀惨案。李克文见到报纸，脸上不由浮了会心的微笑。这天在学校里遇到了胡莺，只见胡莺好像有点儿不高兴的神气，克文于是也不去理她。第一课下课后，克文和胡莺在甬道上又遇见了，她偷偷地塞过一张纸条来，克文在无人处展开来瞧，见写着一行小字："放学后门口等我，有话面谈。"

克文不知她说什么事情，心中不由猜疑了一会儿，直到放学的时候，在门口遇见了她，胡莺笑嘻嘻地说道："克文，今天是我的生日，我想请你到外面吃饭。"

"这是哪里说起？你今天生日，应该我请你吃饭才对，怎么反而你来请我吃饭？"

"我请你也好，你请我也好，反正我们要到外面吃一餐饭。"

"你预备上什么馆子呢，广东馆子还是四川馆子？"

"扬州馆子也不要紧，我们还是到瘦西湖去吧，那边很清净。"

胡莺含笑主张着说。克文表示赞成，于是两人跳上三轮车便到瘦西湖去了。到了瘦西湖，胡莺点了四菜一汤，克文笑道："胡小姐，今天是你生日，天气倒很不错，所以你的运道一定很好，我还应该向你贺喜。"

"不要客气，李先生，今天我一方面是请你吃饭，而同一方面还有许多话要跟你谈谈。"

"不知有什么事情？你就只管说吧。"

"李先生不是在过去也可说是个民族英雄吗？那时候你们为了保卫上海这一块寸土，情愿死守仓库，其英雄忠勇之气概，足以使人肃然起敬。但是到了现在，我觉得你似乎太以忘记了祖国的存亡、民族的生存了。所以我在这里，不免为你痛惜极了。"

胡莺绷住了脸，她说这两句话的时候，是显出冷若冰霜的样子，脸一点儿笑容都没有。克文听她这样责问自己，一时还弄得丈二和尚摸不着头脑，便怔怔地愣住了一会儿，然后低低地问道："胡小姐，你这话到底是什么意思？难道我有什么对不住祖国的地方吗？因为我实在不大明了，所以千万请你还得明白地指点才好。"

"这个……我以为你也不必再假惺惺作态了，难道你还不晓得你的好姊姊是干哪一项工作的吗？若要人不知，除非己莫为。你这个朱燕姊姊，她现在是不是荣任了七十六号的秘书长了吗？我想，你既然是她的弟弟，你就应该向她竭力地反对，岂可以随她去做这些叛国的事情呢？"

胡莺见他还装出不明白的样子，一时便怒气冲冲地老实告诉了他。但克文是个聪明的人，他在听了胡莺这两句话之后，心中倒反而疑惑起来，暗想，朱燕在七十六号做秘书长，她怎么会知道的呢？于是想到胡子高是姓胡的，她也是姓胡的，可见他们一定是自己人了。这就笑了一笑，说道："我姊姊是被胡子高强邀了去做秘书长的，其实她本身原也不情愿。这里我觉得我很奇怪，就是你怎么知道我姊姊在他们那里做秘书长呢？"

"哼，不情愿？恐怕不见得吧，我听她的语气，完全已丧失了心肝，她已忘记了本身是个中国的人民了。虽然我对她说了许多的话，但是，她却一点儿也不觉悟。所以我觉得她的步入歧途，在你当然也脱不掉有点儿责任。"

"啊，原来你和她已经谈过话了吗？这叫我更感到奇怪了，你们在什么地方遇见的呢？"

克文听胡莺这样说，一时真的有点儿惊异起来，遂忍不住急急地问。胡莺在当初原也想不到许多，此刻倒也被问住了，粉颊儿上浮现了一条桃花的色彩，支吾了一会儿，方才说道："李先生，说出来我也很惭愧，因为胡子高却是我的爸爸。"

"哦，原来如此，这样说来，我管不得胡小姐心里生气，你的责任就比我大得多了。"

"不错，我的责任确实比你大得多，不过我也还只有最近知道爸爸在干这一种丧害天良不知廉耻的事情，所以从今天起，我们两人应该共同担负起使他们悔悟的责任，不知道你能不能把你的姊姊劝醒过来，做一点儿有益于国家的事情呢？"

"我想只要你能劝动你爸爸不去做主席，那么我也一定能劝姊姊不做秘书长。不过照我的目光看起来，你的责任比我重大，你的希望比我微少。因为我相信你爸爸已经踏进了一个地位，他一定是不会听从你的劝告。所以我预料你一定会感到失败的痛苦。"

克文这几句话是对症发药，说得胡莺的心中好像有刀在割一般的疼痛，她觉得克文这话是对的，爸爸已经昏迷在这个环境里，他是再不会觉悟过来的了，因此她的眼角旁边这就涌上一颗晶莹莹的眼泪来。接着便低低地说道："假使爸爸不听从我的劝告，我一定和他脱离父女关系，情愿饿死在外面，也不愿在这黑暗家庭里享受着不清白的福气。"

"你这话很有勇气，不过你是享受已惯的小姐，恐怕将来会受不了这个苦楚的。"

"克文，你不要太小觑了我，叫我心中有点儿难受。那么朱燕小姐这方面可完全是你的责任。"

"那当然，你可不用担忧的。"

胡莺又向他叮嘱了一句，克文很有把握地回答。这时饭菜端上来，两人遂把话收住，默默地吃饭了。在吃饭的时候，胡莺又低低地说道："今天报纸上登着东亚旅社馆内的一则新闻，倒是很够人感觉痛快的。据说其中还有一个女子，这女子真是一个了不得的人才。"

"不知叫什么名字？这个女子的胆量倒真也不小。"

克文竭力镇静了态度，故意不明白地问她。胡莺瞅了他一眼，意思是埋怨他真有点儿糊涂，微微地笑道："假使有了姓名的话，也不显她的神通广大了。我想这个女子一定是中央方面的间谍，叫人会感到无限的敬佩，假使我有这样的技能，我一定也会这么地干一下子。"

"胡小姐，你这话也无非说说而已，假使那么说一句，你爸爸被她暗杀了的话，这时候你的心中感到痛快还是感到痛恨呢？所以这我以为还是一个问题。"

胡莺被他这么地一说，两颊立刻又浮现羞惭的红晕，愣住了一会儿，然后徐徐地说道："你这句话问得很对，不过我的观念也许和人家有点儿不同。因为国家两个字，国在先，家在后，而忠孝节义四个字，也是忠为首，孝次之，可见国重于家，而忠深于孝，忠孝果不能两全，何况我这个父亲又是叛国之徒，那么站在第三者立场而言，他根本是我们中国的仇敌，哪里还说得上骨肉两个字呢？所以在从前也有大义灭亲的壮举，我以为这都是给留后世人一种很好的榜样。"

"胡小姐，你真是一个爱国的好女儿，我在今天才觉得你的可敬。"

胡莺听他这样说，觉得他以前对我至少还没有什么好感的印象，一时对他逗了一瞥哀怨的目光，却莫不作答。两人吃完了饭，又谈了一会儿，方才分手回家。胡莺到了家里，仆人悄悄地告诉她，说老爷刚才回来，太太和他大发脾气。胡莺暗暗喜欢，便匆匆走到上房，一脚跨进就见到爸爸人矮了半截，原来他实际直挺挺地跪在地上了。

八、河东狮吼　主席变奴隶

胡子高和朱燕吵闹走开之后，他心中是非常的懊悔，所以当夜待朱燕回家，他便向朱燕连连地赔不是，说了许多好话。朱燕却依然显得冷淡的态度，严肃地说道："胡主席，我们别的话也不必再说了，总而言之，你要把我当作小老婆看待，这是绝对不可能的事情。好在世界上的女子也不是我一个人，你还是另外物色好人才吧。至于我这个秘书长的职位，那倒不成问题，你若认为我不够资格担任的话，那么只要你吩咐一句话，我马上自动地可以辞职。"

"啊呀，朱小姐，你说这几句话，那叫我如何担当得起？就是你不肯爱上我，我也绝不能公报私怨来讨厌你呀。何况你并不是真的不肯爱我，无非为了不能委屈居小，这也是一个很正当的理由，所以我对你不但不恨，而且还表示无限的同情。朱小姐，我已下了一个最大的决心，明天我和这个泼妇非去离婚不可，她若有半句不是，我恨不得一刀把她杀死了，干干净净。朱小姐，你不要以为我说话心太狠，因为她是我俩爱情中的障碍物，有了她存在，我们就永远没有结合的一天了，你说叫我心中可恨不可恨呢？"

胡子高听她这样说，不免急得屁滚尿流的，涨红了两颊，向她连声地表白，这种神态好像是一个罪犯在法官面前声诉他无罪一样的可怜。但朱燕听了，却由不得冷笑起来，说道："你要和你太太去离婚，这话我听见好像不是今天第一次了。其实我劝你还是省省吧，

229

结发夫妻，情义深重，你要和她离婚到底也有点儿不忍心吧。"

"不，这倒并不是这样说的，因为你是一个有才干的女政治家，为了我将来的前途，我觉得无论如何是省不了你，不要说是牺牲我的妻子，就是牺牲我的父母，那也不足为可惜的了。"

朱燕听他这样的论调，觉得他是畜生中拣出来的人类，也并不过分地比方他了。于是笑了一笑，说道："谢谢，你对我捧得这样的高，不过我这人的脾气就是不爱虚浮，所以在没有踏到实际的时候，请你不要再提起这些婚姻问题的话。时候不早，我们再见吧。"

胡子高待要拉住她，但朱燕已匆匆回房去安息了，一时也没有办法，虽然是和她近在咫尺，但还是远隔千里，真所谓"望洋兴叹"而已。第二天，胡子高和朱燕照常到七十六号去办公，在报纸上瞧到姚仁光被人暗杀的消息，使团内之人无不惊骇万状。胡子高更吓得有点儿发抖，连喊三青年团可杀之至。一面召见总队长共商大事，请他严加侦查，以保障团员之安全。他自己又添用了两名保镖，看守在办公室门口。朱燕见里面慌张情形，倒又忍不住暗暗地感到好笑。十点钟的时候，沈一定到主席室内来见主席，齐巧朱燕并不在房内，沈一定遂向胡子高鞠躬行礼，口称岳父，说道："我今天来见岳父，特有一事相告，请岳父给我定夺。"

"小沈，你有什么事情？你快对我说好了。"

"承蒙主席抬爱，欲招小子为东床，小子虽肝脑涂地，也不足以报主席大人之厚恩，故而小子万分欣喜，对岳父忠心耿耿，绝不变心。但万不料令爱小姐她对我要挟，叫我马上脱离团体，赶快连走外乡，方才答应婚事，否则，休想和她结婚。我一听这个要求，弄得左右为难，实在难以自主，所以特地来告岳父，请岳父明显地给我指示一条路来才好。"

胡子高听小沈这样说，不免大为愤怒，暗想，这小贱人简直和她老子在捣蛋，真是岂有此理，混账之至，遂十分生气地说道："小沈，你这话可是真的吗？那么她叫你到什么地方去呢？"

"她叫我到自由空气区域去为祖国效劳，说我一个年轻的人，绝不能廉耻全无地给日本人去做走狗，假使国军胜利之后，我们这班汉奸就没有葬身之地了。我被她骂得狗血喷头，要想和她翻脸，但怕得罪了主席大人，所以真叫我弄得啼笑皆非，哑口无言，你想这……可……叫我怎么的好呢？"

"浑蛋，浑蛋，阿莺这小妮子简直是发神经病了，他妈的，这小贱人好像不是我亲生养出来的，否则，她怎么给我这样地捣蛋呢？那明明地不是拉她父亲的脚吗？小沈，你是我的一条手臂，所以你绝不能听从她的胡说白道，千万不能到外面去活动的。要知道中央政府根本是弄不好了，你看一步一步地退下去，整个儿土地都已被日本人吞没了。所以你纵然到外面去效力，也是做炮灰去的。在上海的审头势可不小，将来我若和宣统一样地做了皇帝，你就是开国元勋，我起码对你做一个忠孝王，而且又是一个驸马爷，这一生一世的荣幸富贵，那还能享受得完了吗？"

胡子高好像在说梦话，他絮絮地说了一大套，连他自己都说得有点儿糊涂起来。沈一定所以把这些事来告诉胡子高，他的心中本来是有计划的，此刻听胡子高完全不肯放松自己，遂趁势把自己的计划对他低低地说了一阵，然后又问他说道："岳父大人，你看我这个办法好不好呢？因为我怕你要恼怒，所以在事先不得不先征求你的同意，假使你认为许可的话，我马上可以依计而行。"

"很好很好，反正这个女儿终是预备送给你了，随便你把她怎么样，我都可以答应你。只要你给我多出一点儿力，我心中已经是够欢喜的了。"

胡子高点了点头，表示赞成他的计划，笑嘻嘻地回答。两人商量已定，沈一定才匆匆地辞出。吃午饭的时候，胡子高和朱燕下办公室，在外面吃了饭毕，胡子高对朱燕说，他要回家和老泼妇去离婚，叫朱燕先回三百十一号。朱燕知道他是个怕老婆，此去绝不会成功事实，所以含笑点头，两人分手别开。

胡子高回到自己的家里，他是预备和胡太太来闹离婚的，所以鼓足了勇气，怒气冲冲地走进了上房。胡太太歪在床上抽大烟，她听了脚步声音，还以为是胡莺回来了，遂叫了一声阿莺，谁知瞥眼瞧见进来的却是丈夫胡子高。因为她已抽足了鸦片烟，精神百倍，此刻心中一气，早已猛可地站起身子来，向他瞪了一眼，叫声好啊，一面叫，一面伸手拿过台子上那只蓝底镶金的小茶壶，狠命地在地上一掷，只听乒乓一声响，那茶壶已打得粉碎了。胡子高一见这个情景，把进房来的那一股子勇气早已逃得无影无踪了。他全身抖了两抖，额角上的汗水像雨点一般地冒了上来，也不知为了什么缘故，他的两脚软绵绵的，好像站在棉花堆里一样，终于扑倒地上，像清官僚参见皇帝一般地直挺挺跪了下来。胡太太一见他这副丑态，似乎更激起了她心头的愤怒，遂抢步上前，伸手老实不客气地就在他颊上啪的一声量了一记耳刮子。打得胡子高向后一跤，跌倒地下去。但是他立刻又爬起来，依然照旧跪着不动，好像是犯了什么大罪的样子，静待玉皇大帝的处罚。胡太太方才朗朗地骂出声音来说道："你这杀千刀的狠心人呀，你竟然十天八天地不回家中来，我倒没有想着你现在的胆子竟大到这一份样儿，你不去拿面镜子来照照，现在你算衣冠楚楚，像一个人，但是你也给我回头想想，你从前有一顿没一顿困弄堂的时候，没有我牺牲了清白，出卖了肉体，暂时维持你的生计，你有没有到今天的日子呢？哦，算你现在发了国难财，神气活现，把我这一个大恩人丢在脑后，居然组织了小公馆，被烂污货迷住了这许多日子。我派女儿做代表，向你兴师问罪，你不但不知道过错，反而要把女儿执行枪毙，我女儿犯了什么罪，她要被你杀死?！你侮辱女儿，根本是侮辱她的娘，你有本事把我去枪毙啊，你这狠心的奴才，你这寡廉鲜耻，你这狼心狗肺，你还能算是一个人类中的人吗?"

胡太太一面骂，一面恨得咬牙切齿的，伸手在他颊上又来回地挥了几下耳刮子。大凡双方相骂，要有一点儿抵抗，那么相骂的人才感觉有点儿劲道。谁知胡子高好像是死了一样，跪在地上，给胡太太打也好，骂也好，却是一声不响的仿佛是个泥土人。因此使胡太太反而弄得没有了落场势，她心中一急，就急出一个主意来，不禁就地一滚，便号啕大哭起来了。

胡子高以为低头服罪，这终可以使太太感到满足而风平浪静地大事化小、小事化无事的，可是万万也料不到太太还有这一下子功夫，因此倒叫自己束手无策起来。正在这个时候，胡莺匆匆地回家来了。她一见父亲直挺挺地跪在地上，而母亲却在地上打滚号哭，这就连忙说道："妈，你……这是做什么? 你把自己身子气坏了也犯不着呀，快不要撞哭了吧。"胡莺一面说，一面伸手把她母亲扶了起来。

"阿莺，你回来了吗? 很好，我们今天母女两人非和这个老畜生来结算一下清账不可了。"

胡太太见了女儿，这似乎多了一个帮手，所以气势更旺，遂从地上爬起来，向女儿叫了一声阿莺，便向胡子高怒目切齿地骂着。胡子高见女儿回来了，那么在女儿的面前，若再这样直挺挺地跪在地上，这到底有点儿难为情，于是站起身子来。但万不料胡太太把脚一顿，狠狠地喝了一声："你敢站起来?"可怜胡子高把一只已经站起来的右膝只好又放到地上去。

倒是胡莺低低地说道："妈，你要教训爸爸，还是好好儿地教训，这样子被人们见了恐怕很不好看，所以还是叫他站起来吧，就是他不要脸，女儿也代他很不好意思呢。"

"太太，阿莺的话很对，今天晚上，我就是给你跪上一夜，那也不要紧的。在青天白日里，你多少也给我留一点儿颜面吧。"

"哼，若不是看在女儿的面上，我真不会顾全你的面子。假使你是一个要面子的人，也不会去做这些廉耻全无的事情了。"

胡太太冷笑了一声，逗给了他一瞥轻视的目光，恨恨地说。胡子高知道有了饶赦的意思，遂又欲站起身子来，谁知胡太太又大吼一声，瞪眼说道："我还没有发命令，你就自由行动吗？"

"哦，不，不，我不敢，我不敢。"

胡子高可怜做人做到这般地步，真像是一个奴隶还不及，谁想到他是一个堂堂的主席呢。胡莺见了，倒又忍不住抿嘴感到好笑起来，遂说道："好了好了，马马虎虎地快站起来吧，真是叫人看了也怪可怜的。不过想起昨天你要把我枪毙那种毫无骨肉之情的可恶行为，我觉得你今天这小小的处罚，也是很活该的了。"

"饶他是可以的，不过他要给我解释两种理由。第一，为什么要在外面组织小公馆，讨小老婆？第二，你要把我女儿枪毙，是否我女儿做了不端的行为？这两个理由若回答不出，嘿，嘿，你今天晚上这条老狗命就当心一点儿是了。"

胡太太在他站起身子之后，又向他瞪了一眼，冷笑着问。胡子高垂首待立，却不敢就座，听了太太的话，才抬起半个脸儿，用了可怜的语气，低低地说道："好太太，你不要发怒，这两个理由我都可以详细地作答。第一个，我在外面并不是组织小公馆，因为日本人进了租界，我们若不拍拍鬼子的马屁，不要说倾家荡产，恐怕连性命都要发生了危险，所以我不得不组织一个对友邦日本亲善的团体，我现在荣任了主席，将来做了皇帝，你就是皇后娘娘……"

"放你的臭狗屁，现在是民国时代，哪里再来什么皇帝，亏你是个堂堂男子汉，比我们住在家的女人还要更没有知识吗？"

"太太，你不知道，日本是帝国，他们既然打进了中国，中国自然也会改变帝国的，比方说关外吧，宣统靠了日本人的力量，他到底又成立'满洲国'做了皇帝了，那么我也说不定在上海会成立上海国皇帝，你想，我这话难道有什么错处吗？"

"爸爸，你也许是在做梦，说梦话。"

胡莺听他还一本正经地问人家，一时颇觉心痛，是气愤过了度的缘故，倒忍不住又感觉可怜可笑起来，遂在旁边向他俏皮地讽刺。胡太太冷冷地道："也好，你爱说梦话，你就尽管去说吧，是的，你将来会做皇帝的，不过你现在还没有做皇帝，已经是恨天恨地要枪毙自己的女儿，假使给你真的做了皇帝，那么上下三代祖宗不是统统都要被你满门抄斩了吗？"

"哪里哪里，太太，这个你也未免说得太以过分了。至于昨天我要枪毙莺儿，这无非是吓吓她女孩子的意思，我怎么会把她真的去枪毙呢？我真的和她是开个玩笑的呀。"

胡子高像舞台上小丑似的，满面含了贼秃嘻嘻的傻笑，低低地辩白。但是听到胡太太的耳朵里，她又表示十分的生气，啐了他一口，恨恨地骂道："放你二十四个连环臭狗屁，哦，人家的性命你是开开玩笑的吗？老实对你说，你休说把女儿去枪毙，你敢动她一根汗毛，你就不必再想活命的了。"

"是，是，太太，下次做丈夫的绝不敢了。"

"你以为这样可以把案子了结了吗？不要装腔作势，我问你，你在外面这个小老婆是哪里弄来的？你若不从实地告诉，当心你的猪脑袋。"

胡子高听她这样追问，一时暗想，这真是羊肉还未吃，却沾了

235

一身羊臊臭。遂皱了眉毛，表示受一点儿冤枉的样子，低低地否认道："太太，你不要听了旁人的谗言来误会我，这完全是弄错了，我根本没有组织小公馆，也没有讨过小老婆。至于阿莺昨天看见的那个女子，原是我们团内的秘书长。我们为了公务，所以时常在一起讨论事情，实在是清清白白的并没有一点儿苟且的行为，太太，你这是千万可以放心的。"

"清清白白？爸爸，你今生今世恐怕是没有再会有清白的日子了。假使你要想做个清白的人，那么你应该来听从我做女儿的说几句话。"

胡莺不等母亲说话，她便先抢着说出了这几句话。胡子高向她愕住了一会儿，然后他低低问她有什么话对他说。胡莺遂滔滔地说道："爸爸，你虽然是一个商人，但在上海社会上也可说是个很有点儿地位的人，要知道日本侵略中国的野心，一次二次三次继续不断地已算不清楚有多少次数，每一次的侵略，中国同胞死在他们的炮弹之下，也不知有几千几万。总而言之，日本人在我们中国同胞的脑海里，这印象是坏得没有什么再可以形容到的最高峰。现在上海虽然陷落在日本人之手，但这到底是暂时性的，绝不是永久性的。我想不消十年之后，日本人自然可以不打自退的，这并不是说重于迷信，而求其实际，也是因为他们实在太以残暴过分，逆天行事，岂能持久？因为人是一种感情动物，压力愈强，当然反抗力也愈高的，这是一定的道理。现在爸爸不但不和普通一般中国人去痛恨鬼子，反而组织伪政府，认贼作父，助纣为虐，杀害自己的同胞。那么在多少人的心目中看来，觉得你比日本人更要毒辣得多，所以人人都要饮你的血，吃你的肉。你不见东亚旅馆这一件血案吗？可见中央的间谍散布在上海也不在少数，所以我劝你快点悬崖勒马，回头是岸，否则，你不但死无葬身之地，而且还要留给后世人唾骂，永远不得超生呢。"

胡子高被女儿滔滔地劝告了这一番话，一时良心受了正义的谴责，好像有刀尖在猛割一般疼痛，脸儿像血喷猪头一般通红，半晌说不出一句话来。最后，他才显出十二分为难的样子，低低地说道："女儿这话虽然很有道理，不过事实上也有许多的困难，这是所谓'骑虎易下虎难'。日本鬼子也绝不是一个好弄的东西，既然把我捧上了台，他当然叫我一直在台上做戏下去，不唱也得唱。你若辞职不干，他会疑心你有什么政治作用，因此把我偷偷地暗杀了，那不是糟糕了吗？所以事到如此，也是没有办法，真叫我有点儿进退维谷，左右两难了。"

"有什么左右两难呢？人是活的，绝不是死的，你为什么把你自己的自由交到日本人的手里去呢？常言道'死有重于泰山、轻于鸿毛之差别'，你若为祖国而死，这死是多么的伟大，虽死不死，其忠烈之情，可以留为后世人做千古美谈。假使做了汉奸而死的话，那么人家恐怕你死了还不能使大众感到痛快，说不定会将你碎尸万段，弃之荒郊，恐怕鸟和狗也不愿食你之肉而远避呢。爸爸我这些话并不说得太过分，岳武穆与秦桧，这就是一个很好的榜样，那么我试问你，你预备做秦桧呢，你还是预备做岳武穆？"

胡莺说到这里，把胡子高问得目定口呆，却是呆呆地回答不出一句话来。不料正在这时，丫头匆匆地奔进来，很慌张地报告道："老爷，不好了，外面有两个日本宪兵和一个西服少年来找你。"

"太太，你听，你听，到了这个环境，天天自有事情，你叫我还有什么法子好脱身呢？"

胡子高一面说，一面皱了眉头，深深地叹了一口气，也只好匆匆地向外走了出去。胡太太本来要喝他止步，不许他出去，但是听到了两个日本宪兵，她的心中也会别别地跳起来，把这一股子愤怒便再也发泄不出来了。胡莺不知道到底为了什么事，便随后跟出来，只见爸爸被两个宪兵扶上一辆军队自备汽车开走了。石阶级上还站了一个西服少年，这人正是沈一定，于是低低地叫道："沈先生，我爸爸跟他们到什么地方去了？"

"哦，胡小姐，胡主席是到司令部去商量军机大事的。"

"这两个宪兵是你陪伴来的吗？"

"是的，因为宪兵要找主席，我没有办法，只好陪他们上这里来了。"

"不知商量些什么军机大事？你可有些风声吗？"

"听说在上海也要抽壮丁，载到日本去军训，将来再到中国来，要主席签下字，便可以实行起来。"

"啊呀，这……还当了得？！不知道我爸爸会不会签下字来呢？"

胡莺听到了这个消息，不由啊呀的一声叫了起来。她蹙了两条细长的眉毛儿，显然是十二分的忧愁。沈一定知道胡莺心中的意思，遂低低地安慰她说道："我想主席对于这样重大的问题，也不会一时地答应下来，当然是需要数度谈话之后，才有一个确实的结论。所以胡小姐倒不必担心事的，今天你在家里很好，我正预备和你约一个地方谈谈，因为我再三的考虑之下，我已决定听从你的话，预备脱离上海，到自由之区去为祖国效劳了。"

"真的吗？那就叫我太欢喜了。你等一等，我进去一会儿马上出来。"

胡莺含笑点了点头，她一面说，一面已向上房里走，到了上房，把日本人要抽壮丁之事所以接父亲到司令部去商量的话向母亲告诉了一遍，胡太太虽然是个雌老虎，但到这时候也失却其效力了，只好连声地感叹。胡莺便匆匆出来，和沈一定到外面去了。

"胡小姐，我们找个什么地方谈谈呢？"

"清静一点儿，还是大三元茶室里好不好？"

沈一定出了马路，向她低低地问。胡莺转了转乌圆的眸珠回答，沈一定表示赞成，两人遂跳上三轮车。到了大三元，侍者招待入座，泡了两壶香茗，拿了几客点心，一面吃喝，一面闲谈起来。胡莺先向他问道："沈先生，你真的预备离开上海了吗？那么你是不是向七十六号里辞职了？"

"当然辞职了，你爸爸已答应了我，我说有肺病，需要静静地休养，你爸爸倒是十二分地相信。"

"那么你预备几时动身走呢？"

"我已经决定今天晚上十时班火车就动身，先到南京，然后一路向西而去，好在我可以时常写信给你的。"

"为什么你又要这样地急促呢？"

胡莺假意又装出依依不舍的态度，向他逗了一瞥情意脉脉的媚眼。沈一定由不得心里荡漾了一下，微微地一笑，表示很勇敢地说道："反正早晚终是要走的，那何必还要恋恋在这些时间上的问题呢？不过我之所以出走，孤单单地流浪他乡去受那凄凉的滋味，这完全是为了你，为了爱你的一片真心。胡小姐，你现在总可以答应嫁给我做妻子了吧？"

"是的，我很明白，你是为了爱我，才牺牲你在上海一切的享乐，而到外面去受这流浪的苦楚。不过你应该有所明白，我是救了你的灵魂，我是救了你的前途，到将来你自会知道我的一番好心。

至于我俩的婚姻问题，等你凯歌回乡的时候，我自然答应你举行起来，那难道还有什么变化的吗？"

胡莺的态度表示十分真挚而至诚，向他低低地回答。沈一定点了点头，把她纤手紧紧地握了一阵，微微地笑道："我知道你是有一番真心地爱我，所以才会这么地关怀我，当然，你是绝不会因此而变心的，不过我要求你，在这分别的一刹那间，最好你能答应送我上火车。"

"这是理所当然的事，那也谈不到是要求两个字。你不必难受，我一定陪你上火车。而且我今天晚上还得给你饯行，希望你达到成功的道路。"

"胡小姐，不，我现在可有资格可以叫一声莺妹了吗？你的感情，我真是太感激你了。不过，吃好晚饭，离开上火车时间恐怕还太早，所以我们在火车站附近开一个旅馆，给我休息一会儿，因为现在火车比不得从前，轧起来站一夜也说不定的呢。"

胡莺认为他这些话也是正理，遂点头说好。当下两人付了点心账单，坐车到北火车站，在附近大中旅馆内开了一个房间。这时已五点三刻，胡莺说："可以把酒菜叫上来，早点吃饭，你还有两三个钟点可以休息。"沈一定连说不错，当下吩咐茶房取了纸笔，点菜拿上。胡莺给他斟上一杯，沈一定也要给她斟酒，胡莺说不会喝，沈一定说："至少陪我喝三杯，今天我们喝了这三杯酒，也不知何年何月何日回来可以喝合欢酒呢。"一定说毕，大有凄婉之情。胡莺原是一个多情姑娘，因此不免激动情感，也低低地向他安慰了一阵。酒过三巡，胡莺因为平日不善饮酒，所以略有醉意。沈一定颇觉得意，遂以言语挑逗之。

胡莺这时很有点儿头晕，所以对于他的调戏言语，倒也并不理会。但沈一定以为她是默认表示许可，心中不由大乐，遂走到她的身旁，把胡莺猛可抱在怀里，一面吻香，一面说道："好妹妹，我们快要分别了，在这临别之夜，我们应该留一个纪念。亲爱的，时候还早，良宵一刻值千金，你……我……快……快……的……"

　　"什么？我打你这个不知廉耻的狗奴才，原来你开了房间早就存了不良之心吗？"

　　胡莺见他对自己这个不但吻着香，而且浑身有无礼的举动，一时恨从心头起，恶向胆边生，遂撩起手来，啪的一声，就量了他一个耳刮子，一面将他推开，一面气喘喘地大骂。沈一定被打，反而向她跪了下来，拉了她的旗袍角，因为喝过了一点儿酒的缘故，他糊里糊涂地说道："妹妹，你若不答应，我便不到外面去了，我今夜不再上火车了。"

　　"哼，哼，这真是天大的笑话，你拿这些话来要挟我吗？那你也太不知耻了。哼，我也知道你的阴谋了，幸亏我没有上你的圈套，你只好永远在这黑暗环境里去做一只狗，一只无耻的狗。"

　　胡莺骂到这里她狠狠地把他一脚踢倒，便向外面发狂地奔了出去。沈一定从地上连忙爬起，要想去拉住她，可是已经来不及。他扶着门框子，想着自己这次计划竟会大大地失败，一时懊恼不该太以性急，他懒洋洋地走到沙发旁边颓然地倒下了。

九、别有怀抱　今日始悉女英雄

　　胡莺愤愤地奔出了大中旅社，跳上车子，便匆匆地坐回家去了。胡太太还没有熟睡，歪在床上，很不高兴地唉声叹气。胡莺向她叫了一声妈，胡太太从床上坐起，问女儿在什么地方。胡莺不好意思告诉这些事实，遂胡乱地说了两句，母女相对默然了一会儿，胡太太又叹了一声，低低地说道："莺儿，你爸爸现在跟日本人有了往来，这就叫我真没有了办法去管束他。我是一个不知事情的人，你在学校里读书，当然比我知道得多点，那么你爸爸的行动，到底有没有什么危险性的呢？你倒说给我听听。"

　　"妈，你别的不知道，但日本人是我们的仇敌，这个你总该是明白的吧。现在我们被日本欺侮到这么地步，凡我同胞，没有一个不痛恨入骨，但我爸爸偏偏去认贼作父，反而杀害自己的同胞，你想，爸爸的行为，是否给予人家的同情呢？当然人家都想吃他的肉，饮他的血，才足以消去心头之恨。虽然在目前还可以肆无忌惮，横行不法，但一旦我国胜利有日，到那时候，不但他个人要被民众千刀万剐，就是我们家属，也恐怕难逃叛国之罪呢。所以我觉得身在这个家庭之中，实在耻见社会，叫我日夜不安哩。"

　　胡莺听母亲这样问，遂把一切的利害向她低低地诉说。胡太太听了，不免忧形于色地长叹了一口气，蹙了眉毛儿，低声说道："那么我们终要想个办法挽救这个危险才好呢，否则，将来我国打了胜仗，你爸爸治罪是理该如此，我们为妻女的连累其中，岂不是太冤枉了吗？"

"我觉得母亲还是迁居故乡，从此终养天年，脱离繁华都市，索性和爸爸断绝往来，这倒也是一个良策，但母亲的意思不知怎么样？"

"这个我倒是很赞成，但你要继续求学，在上海不是没有人照顾你了吗？所以我就有点儿放心不下，照我的意思，这个年头儿还读什么劳什子的书呢，倒不如跟我一同回故乡去，那么我有了你陪伴身边，当然也十二分的安慰了。假使有好的对象，就给你招个女婿，明年生了外孙，我这一份家不是依旧很热闹吗？"

"妈，你这个问题谈得太早一点儿了，我还年轻，我当然还希望为国家去出一份儿力量。所以我的意思，你只管回乡，我在暑假年假时期内，当然可以回乡来陪伴你的。"

母女两人叹了一会儿，也没有一个确实的决定，还是考虑几天再做定夺，遂各自就寝。第二天胡莺在学校里遇见克文，克文不等胡莺开口说话，便先问道："胡小姐，你和你爸爸可曾有过谈判吗？我想凭你那张会说话的嘴儿，你爸爸究竟是一个血肉构造成的人，大概他当然也会听从你的话吧？"

"不，李先生，我实在太惭愧了，因为我虽然苦口婆心地劝谏，但事实上并不发生什么效力，这倒并不是爸爸一味地不肯听从我的话，原因是爸爸身入其境，他是已经成了骑虎难下之势。所以我爸爸对于日本人在后面的威胁，比我在他后面劝告而感到害怕，所以他是身不由主地这样地干下去。唉，李先生，我母亲预备回乡了，假使在万不得已的情形之下，我当然有一种断然的手段去处置他，但不知李先生对于你姊姊到底有一种什么方法去对付呢？"

胡莺满面显出十二分痛苦的神情，她似乎已有最后一步大义灭亲的意思。不过她也向克文探问，对于朱燕究竟如何地处置。克文听她说得这样的决绝，遂微微地一笑，沉吟了一会儿，方才低低地告诉她说道："胡小姐，你以为我姊姊真的是个丧失心肝的妖物吗？这是你完全地错了，不过事情在没有告诉你之前，那当然也是怪不了你的。现在我老实地对你说，朱燕不是一个寻常的人，她……她……有了不得的抱负……胡小姐，我以为现在且不必多说，往后自然会知道的了。"

"李先生，我想你也不必吞吞吐吐，不要以为我是胡子高的女儿，对胡子高不免有了父女骨肉之情，其实不然，照胡子高这种行为，人人痛恨入骨，罪大恶极，死有余辜，我也不是无知无识之辈，所以你不要拿我当作汉奸的女儿来看待吧！"

"我知道你有忠勇之气概，所以我绝不会用轻视的目光来看待你。胡小姐，下午我预备去看望朱燕，你去不去？我们倒可以结伴而行。"

"也好，回头我们一同走吧。"

两人说毕，便匆匆各自走开。下午散课，胡莺和克文在外面吃了午饭，便坐车到三百十一号。司阍见了胡莺，这次好像见了晚娘一样，一面开门，一面鞠躬，口喊"胡小姐，主席刚回来，快请里面坐"。胡莺却睬也不睬他，自管和克文匆匆到了会客室。只见爸爸和朱燕两人还只有刚吃好饭，丫头小丽在收拾碗筷，他们见了胡莺和克文，都身不由主地站了起来。胡莺给胡子高介绍道："这是我爸爸，这位是我同学李克文先生。这位朱燕小姐，我倒不必介绍了，你们原是表姊弟。"

"哦，胡主席。"

"李先生，你原来是朱小姐的表弟吗？怎么一向没有听见朱小姐说起过呀？"

"奇怪了，难道我身上的亲戚朋友都要向主席做个详细报告吗？这样子我觉得主席对于工作上似乎也太显得劳苦一点儿了。"

　　朱燕包含了讽刺的成分，对他冷笑地说。胡子高碰了这一个钉子，也只有苦笑而已。朱燕这时向胡莺和克文望了一眼，微微地一笑，说道："胡小姐和我表弟是同学，这倒是一件意想不到的事情，我觉得你们在感情上似乎相当的融洽吧。"

　　"也不见得什么融洽，因为我们还是初交，只不过彼此比较说得来一点儿罢了。"

　　胡莺听朱燕这样问，觉得在她的语气终至少是包含了一点儿酸素作用，一时红晕了粉脸儿，低低地说。然而在这两句话里，显然是相当的矛盾。胡子高在旁边先急了起来，说道："莺儿，我不是已经把你终身许配给小沈了吗？所以你今后的行动似乎应该要受一点儿拘束，不能太自由了，倒被外界说来，名誉上不大好听。"

　　"爸爸，你把头脑子弄得清楚一点儿，我虽然是你的女儿，但我是有知识有灵感的所谓人类，绝不是你身旁一件木然无知的东西，所以很对不起，我的终身大事，你是没有权力可以随便来支配我的。况且昨天晚上，我已领教过小沈这只狗的行为了。他想欺骗我上圈套，但我到底没有上他的当。至于名誉问题，我觉得爸爸的名誉也不见得比我女儿来得高明吧。"

　　胡莺听父亲对自己已还提起这一种话，一时气得涨红了脸，毫无情感作用地愤愤地向他讽刺。胡子高这就气得有点儿发抖，说了两个浑蛋，似乎正欲有个痛恨的表示，不料胡莺轻易地冷笑道："爸爸，你是不是要把我治罪？我可以叫母亲来和你见个高低。你有本领等在此地，我们回头见吧。"

　　"慢来慢来，阿莺，我是为了爱护你才对你这么说的，所以你千万不要误会我的意思。"胡子高听了这话，他的魂灵就会吓得出窍似的，连忙伸手去把胡莺拉住了，用了极温缓的语气，向她低低地说。朱燕见他这一副着急的态度，也知道他的惧内程度已经是到了何种地步了，遂在旁边插嘴笑道："胡主席，你倒不能够怪你令爱小姐要发脾气，因为你的思想太陈旧了，你不知道现在是什么时代？婚姻是每个人的终身大事，当然有自主之权，岂可以做父母的强迫做主意呢？并不是我多管闲事，小沈这人外表虽然英俊，但举止浮漂，终不是一个殷实少年，所以我对于这种少年，也是很轻视的。胡小姐，你也不要生气，我觉得小沈这种人绝不是你的配偶，说不定我给介绍一个对象，才称了你的心哩！"

朱燕说到后面，语气转移到胡莺的身上去，同时向克文斜乜了一眼，这种意态显然是包含了无限神秘的成分。胡莺听了，忍不住飞上了一朵桃花的色彩，她却一本正经地说道："谢谢朱小姐的美意，不过在这一个年头儿，国破家亡，豺狼入室，自为国民之一，为祖国效劳还来不及，哪里再有心思谈儿女婚姻之事，这除非是寡廉鲜耻的人了。"

"阿莺，我老实警告你，你再要满口胡说八道，我可对你不客气了。"

胡子高在旁边听了女儿的话，不由恼羞成怒，向她瞪了一眼喝着。胡莺却并没有一点儿惧怕的意思，冷笑了一声，说道："胡说八道，这倒是怪了，难道爸爸的耳朵和我们构造有些不同吗？好在这里还有朱小姐和李先生两位在，我倒要向两位请教一下，我这话到底有没有什么错处吗？"

"胡小姐，你到底是胡主席的女儿，所以你说话应该留一点儿情，不要太使你父亲生气，因为这对你父女之间似乎有点儿不孝。但胡主席也不必过分生气，你是父老之辈，当然不能和小孩子一般见识的，对不对？"

两人听了朱燕一番劝解之后，大家倒真的静默了一会儿。忽然胡莺又想到一件什么的，向胡子高正色地问道："爸爸，昨天你不是到过日本司令部吗？对于抽壮丁这一件事，不知你可曾答应了没有？因为这是有关于全上海青年生命存亡的事，你若一答应，恐怕你的罪孽是无法再可解脱的了。所以我今天来的目的，也就是为了这一点。"

　　"胡小姐对于这一点见解，确实相当有理。我也对主席讨论过许多时候，因为上海沦陷，没有人来管理，日本人当然是照顾不到，所以胡主席之所以出面视事，完全为了上海四百多万人民生计而牺牲的，那么日本人在过分非礼的要求之下，我们当然也不应该答应他们的。胡主席昨天也想到这一层，所以昨天和日本人的谈判没有结果。"

　　朱燕听胡莺这样问，遂不等胡子高回答，就先向她低低地告诉。不料这时，小丽匆匆走来，说日本司令部有电话打过来，叫主席马上就过去。胡子高听了这话，他全身似乎有点儿瑟瑟地发抖。但胡莺却又再三地向父亲叮嘱道："爸爸，你此刻到司令部去，必定又是为了此事，所以你千万不能答应，你若一答应，你简直是个杀人不见血的恶魔。你如何对得住你的良心？你如何对得住你的祖先？你如何对得住你的国家？爸爸，你要放一点儿勇气出来，虽然是刀斧架头，你不能答应这一件丧害天良的事情……"

　　"胡主席，你小姐的话是对的，所以你千万不能答应。"

　　朱燕在一旁，也这样附和地说。但胡子高却有点儿木然的样子，他脸上显出万分的痛苦，好像要流下眼泪的神情，悲哀地道："你们不必说了，我也是一个人，我何尝不知道这些利害关系呢？唉，你们哪里晓得我心中的苦楚？我实在不愿到司令部去谈判这一个问题，最好有人给我去做一个代表，我情愿向谁叩头。但事实上，日本鬼

247

子偏偏要我亲自去谈判，唉，我此刻假使有地洞可以钻下去的话，我也愿意一辈子不再走出来了。"

"唉，想不到做一个堂堂的主席，却有这样的痛苦，我觉得胡主席当初就悔不该上台的。"

李克文在旁边听了良久，此刻才用感叹的口吻，摇摇头低声地说，当然，他在反面文章之下是包含了讽刺的成分。但胡子高却并不作答，只有唉声叹气地呆呆地站着，不料司令部第二次催电又来了。在这情形之下，胡子高是只好硬了头皮，拖着沉重的步伐，好像犯人上法场去枪决一般地不愿意，跳上汽车之后，他却感到无限悲伤之意。

胡莺待父亲走后，便向朱燕紧紧地握了一阵手，用了抱歉的目光，向她粉脸儿上温和地逗了一瞥，微微地笑道："朱小姐，在过去我以为你是一个附逆者，所以对你的态度不免过分激愤了一点儿，现在我方知道你是一个别有怀抱的奇女子，所以我此刻对你表示十二分的抱歉，还得请你特别地原谅才好。"

"胡小姐，你不要客气，我想不到一个汉奸家中会产生着一个像你那么清白爱国的好女儿，这真叫我也感到无限的敬意。"

朱燕和她握了一阵手，微笑着回答，胡莺的脸上却浮现了羞惭的红晕，摇了摇头似乎有一种感伤的口吻，低低地说道："朱小姐，你别那么地说，我心中真感到有些难受。想我生不逢辰，会遇到这么一个丢脸的爸爸，你叫我怎么有脸见社会上的人士呢？"

"胡小姐，你不要难过，只要你是清白的，那有何必耻见社会呢？"

朱燕见她眼角旁涌上一颗晶莹莹的眼泪，一时心中十分感动，遂对她同情地安慰。胡莺点了点头，秋波脉脉含情地逗给她一瞥感激目光，拿了帕儿，轻轻地拭泪。朱燕叫两人到楼上去宽座一会儿，小丽倒上三杯香茗，朱燕望了克文一眼，忍不住微微地一笑，说道："克文，你和胡小姐做了同学，好像在事先你并没有和我说起过。"

"是的，因为当初我并不知道胡小姐的爸爸就是胡子高。"

克文觉得朱燕这两句至少包含了一点儿神秘的作用，因此两颊也由不得微微地一红，但他还竭力装作一本正经的样子回答。朱燕笑了一笑说道："这倒也难怪你了，胡小姐你刚才说，险点儿上了小沈的圈套，这不知又是怎么的一回事？"

"我真不明白爸爸为什么要把我强配给小沈？难道他把我当作赠品，使小沈可以更忠心于爸爸吗？"胡莺说毕，又把小沈无礼之一幕向两人告诉。

"这其中也是一个原因，而另一个原因，是怕小沈爱上了我，你爸爸就失了望。因为你爸爸对我追求得很厉害，可是他也许想不到这会是一场永远追求不到的梦。"

朱燕很坦白地向她低低地告诉。胡莺点了点头，但却又不了解地问道："可是我有点儿不明白，难道小沈也有追求你的行为吗？"

"不错，小沈追求我还远在你爸爸之前，现在我明白小沈和你爸爸竟是站在一条阵线上的罪魁，所以在万不得已的情形之下，我不得不使他们先自相残杀起来不可。但胡小姐会不会因父女之情而把我记恨在心呢？"

"不，我绝不会，爸爸这次到司令部去，我猜他受不住日本人的威胁和恐吓，他一定会答应这个抽壮丁的签字，我想为了救中国，救无数青年同胞，我们是应该把爸爸来做一个牺牲品。"

胡莺觉得朱燕胸有成竹，思想卓绝的伟大，遂表示非常同情的样子，点点头毅然地回答。朱燕情不自禁地和她握了一阵手，笑道："胡小姐，你真是一个了不得的时代女儿，我心里太敬爱你了。克文，你很幸运地会认识了这么一个好同学，所以我做姊姊的代你很欢喜。不过我关照你，你也得好好地爱护胡小姐才好，同时更希望你们能继续我的志愿，干一点儿爱国的工作。"

"姊姊，你放心。况且我本来是个队伍中人。"

克文听朱燕这样说，好像对自己绝对没有一点儿儿女私情的样子，因为她完全是一片真挚的友爱关系，使他心中更会感动得几乎要淌下泪来。三人谈了一会儿，朱燕催两人可以回去。不知怎么，克文心中大有依依不舍，和朱燕握手分别的时候，连他眼皮都有点儿红晕起来了。

斜阳已慢慢地偏西了，在人行道上反映了两个瘦长的影子。在黄昏的空气中，似乎听到了一声轻微的长叹，胡莺回眸斜乜了他一眼，低低地问道："李先生，为什么你长吁短叹的不高兴呢？"

"不，我并不是不高兴，我想不到朱燕姊姊对我的友爱竟会这么的纯洁，回想着当初她对我的情义，我除了无限敬意之外，多少感觉有点儿凄凉。"

"的确，朱小姐真是太伟大了，我在当初也以为她至少对你有点儿爱素作用，然而现在我方明白她完全没有这一种意思。"

"现在她叫我要好好儿地爱护你，但我不知道你是否需要我的爱护呢？"

"这问题倒并不是在我的身上，因为我不知道自己是否使你有爱护的价值？"

"那不用说了，价值何止连城。"

"既然这么说，你何必还来问我？"

胡莺秋波斜逗给他一个娇嗔，至少是包含了一点儿怨恨的成分。克文连忙紧紧地握了她一阵手，向她连连地告饶。胡莺见克文从来没有对自己有过这样亲热的态度，此刻这情景实在还只有破题儿第一遭，不过推其原因，当初他自然是为了不能忘记旧情的缘故，所以对于这种笃实的青年，心中更有说不出的敬爱，因此娇嗔也由不得变成娇笑了。

第二天早晨，胡莺挟了书包正欲到学校里去的时候，忽然在大公医院里来了电话，说胡子高、朱燕、沈一定均已被人暗杀。胡莺得此消息，心中大吃一惊，遂连忙去找了克文，一同坐车赶到大公医院去了。

十、为国牺牲　不惜鹃血成忠魂

　　傍晚的时候，太阳的光渲染着远近的树木，显出了幽美的彩色。朱燕凭在楼上的阳台前的栏杆旁，手托了香腮，大有悠然遐思的样子。忽然瞥见沈一定匆匆地由外而入，遂故意咳嗽了一声。因为是黄昏的空气，四周是相当的沉寂，这一声咳嗽把小沈惊觉得抬起头来。这就满面堆笑地叫了一声"朱秘书长，您好"。朱燕向他招了招手，说道："小沈，快上楼来，我有话跟你说。"

　　"主席在楼上没有？"

　　"小胆鬼，没有没有，你快上楼来好了。"

　　小沈这才放了胆子，很欢喜地匆匆到了楼上。朱燕已笑盈盈地迎了出来，和他亲亲热热地握了一阵手。小沈对于朱燕这一种亲密的举动，自从她任了秘书长之后，可说还只有第一次，于是笑道："秘书长，你倒没有出去吗？我此刻终算来得很凑巧的了。"

　　"小沈，你请坐吧。这两天我想你和胡莺小姐一定走动得很热络吧，跳舞厅、影戏院、大餐馆，少不得时常有你们两人的足迹了，对不对？"

　　朱燕拉他一同在沙发上坐下了，向他瞟了一眼，低低地问。在她那种表情上看来，好像是包含了一点点醋意的成分。沈一定听她这样地说，遂冷笑了一声，显出十二分愤怒的神气，说道："秘书长，不要提起这个小贱货了，她也不拿面镜子照一照，她自己是谁的女儿，却一味地骂我是汉奸是狗，你想，这叫我如何受得住？所以我们这一头婚姻到死也不会成功的。"

"我以为只要有成功的希望，就是被她骂几句，那也算不了什么，爱情是至高无上的，难道你不肯为爱情而牺牲一点儿吗？"

朱燕微微地一笑，故意这么挑逗他说。沈一定听了，却又微微地叹了一口气，说道："秘书长，你这人真也自说自话的，假使她有爱我的意思，那么她也不会再来开口骂我了。老实地说，她也不用黄熟梅子卖青，我也不会当她海宝贝看待。她自以为很漂亮，其实以秘书长和她相较，她就根本及不到你的一根汗毛。"

"这也许是你过分地捧我，我哪里及得到胡小姐的美丽？"

"不，我并没有捧你，你的美丽，在我眼中看起来可以说前无古人，后无来者。秘书长，你假使不健忘的话，你终还能想得起我曾经向你有过求婚的一回事。可怜我那时候对你多么的一心，对你多么的虔诚。我把你当作主耶稣看待，我把你当作灵魂看待，我没有你的安慰，曾经卧病三日而绝食五天。假使不是为了我父亲只有我这一点儿骨血，我早已长眠在九泉之下而永做故人了。"

"得了吧，得了吧，你不要说这些好听的话来给我听，我是绝不会相信你的。你无非是在胡莺身上得不到爱，所以转到我的念头上来罢了。假使你真的爱我，当初主席给你介绍胡小姐的时候，你为什么不拒绝她呢？所以你这一篇话，是只能骗骗三岁小孩子的，在我面前可完全用不到了呢。"

朱燕噘了噘嘴儿，似乎有点儿冷笑的意思，一面说，一面站起身子来，便怨恨地走到阳台里去了。沈一定知道这是女子一种撒娇撒痴的技巧，并不是真的发怒，所以连忙狗颠屁股儿似的跟了上去，低低地说道："秘书长，你这些话未免是太冤枉我了，我假使没有真心爱上你的话，我是绝没有好死的。在当初因为你对我表示十二分的冷淡，所以我是恨我自己权力够不到，我曾经灰心到要自杀的地步，唉，天哪，只有你老天才知道我对朱小姐那一片痴心。因为那时候，朱小姐恐怕也正预备尝主席夫人的滋味吧……"

沈一定说到这里，想不到朱燕猛可地回转身子来，撩上手，在他脸颊上量了一个耳刮子，打得沈一定满面通红，忽然扑地倒地上，却连喊饶我。朱燕方才怒气冲冲地骂道："小沈，你这是什么狗屁的话？你知道我心中的事吗？那么我直到现在为何还未做主席夫人呢？我觉得你这些话明明是侮辱我，叫我心中可恼不可恼？"

"该死，该死，秘书长，确实是太该死了，你终要可怜可怜我，我就是给你做奴隶做侍役，我也甘心情愿的了。"

沈一定在女人的身上居然还有这一下子的功夫，他抱住了朱燕的脚，却暗暗地哭泣起来。朱燕呆呆地沉吟了一会儿，忽然乌圆眸珠在长睫毛里转了一转，她立刻计上心来，遂冷笑一声说道："小沈，小沈，我看你死在临头，却还莫名其妙地在做梦呢。所以我真忍不住为你痛惜而说了出来，我劝你还是快点儿逃到外面去暂时避一避风头才好。"

"啊，秘书长，你这是什么话？难道有谁要暗中谋害我吗？"

沈一定听她这样说，连忙抬起头来，十二分慌张的态度，向朱燕急急地问。朱燕却慢条斯理地走到沙发上去坐下，右腿搁在左膝上，表示那种毫不介意的神气，并不作答。沈一定知道事情有了蹊跷，他那颗心是别别地跳得厉害。这就一步挨一步地跪到朱燕的面前，好像是儿子在娘亲面前苦苦哀求的样子，低低地说道："秘书长，你既然知道我的性命实危在旦夕了，那么，你终要设法救救我才好。并且……并且……到底是谁在和我作对，你老人家也千万给我有个明显的指示啊。"

"我本来不愿多管这些闲事，因为你此刻对我这一种态度，太使我芳心中感动了，所以我又不忍叫你被人家活活地残杀。况且你这样一个漂亮的少年，面对我又是这么的痴心，假使你死了之后，叫我又到哪里去找寻这么一个知心人儿呢？小沈，我觉得你真是太可爱了。"

朱燕说到这里，显出无限的热情，伸手去抚摸他的面颊。这是使小沈感到意料之外的收获，他情不自禁要想仰了脖子去吻朱燕的脸，可是朱燕忽然伸手又打了他一记耳光，严肃地道："小沈，你不要忘记我此刻还是一位堂堂的秘书长。"

"不错，你是我的顶头上司，你要把我怎么样，我是绝对不敢放一声屁。"

"你这张油嘴儿才叫人感到欢喜，但也是因为你太油滑的缘故，所以才闯下这杀身大祸……"

"秘书长，我究竟闯下了什么大祸？你快点儿告诉我，我真是急得心都要跳出口腔外面来了。"

沈一定见朱燕说得这样认真的神气，一时他的两颊便呈现灰白的颜色，向她又一本正经急急地问。朱燕方才认真地说道："小沈，你既然已经有了胡小姐这么一个未婚妻，那么早晚终会给你有洞房花烛的一天，为什么偏偏像猢狲等不及桃子熟的要去偷摘呢？听说你开好房间，骗了胡小姐在里面喝酒，喝到一半的时候，你便向胡小姐实行强奸，现在主席听了女儿的告诉，他心中是大为愤怒，预备过两天把你捉了错处执行枪毙。我听了这个消息，代你捏了一把冷汗，所以你三十六着，还是走为上着的好。"

"秘书长，我非常感激你对我这一份样儿的关心，不过我知道主席完全是哄哄他女儿的意思，他绝不会真的来枪毙我，因为我在事先和主席先有个商讨，得到了主席的许可，我才这样干的。所以你倒不必为我着急，主席绝不会有暗杀我的存心。"

朱燕万料不到小沈却把紧张的脸儿反而转变得缓和了一点儿，笑嘻嘻地回答，表示毫无关系的样子。朱燕立刻又转出一个念头来，微微地一笑，说道："你不要笃定泰山呀！事情并不是为了这一点那么的简单呀。主席对我的表示，你可以看得出来吗？"

"看当然是看得出来的，不过我却不敢说。"

"为什么不敢说？"

"刚才我说了一句，不是挨了你一记耳光吗？"

"哦，现在我允许你说了，如何还会来打你？你看主席是不是有爱我的意思？"

"不但有爱你的意思，简直预备请你做主席夫人……哦，你不能打我。"

"放心，我不会打你。确实，你的眼光很对。不过我是一个年轻的女子，终不见得英俊的不爱，倒反而去爱上这一个老甲鱼吗？为了这样，他虽然是百般地追求我，可是在我身上却得不到一点儿收获。因此他就移怒到你的身上来，说我因为有着爱你的心，所以我不肯去爱上他。那么要我去爱上他，除非先结果了你的性命。我心中想着你是一个英俊的少年，而且又是我的心爱人，所以我不能眼看你受他的暗杀，你终要随时小心一点儿才好。"

沈一定听了朱燕这一番话，才感到形色慌张起来了，抱住了她的膝踝，连叫救命。朱燕扶他起身，叫他在旁边坐下，沉吟了一会儿，方才说道："你叫我救你，其实我也没有这么大的权力。不过你假使为了保全自己生命起见，你只有和他硬拼一下子，有了他，没有你，有了你，没有他，不知道你心中也有这一个勇气吗？"

"好，我就和他来拼一拼，我终不能束手待毙，给他来制裁我的生命。"

"那么你今天晚上十二时半前来行事，我给你作为内应。假使胡子高一死，我可以代你向日本人去陈说，说不定你可以代他做了主席的地位，那时候你我的婚姻也许有成功的希望了。"

"很好，一切还都要仰仗你的大力，那么我们晚上见吧。"

沈一定很欢喜地站起身子来，和她握了握手，便匆匆地走了。朱燕脸上是含了一丝微笑，她觉得今天晚上自己是完了一件重大的任务。晚上九点钟的时候，胡子高还只有从司令部里回来，他的神情是非常忧郁。朱燕连忙含笑起迎，问他事情怎么地解决。胡子高懒洋洋地坐在沙发上，深深地叹了一口气，方才有气无力地说道："为了抽壮丁这一个问题，我替祖国总算尽了最大的力量。"

"怎么？莫非日本人已经取消这个意思了吗？"

"不，他们如何肯取消？他们坚决地要我签字，我虽然百般地陈说，他们却蛮不讲理，把我拘留在一间黑黢黢的房间里，直到此刻才释放出来，叫我在明天上午十时一定要签下这一个字，否则，便要砍头。他妈的，我是一个堂堂的主席，想不到要被日本人砍头，唉，我真是懊悔也来不及了。"

"那么明天十点钟你到底预备怎么样呢？答应还是不答应？"

"我活了这一把年纪，又不犯什么大罪，为什么要砍头而死呢？所以我为了保全自己的生命，明天早晨十点钟，我当然是只好答应签下这个字了。"

"你这话也说得是，总算你被关了这五六个小时，是替祖国尽了最大的一份儿力量了。"

"秘书长，你吃了晚饭没有？我此刻还饿着肚子呢。"

"因为主席没有回来，我也坐立不安，所以忘记了肚子饿，既然主席此刻也没有吃过饭，那么我们一同到外面去吃晚饭吧。"

朱燕是竭力用灌米汤的方式，向他温柔地奉承。胡子高虽然在司令部里受了一肚子的气，总算在朱燕身上还能够得到一点儿安慰。

所以微微地一笑，便和朱燕坐了汽车到外面吃晚饭去了。

两人吃毕晚饭回家，时候已近十一点钟。胡子高稍微有点儿醉意，他向朱燕贼秃嘻嘻地又有求婚的表示了。朱燕便低低地说道："胡主席，我看你有点儿醉意了，请你还是早点休息吧。"

"朱小姐，我并没有醉，我的头脑比什么都清楚，你总要可怜可怜我。我没有了你，我简直是活不下去了。"

胡子高一面说，一面摇摇欲倒地向朱燕又跪了下来。朱燕急得连忙把他扶住了，故意蹙了眉尖儿，微微地叹了一口气，说道："胡主席，想你是个有权威的要人，照理我早可以答应嫁给你，但是你不知道我心中原也有不得已的苦衷。"

"奇怪，你有什么苦衷？你只管跟我说出来，无论怎么困难的事情，我觉得终有一个解决的办法，朱小姐，你就老实地跟我说吧。"

"因为……因为……小沈强逼我，要我嫁给他，他……他……把手枪威胁我，所以我在他武力强迫之下，没有办法而已经答应了他。而且……而且……今天晚上十二时半，要亲自来把我带走，说不定他还要把你一枪打死。因为他也知道你是爱我的。当然，我知道他把我抢夺了去，那么在你也是绝不肯罢休的。"

朱燕这一番话听到胡子高的耳朵里，他是铁青了两颊，不由气得全身发抖，暴跳如雷地大骂好小子，说道："他妈的，小沈这狗奴才竟然有这么放肆的行为，这真是把我气都气死了。朱小姐，你也太不应该了，你为什么轻易地答应了他？难道你喜欢嫁给他这一个浮滑的小子吗？"

"胡主席，你何必这样愤怒，我不过是口头上答应他，假使我真的愿意跟着他一同逃走，那我此刻还会把这些话泄露给你知道吗？"

朱燕却偎到他的怀内，眉花眼笑地低低地说。胡子高仔细一想，觉得果然不错，这才放下一块大石来，立刻堆满了笑脸儿，问道：

258

"朱小姐，那么你真的不爱小沈这个狗奴才吗？"

"我爱他，我就不会把这话告诉你，你难道这一点都不明白吗？"

"朱小姐，我真的太感激你了。那么小沈这狗奴才他在十二时半真的会到来吗？"

"你不信，你且等十二点半的时候再说话。"

"好，那么我倒要先落手为强。想不到我当他作心腹，他却反而视我作仇人，你叫我气人不气人？"

胡子高恨恨地说到这里，壁上的钟齐巧敲了十二点。忽然听院子里有人吹口哨的声音，朱燕知道这是刚才约好的记号，遂熄了电灯，对胡子高低低地说道："你听，来了来了，我到下面去引他上楼来，你快点儿把手枪预备好了吧。"

"朱小姐，你引他在外面那间套房中谈一会儿话好了，我可以趁他冷不防之间冲出来杀了他，你看好不好？"

朱燕点了点头，遂匆匆地先走了下去。这里胡子高取出手枪，装上了子弹，候在门背后，但手却在微微地发抖。不多一会儿，只听一阵轻微的脚步声响上来。胡子高那颗心儿震荡得格外厉害，若没有几分酒的力量，他的两腿几乎也会感到软绵绵起来。他侧耳细听，好像小沈在轻轻地问道："这老甲鱼睡了没有？他妈的，看今天谁杀了谁？！"

胡子高听了这句话，一股子怒火从头顶上冒出来，他鼓足了勇气，猛可地推门而出，不问三七二十一地向沈一定砰地开了一枪。沈一定冷不防地中了一弹，遂站脚不住，跌倒地下去。胡子高见了，忍不住哈哈地大笑起来，指了小沈骂道："你这个没有心肝的小子，你看谁杀了谁？"

"还有我来杀了你。"

胡子高话还没有说完，万不料朱燕在他身后也早已拔出手枪连

259

发数响，胡子高这就饮弹而死了。朱燕以为二奸都死，正在设计脱身，哪晓得砰的一声，朱燕胸部一阵剧痛，忍不住叫了一声"啊呀"，连忙回头去看，原来小沈挣扎着坐在地上，他似乎知道中了朱燕的圈套，所以不肯甘心地也向她放了一枪。朱燕一手按了胸部，一手又向小沈开了一枪，只见小沈脑浆直迸地流了出来，早已气绝而死。待小丽闻声赶到，朱燕已支撑不住地跌倒地下去。于是赶紧把她送往医院，经医院检验之后，说肺部已经受伤，幸而骨脊未断，但因流血过多，人已入昏迷状态。到了次日一早，医生知不可救，遂问小丽其家属可在上海，小丽一夜未睡，神志模糊，心中一急，便连忙打电话给胡莺。待胡莺和克文赶到医院，朱燕已经奄奄一息。克文叫了一声姊姊，朱燕不及回答，却是一瞑不视了。胡莺并不因父亲被杀和她结了仇恨，感到朱燕的伟大，反而抚尸痛哭了一场。

朱燕死后，克文深觉上海不是自己的留恋之地，遂和胡莺商量，大家一同到自由区域内去干应做的工作。这时胡莺的母亲已返故乡，她也在上海没有牵挂，当下赞成克文的意思。在一个细雨蒙蒙的晚上，北火车站里，让长蛇般的火车带去了两个爱国的儿女，匆匆地踏上了征途。

附　　录

从鸳鸯蝴蝶派谈到冯玉奇小说

裴效维

　　《民国通俗小说典藏文库·冯玉奇卷》将收录冯玉奇的百余种小说作品，此举极其不易。现在，我愿以这篇文章给出版者呐喊助威。尽管我人微言轻，但我毕竟是一个中国文学的研究者，为鸳鸯蝴蝶派说些公道话是我的责任。

　　冯玉奇是一位鸳鸯蝴蝶派作家，因此我们要想了解冯玉奇，必须首先厘清有关鸳鸯蝴蝶派的一些问题。

一、何谓鸳鸯蝴蝶派

　　鸳鸯蝴蝶派作家平襟亚在《关于鸳鸯蝴蝶派》（署名宁远）一文中对鸳鸯蝴蝶派的来历说得很清楚：

　　　　鸳鸯蝴蝶派的名称是由群众起出来的，因为那些作品中常写爱情故事，离不开"卅六鸳鸯同命鸟，一双蝴蝶可怜虫"的范围，因而公赠了这个佳名。

　　　　　　　　　　　　——载香港《大公报》1960 年 7 月 20 日

可见鸳鸯蝴蝶派并不是一个有组织有宗旨的小说流派，而是因为当时流行的言情小说多写一对对恋人或夫妻如同鸳鸯蝴蝶般相亲相爱，形影不离，因而民间用鸳鸯蝴蝶小说来比喻这种言情小说，那么这种言情小说的作家群当然也就是鸳鸯蝴蝶派了。这种说法应该是可信的，因为民间常用鸳鸯和蝴蝶来比喻恋人或夫妻，很多民间文学作品中不乏其例。这一比喻非常形象生动，但并无褒贬之意，因此不胫而走。

传到新文学家那里，便加以利用，并赋予贬义，作为贬低对手的武器。但新文学家对鸳鸯蝴蝶派的界定并不一致，大致有两种看法。

一种看法认同民间的比喻说法，即将鸳鸯蝴蝶派小说局限为通俗小说中的言情小说，将鸳鸯蝴蝶派局限为言情小说作家群。鲁迅是这种看法的代表，他在 1922 年所写的《所谓"国学"》一文中说："洋场上的文豪又作了几篇鸳鸯蝴蝶派体小说出版"，其内容无非是"'卿卿我我''蝴蝶鸳鸯'"（载《晨报副刊》1922 年 10 月 4 日）。又于 1931 年 8 月 12 日在社会科学研究会做了《上海文艺之一瞥》的长篇演讲，其中对鸳鸯蝴蝶派小说更做了形象而精辟的概括：

这时新的才子＋佳人小说便又流行起来，但佳人已是良家女子了，和才子相悦相恋，分拆不开，柳阴花下，像一对蝴蝶、一双鸳鸯一样。

——连载于《文艺新闻》第 20、21 期

此外，周作人、钱玄同也持这种看法。周作人于 1918 年 4 月 19 日在北京大学文科研究所小说研究会做《日本近三十年小说之发达》

的演讲中，就说现代中国小说"还有《玉梨魂》派的鸳鸯蝴蝶体"（载《新青年》第5卷第1号）。次年2月，周作人又发表《中国小说里的男女问题》（署名仲密）一文，认为"近时流行的《玉梨魂》，虽文章很是肉麻，（却）为鸳鸯蝴蝶派小说的鼻祖"（载《每周评论》第5卷第7号）。与周作人差不多同时，钱玄同在1919年1月9日所写的《"黑幕"书》一文中也说："人人皆知'黑幕'书为一种不正当之书籍，其实与'黑幕'同类之书籍正复不少，如《艳情尺牍》《香闺韵语》及'鸳鸯蝴蝶派小说'等等皆是。"（载《新青年》第6卷第1号）这种看法后来被人称之为"狭义的鸳鸯蝴蝶派"看法。

　　另一种看法却将鸳鸯蝴蝶派无限扩大，认为民国年间新文学派之外的所有通俗小说作家都是鸳鸯蝴蝶派，他们的所有通俗小说都是鸳鸯蝴蝶派小说。这种看法的代表人物是瞿秋白和茅盾。瞿秋白从小说的内容方面来扩大鸳鸯蝴蝶派小说的范围，他在《财神还是反财神》一文中说，"什么武侠，什么神怪，什么侦探，什么言情，什么历史，什么家庭"小说，都是鸳鸯蝴蝶派小说（见人民文学出版社1953年10月版《瞿秋白文集》）。茅盾则从小说的形式方面来扩大鸳鸯蝴蝶派小说的范围，他在《自然主义与中国现代小说》一文中认定鸳鸯蝴蝶派小说包括"旧式章回体的长篇小说""不分章回的旧式小说""中西合璧的旧式小说""文言白话都有"的短篇小说（载1922年7月《小说月报》第13卷第7号）。这种看法后来被人称之为"广义的鸳鸯蝴蝶派"看法，而且逐渐成为主流看法，以致后来的文学研究者都接受了这种看法。

　　新文学家不仅在鸳鸯蝴蝶派的界定问题上分成了两派，而且在鸳鸯蝴蝶派的名称上也花样百出。如罗家伦因为徐枕亚等人好用四六句的文言写小说，便称其为"滥调四六派"（见署名志希的《今日中国之小说界》，载 1919 年《新潮》第 1 卷第 1 号），但无人响应。郑振铎因为《礼拜六》杂志为鸳鸯蝴蝶派的主要刊物之一，便称其为"礼拜六派"（见署名西谛的《新文学观的建设》一文，载 1922 年 5 月 21 日《文学旬刊》第 38 号）。这一说法得到了周作人、茅盾、瞿秋白、朱自清、阿英、冯至、楼适夷等人的响应，纷纷采用，以致使用频率越来越高，知名度越来越大，终于成为鸳鸯蝴蝶派的别称了。于是"鸳鸯蝴蝶派"和"礼拜六派"两个名称便被新文学家所滥用。如郑振铎在《新文学观的建设》一文中称"礼拜六派"，而在《〈文学论争集〉导言》一文中却称"鸳鸯蝴蝶派"（见上海良友图书公司 1935 年 10 月出版的《新文学大系·文学论争集》卷首）。还有人在同一篇文章里既称鸳鸯蝴蝶派，又称礼拜六派。如阿英在 1932 年所写的《上海事变与鸳鸯蝴蝶派文艺》一文中说：张恨水的所谓"国难小说"，与"礼拜六派的作品一样，是鸳鸯蝴蝶派的一体"，"充分地说明了鸳鸯蝴蝶派的作家的本色而已"（见上海合众书店 1933 年 6 月出版的《现代中国文学论》）。

茅盾在 20 世纪 70 年代觉得统称鸳鸯蝴蝶派或礼拜六派都不合适，于是提出了一个折中的看法，他在《紧张而复杂的生活、学习与斗争（上）——回忆录（四）》中说：

我以为在"五四"以前，"鸳鸯蝴蝶派"这名称对这一派人是适用的。……但在"五四"以后，这一派中有不少人也来"赶潮流"了，他们不再老是某生某女，而居然写家庭冲突，甚至写劳动人民的悲惨生活了，因此，如果用他们那一派最老的刊物《礼拜六》来称呼他们，较为合式。

——载 1979 年 8 月《新文学史料》第 4 辑

事实是该派在"五四"前后没有根本变化，都是既写言情小说，又写其他小说，将其人为地腰斩为两段，既显得武断，又无法掩盖当时的混乱看法。

这些混乱的看法导致后来的文学研究者无所适从：或沿用"鸳鸯蝴蝶派"的说法（如北大本《中国文学史》和《中国小说史稿》、复旦本《中国文学史》和《中国近代文学史稿》等）；或沿用"礼拜六派"的说法（如山东师院本《中国现代文学史》等）；或干脆别出心裁地称之为"鸳鸯蝴蝶—礼拜六派"（见汤哲声《鸳鸯蝴蝶—礼拜六小说观念的价值取向及其评价》，载《苏州大学学报》1992年第2期）。这可真算是中国小说史上的一出有趣的滑稽戏了。

二、如何评价鸳鸯蝴蝶派

鸳鸯蝴蝶派的开山作品是1900年陈蝶仙的言情小说《泪珠缘》，因此鸳鸯蝴蝶派应该是指言情小说派，这也就是后来的所谓"狭义的鸳鸯蝴蝶派"，但被新文学家扩大为"广义的鸳鸯蝴蝶派"，实际上也就是民国通俗小说派。

鸳鸯蝴蝶派与同时期的"南社"不同，既没有组织，也没有纲领，而是一个在思想倾向和艺术风格上大体相同或相近的小说流派，连"鸳鸯蝴蝶派"这一招牌也是别人强加给它的。然而客观地说，鸳鸯蝴蝶派确实是一个产生过巨大影响的小说流派。在"五四"以前的近二十年间，它几乎独占了中国文坛；在"五四"以后的三十年间，虽然产生了新文学，但新文学只是表面上风光，而鸳鸯蝴蝶派却一派兴旺发达景象。我对"广义的鸳鸯蝴蝶派"做过不完全的统计：该派作家达数百人，较著名者有一百余人，所办刊物、小报和大报副刊仅在上海就有三百四十种，所著中长篇小说两千多种，至于短篇小说、笔记等更难以计数。在此前的中国文学史上，还没有哪个文学流派有过如此宏大的规模，产生过如此巨大的影响。

鸳鸯蝴蝶派由于规模宏大，又处在历史的一个巨变时期，其成员的确鱼龙混杂，其作品也良莠不齐，但总体来说，它形象地记录了中国二十世纪前五十年的历史，为中国读者提供了丰富的精神食粮，对中国小说的传承起过积极作用，因此应该给予充分的肯定。

鸳鸯蝴蝶派小说已经不是中国传统通俗小说的复制，而是一种改良的通俗小说。在形式方面，它既采用章回体，也采用非章回体，甚至采用了西洋小说的日记体、书信体等，至于侦探小说则更是完全模仿自西洋小说。在艺术手法方面，受西洋小说的影响非常明显，如增加了人物形象和景物描写，结构与叙事方式也趋于多样化，单线和复线结构并用，第三人称和第一人称叙述法兼施，还采用了倒叙法和补叙法。在内容方面，鸳鸯蝴蝶派小说已经扩大了描写范围，反映了当时社会生活的各个方面，甚至已经紧跟时事，及时反映当前的社会现实，被称为"时事小说"。如李涵秋的《广陵潮》描写辛亥革命，而他的《战地莺花录》则描写五四运动，这种及时反映当时发生的重大政治事件的小说，与多写历史故事的古代小说完全不同，显然是一大进步。鸳鸯蝴蝶派的言情小说，也不同于古代的才子佳人小说，而是一种新才子佳人小说。古代的才子佳人小说因面对森严的封建礼教，只能写才子与佳人偶尔一见钟情，以眉目传情或诗书传情的方式进行交流，最后皆是有情人终成眷属的大团圆结局。而这种大团圆结局完全是人为的：或出于巧合，或由于才子金榜题名，皇帝御赐完婚，这就完全回避了封建包办婚姻的问题。而民国年间的封建礼教已经在一定程度上松绑，尤其像上海、北京等大城市得风气之先，恋爱自由和婚姻自主思想已经渐入人心。因此有些鸳鸯蝴蝶派的言情小说也突破了古代才子佳人小说的窠臼，才子佳人已经敢于"相悦相恋，分拆不开，柳阴花下，像一对蝴蝶、一双鸳鸯一样"。其结局也不再全是有情人终成眷属的大团圆，而是"有时因为严亲，或者因为薄命，也竟至于偶见悲剧的结局……这实在不能不说是一个大进步"（鲁迅《上海文艺之一瞥》，连载于 1931 年 7 月 27 日、8 月 3 日《文艺新闻》第 20、21 期）。言情小说由大团圆结局到悲剧结局的确是一个大进步，因为前者是回避封建包办婚姻礼制，而后者是控诉封建包办婚姻礼制。而这一进步的开创者是曹雪芹和高鹗，他们在《红楼梦》里所写的婚姻差不多都是悲剧。因此胡适称赞《红楼梦》不仅把一个个人物"都写作悲剧的下场"，而且最后"作一个大悲剧的结束，打破了中国小说的团圆迷信"（《〈红楼梦〉考证》，见 1923 年亚东图书馆版《胡适文存》）。可见鸳鸯蝴蝶派的言情小说在一定程度上继承了《红楼梦》开创的爱情婚姻悲剧模式，因而具有相当的反封建意义。我们可以徐枕亚的《玉梨魂》为例加以说明，因为该小说被新文学家指为鸳鸯蝴蝶派的代表性作品。

《玉梨魂》的故事很简单——清末宣统年间，小学教员何梦霞与年轻寡妇白梨影相爱，但两人均认为他们的这种行为是不道德的。为了得到感情的解脱，白梨影想出个"移花接木"的办法，即撮合何梦霞与自己的小姑崔筠倩订了婚。然而何梦霞既不能移情于崔筠倩，白梨影也无法忘情于何梦霞，结果造成了一连串的悲剧——白梨影在爱情与道德的激烈冲突下郁郁而死；崔筠倩因得不到何梦霞之爱而离开了人世；白梨影的公公因感伤女儿、儿媳之死而一病身亡；白梨影的十岁儿子鹏郎成了孤儿。何梦霞为排遣苦闷，先赴日本留学，继又回国参加了辛亥武昌起义（即辛亥革命），壮烈牺牲。

《玉梨魂》不仅描写了一个爱情婚姻悲剧，而且不同于一般的爱情婚姻悲剧。一般的爱情婚姻悲剧都是由封建势力造成的，即由包办婚姻造成的；而《玉梨魂》所写的爱情婚姻悲剧，其原因却是何梦霞和白梨影自身的封建道德。他们既渴望获得恋爱自由和婚姻自主的权利，又不能摆脱封建道德和封建礼教的束缚，两者激烈冲突，造成三死一孤的惨剧。从而揭露了封建道德和封建礼教的影响力是多么巨大，它已深入人们的骨髓，使其不能自拔。因此，它的反封建意义比一般的爱情婚姻悲剧更为深刻。

其实，新文学阵营也不是铁板一块，虽然大多数新文学家对鸳鸯蝴蝶派全盘否定，但也有少数新文学家态度比较客观，他们对鸳鸯蝴蝶派也给予一定的肯定。鲁迅是其中最突出的一位，他不仅认为某些鸳鸯蝴蝶派的悲剧言情小说是"一大进步"，而且不同意某些新文学家对鸳鸯蝴蝶派消极影响的夸大其词。他说：

> 至于说他流毒中国的青年，那似乎是过虑。倘有人能为这类小说所害，则即使没有这类东西也还是废物，无从挽救的。与社会，尤其不相干，气类相同的鼓词和唱本，国内非常多，品格也相像，所以这些作品也再不能"火上添油"，使中国人堕落得更厉害了。

> ——《关于〈小说世界〉》，载《晨报副刊》
> 1923 年 1 月 15 日

这种客观的观点与前述周作人无限夸大鸳鸯蝴蝶派作品能使国民生活陷入"完全动物的状态"乃至"非动物的状态"的观点形成了鲜明对比。当抗日战争爆发后，鲁迅更提倡文学界的抗日统一战线，主张团结鸳鸯蝴蝶派一起抗日。他说：

我以为文艺家在抗日问题上的联合是无条件的，只要他不是汉奸，愿意或赞成抗日，则不论叫哥哥妹妹，之乎者也，或鸳鸯蝴蝶都无妨。但在文学问题上我们仍可以互相批判。

——《答徐懋庸并关于抗日统一战线问题》，
载《作家》月刊第 1 卷第 5 期

鲁迅不仅提倡团结鸳鸯蝴蝶派一起抗日，而且主张新文学派与鸳鸯蝴蝶派在文学问题上"互相批判"，这种平等对待鸳鸯蝴蝶派的度量，也与那些视鸳鸯蝴蝶派如寇仇，必欲置诸死地而后快的新文学家形成了鲜明对比。

对鸳鸯蝴蝶派给予肯定的不只鲁迅，还有朱自清和茅盾。朱自清认为供人娱乐是中国传统小说的特点，因此不赞成将"消遣"作为罪状来批判鸳鸯蝴蝶派小说。他说：

在中国文学的传统里，小说……更是小道中的小道，就因为是消遣的，不严肃。不严肃也就是不正经，小说通常称为"闲书"，不是正经书。……鸳鸯蝴蝶派的小说意在供人们茶余酒后的消遣，倒是中国小说的正宗。

——《论严肃》，载《中国作家》创刊号

茅盾也承认鸳鸯蝴蝶派小说也"写家庭冲突，甚至写劳动人民的悲惨生活"。他还从艺术性方面对鸳鸯蝴蝶派小说给予一定肯定。

他认为鸳鸯蝴蝶派的有些长篇小说"采用西洋小说的布局法",如倒叙法、补叙法,以及人物出场免去套语、故事叙述"戛然收住"等等,这一切是对"旧章回体小说布局法的革命"。还认为鸳鸯蝴蝶派的有些短篇小说学习了西洋短篇小说"截取一段人生来描写,而人生的全体因之以见"的方法:"叙述一段人事,可以无头无尾;出场一个人物,可以不细叙家世;书中人物可以只有一人;书中情节可以简至只是一段回忆。……能够学到这一层的,比起一头死钻在旧章回体小说的圈子里的人,自然要高出几倍。"(《自然主义与中国现代小说》,载 1922 年 7 月 10 日《小说月报》第 13 卷第 7 号)

鲁迅、朱自清、茅盾毕竟属于新文学派,因此他们对鸳鸯蝴蝶派的肯定是有限的。我们应该摆脱成见与束缚,从中国文学史的角度,对鸳鸯蝴蝶派做出客观公正的评价。

三、如何看待冯玉奇的小说

我们澄清了以上有关鸳鸯蝴蝶派的三个问题,等于为介绍冯玉奇的小说提供了一个坐标,也等于为读者提供了一把参照标尺。读者用这把标尺,就可自行评判冯玉奇的小说了。

冯玉奇于 1918 年左右生于浙江慈溪,笔名左明生、海上先觉楼、先觉楼,曾署名慈水冯玉奇、四明冯玉奇、海上冯玉奇。据说他毕业于浙江大学(一说复旦大学)。1937 年九一八事变后寄居上海,感山河破碎,国事蜩螗,开始写作小说以抒怀。其处女作为《解语花》,由上海春明书店出版。出版后旋即由东方书场改编为同名话剧,演出后轰动一时。那时他才十九岁。由此一发而不可收,至 1949 年 7 月《花落谁家》出版,在短短十来年时间里,他创作的小说竟达一百九十多种,平均每年近二十种,总篇幅应该不少于三千万字，只能用"神速"来形容。这时他只有三十一岁。近现代文学史料专家魏绍昌先生（已去世）所编《鸳鸯蝴蝶派研究资料（史料部分）》（上海文艺出版社 1962 年 10 月出版）开列的《冯玉奇作品》目录只有一百七十二种，也有遗珠之憾。不过我们从这一目录中仍可确定冯玉奇是一位以写言情小说为主的通俗小说作家，因为在一百七十二种小说中，言情小说占有一百二十二种，其他小说只有五十种：社会小说三十四种、武侠小说十四种、侦探小说两种。

冯玉奇不仅是一位写作神速且极为多产的通俗小说作家，还是一位热心的剧作家和剧务工作者。早在他二十六岁（1944 年）时，就担任了越剧名伶袁雪芬的雪声剧团的剧务，并为之创作了《雁南归》《红粉金戈》《太平天国》《有情人》《孝女复仇》五大剧本，演出效果全都甚佳。在他二十七到二十八岁（1945～1946）时，又与他人合作，前后为全香剧团和天红剧团编导了《小妹妹》《遗产恨》《飘零泪》《义薄云天》《流亡曲》等二十多个剧本，演出效果同样甚佳。可见冯玉奇至少写过十几个剧本。

冯玉奇一生所写的小说和剧本总计不下两百五十种，总篇幅可能达到四千万字以上，是名副其实的"著作等身"，是当之无愧的中国最多产的作家，号称多产的同派小说家张恨水也难望其项背。当时的文学作品已是一种特殊商品，冯玉奇的小说如此畅销，其剧本演出又如此轰动，这足可以证明其受人欢迎，这就是读者和观众对冯玉奇的评价，它比专家的评价更为准确，也更为重要。遗憾的是，我们无法看到他的剧作和三十岁以后的作品，也不知其晚景如何，卒于何年。

从冯玉奇的生活年代和创作时段来看，他显然是鸳鸯蝴蝶派的后起之秀，所以尽管他作品如此之多，影响如此之大，而同派的老前辈却很少提到他，这也是"文人相轻"的表现之一。

按说要介绍冯玉奇的小说，应该将其全部小说阅读一遍，但我没有这么多时间，也没有这么大精力，因而只向中国文史出版社借阅了《舞宫春艳》《小红楼》《百合花开》三种，全都是言情小说。因此我只能以这三种言情小说为例加以介绍，这可能会犯以偏概全的错误，因此只能供读者参考。

　　《舞宫春艳》写了两个纠缠在一起的爱情婚姻悲剧故事：苏州富家子秦可玉自幼与邻居豆腐坊之女李慧娟相恋，由于门第悬殊，秦可玉被其父禁锢，二人难圆成婚之梦。不幸李慧娟生下了一个私生女鹃儿，只好遗弃，自己则郁郁而死。鹃儿被无赖李三子收养，长大后卖到上海做伴舞女郎，改名卷耳。中学生唐小棣先是爱上了姑夫秦可玉家的婢女叶小红，不料叶小红失踪，于是移情于卷耳，但无钱为卷耳赎身，两人感到婚姻无望，于是双双吞鸦片自尽。

　　《小红楼》的故事紧接《舞宫春艳》：曾经被唐小棣爱过的叶小红的失踪，原来也是被无赖李三子拐卖为伴舞女郎，小棣、卷耳自杀后，小红才被救了回来，并被秦可玉认为义女。经苏雨田介绍，与辛石秋相识相恋而订婚。同时石秋的姨表妹巢爱吾也爱石秋，但石秋既与小红订婚在先，便毅然与小红结婚。爱吾为了摆脱难堪的地位，离家出走，下落不明。石秋奉父命赴北平探望二哥雁秋，在火车站被人诬陷私带军火，被军人押到司令部。可巧爱吾此时已成为张司令的干女儿兼秘书，便设法救了石秋一命。但张司令强迫石秋与爱吾结婚，二人既不敢违命，又固守道德，便以假夫妻应付。后来石秋回到家里，终于与小红团聚。

　　《百合花开》写了两个紧密相关的爱情婚姻故事：二十岁的寡妇花如兰同时被四十二岁的教育家盖季常和十八岁的革命青年盖雨龙叔侄俩所爱，而盖季常的十六岁侄女盖云仙又同时被三十六岁的银行家杨如仁和十九岁的革命青年杨梦花父子俩所爱。经过许多曲折后，终于两位长辈让步，盖雨龙与花如兰、杨梦花与盖云仙同场结婚。

由以上简单介绍可知，冯玉奇的这三种小说共写了五个爱情婚姻故事，其中两个是悲剧结局，三个是有情人终成眷属。这正如鲁迅所说："有时因为严亲，或者因为薄命，也竟至于偶见悲剧的结局……这实在不能不说是一个大进步。"其次，这三种小说的五个爱情婚姻故事，倒有四个是三角爱情婚姻故事，但它们的情况并不雷同。唐小棣、叶小红、卷耳的三角恋是一男爱二女，辛石秋、叶小红、巢爱吾的三角恋是两女爱一男，而盖季常、盖雨龙、花如兰和杨如仁、杨梦花、盖云仙的三角恋更为异想天开，竟然都是两辈嫡亲男人（叔侄、父子）同爱一个女子。可见冯玉奇极有编故事的才能，从而使作品更具吸引力和娱乐性。又次，这三种言情小说的描写极为干净，没有任何色情描写。除了秦可玉与李慧娟有私生女外，其他人都非礼勿言，非礼勿行。如辛石秋与叶小红因婚礼当天石秋之母去世，为了守孝，新婚夫妻在百日之内没有圆房。而辛石秋与姨表妹巢爱吾为了对得起叶小红，虽被张司令强迫成亲，却只做了几天假夫妻。

从表现形式和艺术手法来看，我觉得冯玉奇的小说与当时新文学的新小说都受了西洋小说的影响，基本相同。譬如：两者都突破了传统小说书名的套路，不拘一格，尤其采用了一字书名和二字书名，如冯玉奇有《罪》《孽》《恨》《血》和《歧途》《逃婚》《情奔》等；而巴金有《家》《春》《秋》，茅盾有《幻灭》《动摇》《追求》。两者的对话方式也突破了传统小说的套路，灵活自如：对话既可置于说话者之后，也可置于说话者之前，还可将说话者夹在两句或两段话之间。至于小说的结构法、叙述法与描写法，更是差不多的。譬如人物描写不再是"沉鱼落雁""闭月羞花""倾国倾城"之类的千人一面，景物描写也不再是"落红满地""绿柳成荫""玉兔东升"之类的千篇一律，而加以具体描绘。这里随便举一个例子：

> 小红坐在窗旁，手托香腮，望着窗外院子里放有一缸残荷，风吹枯叶，瑟瑟作响。墙角旁几株梧桐，巍然而立。下面花坞上满种着秋海棠，正在发花，绿叶红筋，临风生姿，可惜艳而无香，但点缀秋色，也颇令人爱而忘倦。

这是《小红楼》对莲花庵一角的景物描绘，虽然算不上十分精彩，但作者通过小红的眼睛描绘了院中的三样东西——风吹作响的"枯荷"、巍然挺立的"梧桐"、正在开花的"海棠"，从而衬托出莲花庵幽静的环境，曲折地表明了时在秋季。频繁使用巧合手法是冯玉奇小说的显著特点，可以说把所谓"无巧不成书"用到了极致。巧合手法有助于编织故事，缩短篇幅，增加作品的吸引力等，但使用过多则时有破绽，有损于作品的真实性。冯玉奇的某些小说也采用了章回体，但只是标题用"第×回"和对偶句，"却说""且听下回分解"之类的套语已不再经常出现，因此并非章回体的完全照搬。况且章回体并非劣等小说的标志，它在我国小说史上发挥过巨大作用，产生过杰出的四大古典小说。因此用章回体来贬低冯玉奇的小说，也是毫无道理的。

冯玉奇的小说也有明显的缺点。它们与其他鸳鸯蝴蝶派小说一样，主要注重小说的娱乐性，而忽视小说的社会性和艺术性，因此没有产生杰出的作品。他是南方人而小说采用北方话，加之写作速度太快，无暇深思熟虑，导致语言不够流畅，用词不够准确，还有许多错别字和语病。还有使用"巧合"法太多，有时破绽明显，这里不再举例。

总而言之，冯玉奇既不是"黄色"和"反动"小说家，也不是杰出小说家，而是一位勤奋多产、有益无害的通俗小说家，他应在中国小说史尤其是中国现代小说中占有一席之地。

2017 年 6 月 4 日于北京蜗居